eye

守望者

—

到灯塔去

诚实的间谍

Kolbe

［德］安德烈亚斯·柯伦德 著
朱刘华 译

ANDREAS
KOLLENDER

南京大学出版社

图书在版编目(CIP)数据

诚实的间谍 /(德)安德烈亚斯·柯伦德著;朱刘华译.—南京:南京大学出版社,2020.8
ISBN 978-7-305-23401-9

Ⅰ.①诚… Ⅱ.①安… ②朱… Ⅲ.①长篇小说—德国—现代 Ⅳ.①I516.45

中国版本图书馆 CIP 数据核字(2020)第 096551 号

江苏省版权局著作权合同登记 图字:10-2018-079 号

出版发行 南京大学出版社
社 址 南京市汉口路 22 号 邮 编 210093
出 版 人 金鑫荣

书 名 诚实的间谍
著 者 [德]安德烈亚斯·柯伦德
译 者 朱刘华
责任编辑 顾舜若
照 排 南京紫藤制版印务中心
印 刷 扬州皓宇图文印刷有限公司
开 本 880×1230 1/32 印张 13.875 字数 252 千
版 次 2020 年 8 月第 1 版 2020 年 8 月第 1 次印刷
ISBN 978-7-305-23401-9
定 价 66.00 元

网 址:http://www.njupco.com
官方微博:http://weibo.com/njupco
官方微信:njupress
销售咨询:(025)83594756

然后你发觉，你准备

承担一切风险，

压根儿不管后果如何……

——爱德华·斯诺登

目　录

中文版序

不久就能得到我的小说《诚实的间谍》的中文译本，让我觉得既有趣又美妙。说有趣，是因为我虽然创作了这本书，却无法阅读这一版本。老实说，一个字也读不懂。说美妙，是因为我很高兴能为遥远中国的男女读者带去数小时愉悦的阅读时光——我希望如此。

在我撰写这则简短的序言时，数千公里外的编辑正在对译文做最后的校对。我琢磨新书的封面会是什么样，新书拿在手里会是怎样的感觉。

中国……大学期间我曾将东亚哲学讲座选作副科。孔子、庄子和老子是我谙熟的中国古代人物。小说《死敌》里有很长一个章节发生在“二战”时期的中国，主要发生在风景如画的桂林的周边。

我曾经去过一些亚洲国家，可惜尚未去过中国。但中国不会跑走的。

弗里茨·科尔贝——“二战”期间“最伟大的间谍”——之所以吸引我，是因为他不是英雄，没有接受过情报行业的培训。实际上他对这一切一无所知。他是一个很普通的人，有着我们每个人都认识的人性弱点。

我与他的相遇纯属偶然。他的故事顿时令我激情勃发(Feuer und Flamme)。我研究了堆积如山的资料，然后做了作家们所做的事情：我赋予这些角色——主要是弗里茨和玛琳——生命。长篇小说靠感性生存。将文件偷运去伯尔尼美国战略情报局的过程就像小说里描述的那样——我关注的是人性方面：恐惧、爱情、幸福感、不安、疲惫、动摇、渴望。

我很想知道弗里茨和玛琳将从哪条路走进中国。

安德烈亚斯·柯伦德

引　子

心灵震动

柏林，1944 年

他们应该手牵着手，玛琳说道，那样就好了。

她与弗里茨一道坐在厨房里。炉子里的余炭"噼啪"作响，灯光淡黄，映射在厨柜玻璃上。餐桌上摆放着来自希特勒外交部的绝密文件。马粪纸上的淡红色横条，印有黑色的带卐字的帝国之鹰[1]，各部门负责人的印戳叠加在一起。文件是弗里茨偷带回家的。他和玛琳会将最重要的信息抄录到薄纸上，明天弗里茨又会将文件重新带回外交部办公室，按照命令在那里焚毁它们。

玛琳在画一小幅素描。"好了，你看。"她说道。

"好像有人从空中看着我们。"弗里茨说。

两个素描小人斜对着坐在桌旁，玛琳为其中一个勾画了乳

1　希特勒的德意志第三帝国的国徽。（本书脚注均为译注。）

房。画中两人右手都握着一支铅笔，笔下放着纸，他们书写时可以将左手手指交缠在一起。

“好，”弗里茨说道，“我们就这么做。”他捧起桌上的地球仪，放回支架上。然后他们抬起桌子，抬到厨房中央。他们按玛琳的主意移近椅子，坐下，左手相向移动，手指搭成一座小山脉。

“然后呢？”弗里茨问道。玛琳提了提笔。直到弗里茨煮好一壶茶，就着水蒸气烘手，她才停止抄写。他往玛琳杯子里加进一匙糖，搅了搅，将杯子放到她面前。弗里茨从背后抱住她，呢喃着向她索吻。玛琳掉转头，脖子绷紧，弗里茨看见了她眼里的蓝色。

她轻敲希姆莱[1]的签字，说：“懦夫。”她又点点里宾特洛甫[2]、卡尔滕布鲁纳[3]和戈林[4]等一串签名，说道：“再等半小时。”

---

1 海因里希·希姆莱(Heinrich Himmler，1900—1945)，纳粹政府主要负责人之一，历任纳粹党卫队队长、党卫队帝国长官、盖世太保首脑、警察总监、内政部长等要职，后来被捕，1945 年 5 月 23 日服毒自杀。

2 约阿希姆·冯·里宾特洛甫(Joachim von Ribbentrop，1893—1946)，纳粹德国政治人物。希特勒政府时曾任驻英国大使和外交部长等职，对促成德日意三国同盟起过重要作用，1946 年 10 月被纽伦堡国际军事法庭判处绞刑。

3 恩斯特·卡尔滕布鲁纳(Ernst Kaltenbrunner，1903—1946)，奥地利党卫队领袖，奥地利公安国务秘书，第二任德国中央保安总局局长，1945 年在奥地利被俘，1946 年被纽伦堡国际军事法庭判处绞刑，并于 1946 年 10 月 16 日执行。

4 赫尔曼·威廉·戈林(Hermann Wilhelm Göring，1893—1946)，纳粹德国重要领导人之一，与阿道夫·希特勒关系亲密，在纳粹党内有相当大的影响力，曾先后担任德国空军总司令、盖世太保领袖、“四年计划”负责人、国会议长、冲锋队总指挥、经济部长等诸多重要职务，并曾被希特勒指定为接班人。纽伦堡国际军事法庭以“密谋罪”“破坏和平罪”“战争罪”和“反人类罪”判处戈林绞刑，戈林在行刑前一晚服毒自杀。

“你还真是乐此不疲了。”

“对,”玛琳回答说,“让我们干完。”

“我还一直有点后悔把我做的事情告诉了你。”

玛琳莞尔一笑,摇摇头。“亲爱的间谍,”她说道,“通奸犯,盗酒贼。”

他们拥抱,弗里茨看到了厨柜玻璃上她的轮廓。玛琳个子比他高。

“我的玛琳,”他说道,“你太漂亮了。”

她噘起嘴,亲吻他的唇。弗里茨还没弄明白她为什么有时这么吻他——像个没有接吻经验的女生。

有人在外面拍门。

仿佛一道电流掠过身体,弗里茨和玛琳的拥抱被打断了。玛琳碰翻了一只杯子。茶水流到偷带回来的秘密文件上,泡软了海因里希·希姆莱的一个签名。

楼梯间嗡嗡地响起一个沙哑的声音:“科尔贝先生!科尔贝先生!”

门被拍得直颤,重重的擂门声穿过玄关传进厨房。

“科尔贝先生!”

玛琳将手搁到他手上。他感觉到她在抓紧他——最后的支持。她的眼睛湿润了。弗里茨吻她,磕磕碰碰地走进卧室,从衣帽钩上取下上装,掏出口袋里的左轮手枪。他站到厨房中央,顺着玄关瞄准门。

他想，这下他们逮到我们了。

汗水渗出腋窝，顺着肋骨往下流。他们派来了多少人呢？盖世太保？武装党卫军？他们马上就会破门而入，冲进屋子，喧哗嚷叫。

“弗里茨。”玛琳的声音听上去就像是传自隔壁房间。天哪，他多么喜爱这张脸庞啊，那秀挺的鼻子，那宽宽的颌骨。

“弗里茨，拜托。”

“砰砰砰。”外面又敲了三下门。又在喊他的名字。玛琳解开深蓝色衬衣的纽扣，扯开一点。在白葡萄酒色灯光的映照下，她胸部的肌肤亮晶晶的。他持枪对准她。他的肌肉屈服了，左轮手枪有一吨重，将他的胳膊往下拽。

“这儿。”玛琳一只手按在心口，说道。

“科尔贝先生！请您把门打开。请马上打开！”

他转身朝向门，双手握枪。玄关似乎越来越短，门都快碰到手枪的枪膛了。

“我们所做的事情，”他说道，“是正确的。”

他感觉到了身后玛琳的身体，她双臂环抱他，让他转过身去，拿手里的枪抵着她的胸。当她摸索扳机时，他推推她的肩，让她顶在摇摇晃晃的厨柜上。“你想活下去的啊。”他抢过桌上的文件，拉开壁炉的炉栓。炙热迎面扑来，炉火映红了地板。他将被茶水浸湿的文件扔进火里。火焰绕着卐字窜来窜去，纸张弯折，被火焰吞没。慌张中有几页纸掉在地板上，他捡起来，重新塞进去，火烧伤了手侧，烧得绒毛“嗞嗞”响。弗里茨抬脚踢上炉盖，炙热和橘黄色被炉子吸进去了。

玛琳恳求他。爱情中本不该出现一方恳求另一方的情况。那些人会怎么对待她呢？他们会如何加害这副躯体呢？他持枪瞄准玛琳胸口，食指感觉到了扳机。可决心又消逝了。

又一记敲门声，就一记。

“你什么都不知道，玛琳。你不知道……”他语无伦次。他想离开这里。他想带着玛琳，一起消失得无影无踪。

“你就对他们假装你是个纳粹女人。你不会有事的。”

弗里茨听得到她的心跳，她鲜红的心脏“怦怦”直跳。透过她的目光，回忆在他的脑海里翻滚。伯尔尼的小巷，人在非洲的女儿卡特琳，希特勒，狼穴计划，林中小屋，各种声音，偷拿的秘密文件，怦怦的心跳，尸体——快速纷乱，让他都来不及思考。

“你必须活下去。”他说道，不管是因为什么，他的声音听起来清晰、有力。她眼里掠过怀疑。或许是一丝希望。“科尔贝先生！”他向门转过身去。

“请问候我女儿，玛琳。请将我做的事告诉卡特琳。将你做的事告诉她。”

玛琳垂下头，栗色头发披散到脸上。他膝盖发软，他扶住镶在框子里的世界地图。玛琳拉开一只抽屉，餐具叮叮当当。她双手紧张地拿出两把餐刀，刀刃闪闪发亮。他此刻竟为她感到骄傲，这是多么愚蠢疯狂啊。

“我非常爱你。”他说道，举枪向门走去。我背叛了你们，纳粹猪们！他踢着了地面的一堆书。书堆倒塌，发出沉闷的响声。弗里茨离门很近了，他感觉到了楼梯间凶手的存在。他低头望望那些书。总得有个人将我们所做的讲给卡特琳听。讲给我女儿听。哎呀，总得有个人讲述我们的故事。

他感觉到了玛琳落在他后背上的目光。

一　藏身地

瑞士某地，“二战”结束数年后

每当尝试写下当年发生的事情时，他总是从一个名字开始。玛琳。每当说出这个单词时，他的舌头就在口腔里蠕动。玛—琳。

没有一次草稿不是如此。1939 年返回德国的地狱时，他还不认识她。他头一回听到她的声音也是在多年之后。声音响亮，轻松愉快，从柏林外交部一道关闭的门后传出来。那声音会笑。故事里，当时他周遭的危险就已经大得不容忽视了。他想让玛琳摆脱所有那些危险。但他没有做到。虽然他后来才告知她实情，他下笔写道——因为必须这样，必须这样——他动笔写道，故事是由她开始的。谎言、卐字、欺骗、伪装、死亡和爱情。他害怕大话：爱情和战争，野蛮时代的诚实正直。他在希特勒外交部里听大话听得够多了。他牢骚满腹。这是战争，这是爱情。他曾经试图诚实无欺。可后来呢？后来怎么样了呢？

小屋的窗户深嵌在木壁里，他透过窗户望向绿油油的山谷。小屋坐落于哪面山坡，山下铅银色的，逶迤曲折、潺潺流淌过草地的是哪条河流，都无所谓，谁也不必知道。

他走进厨房，将热水壶里的咖啡倒进杯子。一口鲜奶，一勺糖，他边搅拌边从窗户顺坡向下眺望山谷。河边延伸着一条硬石子路，不远处有座小桥，每当有汽车从桥面驶过，木板就“咔嚓”响。

自打藏身这座小屋后，他就经常站在厨房窗户前，俯眺那条路。他不知道，有朝一日，他们还会不会来杀他灭口。今天要来的那辆小轿车会带一位记者过来。弗里茨的朋友和知己欧根·扎赫尔与那个人接触好几个月了，并不断向弗里茨汇报情况。那个人是认真的，对当年发生的事情已经调查很久了。扎赫尔说，你可以信赖他。弗里茨，他想要的与你想要的一致：公正。终于来了。

弗里茨回答，不止这个。

欧根·扎赫尔迟疑了一下，想谈谈弗里茨故事里的疑点，但弗里茨像平时一样避开了，他为那身新西服祝贺欧根·扎赫尔，说它前所未有地时尚。

有些事情弗里茨宁愿谁也不透露，欧根·扎赫尔是唯一知道它们的人。弗里茨早就在琢磨，哪些最终必须透露，哪些要永藏心底。难道不是每个人都在这么扪心自问？他变得多疑了，敏感了。但他决不会放弃。要是放弃，那完全可以立马结束。像他那样做过类似事情的男男女女，他们的名字被拿来为柏林的街道命名。但几乎无人认识他。确实没有人认识。绝密(Capa)级别：比秘密还秘密，将近七千公里外华盛顿白宫走廊上的耳语，罗斯福总统知道他。

他走出门外。小屋周围，地面被踩出了宽宽的一条道。弗里茨在厨房窗外的长椅上坐下来，望着道路方向，点燃一支烟。他是在战争年代养成吸烟习惯的，他吸得不多，但很享受。玛琳也吸烟。他一直喜欢她手端葡萄酒杯、指夹一支烟的样子。然后他就会问她能不能将衬衣再解开一颗纽扣，她有时候会照他说的做，修长的手指按住小纽扣，食指抵住，大拇指用力一扯，于是纽扣就脱出扣孔了，弗里茨则会双手捧住玛琳的脸颊，深情凝视。有时候她也不那么做。

他对扎赫尔讲过，要是那位报社记者不讨他喜欢，他会立马打发对方走人。那家伙真向扎赫尔发过誓，不公开弗里茨的住处吗？他不会是伪装的精神科医生吧？毕竟扎赫尔已经这么试过一回。

不会，不会，他知道如何对待第一手材料，扎赫尔回答说。

其他人也这么声称过，弗里茨说道。

远远地，在山坡左侧道路伸出来的地方，他看到有东西在闪烁，捕获阳光，又抛开。汽车中速驶近，驶过桥面，在岔路口停下了。司机一侧的门打开来，有人钻下车，回头张望。他可能是在抬首望小屋。弗里茨一动不动，背贴着墙壁的木条。那个人弯下身去——车里还有人。约定的可不是这样。弗里茨现在可以将早已收拾妥当的背包挎上肩，锁上小屋，钻进山里去。他熟悉山里的每条牛道，每个洞穴，树根后每个背阴的藏身处。不管来人是谁，他都会摇门，兴许会绕小屋走一圈，双手遮在眼前从窗户往里张望，片刻之后又驱车离去。

小轿车往后倒了一截，又从岔路驶上来，消失在一座绿油油的圆形山丘后面，然后拐弯向小屋开过来。弗里茨能听见发动机的声音和车轮下碎石的"嚓嚓"声。腐朽破败的栅栏拦住了轿车。一名头戴帽子、身材中等的男子钻下车来，一只胳膊倚在司机一侧的车门上。

弗里茨·科尔贝？您就是弗里茨·科尔贝吗？

您是谁？

弗里茨痛恨粗鲁无礼，但他必须保护自己。

欧根·扎赫尔跟您讲过我。我是马丁·韦格纳。

他说出了他供职的那家报纸的名字。一家有名的报纸。

我会想办法让您平反昭雪，科尔贝先生。您是个伟人。

您当然会。车里还有谁？

一位女摄影师。

请您让她离开。她竟想拍照。恕我冒犯。

我向您保证,只有得到您的允许她才会拍摄。我保证!

挡风玻璃反光,弗里茨看不到那个女人,他感觉只看到头部动了一下。男子弯下身去,冲着车子里讲话。

一名女子钻下车来,褐发往后绾起,穿着卡其色衬衣、橄榄绿色裤子和结实的鞋。他可以和这样的人一块儿徒步。她聪明地将相机留在了车子里。

薇罗妮卡·许格尔,她说道,您不知道我来,十分抱歉。扎赫尔先生说他会将全部情况通知您的。他忘记说了?

与那位男子不同,她没有留在车旁,而是推开歪斜的大门,向弗里茨走来,与他握手。那一握坚定有力,很久才松开。

欧根·扎赫尔,见鬼,他骂道,这不是针对您的,许格尔夫人。

那个人是您真正的朋友,科尔贝先生,薇罗妮卡·许格尔说道,另外,请称我小姐,不是夫人。

弗里茨发觉韦格纳在望着女子后背。这种事他总会觉察的。开始时他在外交部走廊上也总是看着玛琳的背,高高的背,背上的布料簌簌地动着。他该请两个年轻人进屋吗?他该让他们跨越门槛走进他的故事吗?此时此刻,他一旦这么做,很可能就无法回头了。他快要坚持不下去了。他冲太阳眨眨眼,感觉脸颊上暖融融的。

咖啡?他一拍大腿,问道。

那好吧，两个年轻人光临寒舍。那么，你们进来吧，欢迎你们。

他领他们进屋，屋里散发出夏季干燥木头的气味。

嗬！薇罗妮卡·许格尔说道，这么一座小屋，内部几乎一片纯白。太棒了。

粉刷了一下，没油漆，弗里茨解释说，对木头更有利。战时，我们柏林的房子总是拉下窗帘，遮得暗暗的。对于爱情这可能很美，长期下去却容易腐烂。

当您头一回来到伯尔尼，偷运来关于纳粹的秘密文件时，韦格纳问道，看到瑞士这里也拉上了窗帘，您感到很吃惊，对吗？

功课做得不错啊，小伙子。

一直如此，科尔贝先生。事实。可靠、明确的事实。

对，事实。你们咖啡要怎么喝？

黑咖加糖，薇罗妮卡·许格尔说道，韦格纳加牛奶和糖。

弗里茨倒咖啡。

实际上是杯黑咖啡，不是吗，韦格纳先生？您看，现在——他拿起小勺儿往杯子里放糖——我加糖。您的眼睛事实上看到了什么？一杯黑咖啡。

韦格纳没有反应，薇罗妮卡·许格尔搅拌咖啡，在杯沿擦干小勺儿。他现在这话兴许有点做作，弗里茨想，有点太简单了。可说到底他的故事不也“简单”吗？

我烤了一个苹果派，他说道。

他走进厨房，从炉子里取出派，放到桌上，拉开一只抽屉。那把左轮手枪就摆在刀叉旁。弗里茨感觉到金属和枪柄的槽纹，回忆顿时袭来，像顺着悬崖滚落的石头一样“吧嗒”作响，空洞和寂静交替，直到下一起事件、下一次碰撞，有时连续碰撞两三下，随后又是长时间飞落和奇异的失重。他推开手枪，拿起厨刀，将派切成宽宽的一块块，苹果片软软的，闻上去甜滋滋的。他将所有东西放进一只托盘，端进房间。

薇罗妮卡·许格尔和韦格纳在桌旁坐下了。太阳透过侧窗照在书橱和彩绘瓷砖壁炉上。韦格纳将纸笔放回桌上。弗里茨放下托盘，将笔准确地摆到纸堆中心位置。韦格纳咧嘴笑笑。

还没改掉官员作风吗，科尔贝先生？

弗里茨忍不住自嘲起来。

我不知道。也许吧。我应该是外交部长！大使，至少是领事。真的。在新的德国。我……哎呀，该死的。

咖啡，点心——弗里茨觉察到自己在回避，他又感觉到了那种冲动，想呆呆地望着窗外，让一道活门落在思想的前面，将他与环境和回忆隔开。那样做很容易。许格尔和韦格纳也许会忍受一小时，然后离开，心想他可以进精神病院了。也许他是可以进精神病院了，他不清楚。可他在抗拒。

他们吃着点心，弗里茨请他们给他讲讲城里的事。他看着两个年轻人做起准备工作。他们推开盘子，拿起笔，薇罗妮卡·许格尔用拇指和食指比画一个四方形，在想象中为小屋和弗里茨拍照。

早在1943年，韦格纳说道，通过您的……

等等！弗里茨站起来，从书橱上取下保龄球那么大的地球仪，放到桌上。

它可也经历过更加美好的时光呢，薇罗妮卡·许格尔说道。

他旋转地球仪，用手指将树脂接缝转向南。

开普敦，南非，他说道，事情始于那里。我们必须从那里开始。

我不知我们有没有这么多时间，科尔贝先生。我们本想从1943年，您头回去伯尔尼的时候开始。

弗里茨看着韦格纳，轻轻地拍拍南非。弗里茨不必望向结痂的地球仪，手指就找到了他曾经生活过的那个国家。

1939年，开普敦，他说道，你们知道，非洲上方的天空会有多蓝吗？

弗里茨收拾掉桌上的盘子。阳光照耀下，地球仪呈现出阴阳两面。

1935年或1936年，弗里茨说道，就传来命令，要在开普敦领事馆花园里升一面卐字旗。另外还有一封通告，要求德国外交代表处也处理犹太人问题。愚蠢的行径不是慢慢到来的，而是大张旗鼓来的。有了这道法令之后，情况就一发不可控制啦。一开始就自大，歇斯底里，愚蠢。

弗里茨感觉那熟悉的盛怒又袭来了。他真想把盘子摔墙上，敲桌子喊叫。他克制住了。

我们现在不必谈论希特勒、大屠杀和战争，韦格纳说道。

要谈您，科尔贝先生，薇罗妮卡·许格尔说道，可以说，是您找我们来的。通过扎赫尔先生。

一定有个发展过程，韦格纳说。

在纳粹这件事上吗？不。我从一开始就恨它。深恶痛绝。

从远方？薇罗妮卡·许格尔问道。

从非洲，弗里茨回答说。

可您回去了，韦格纳说道，您回去了，返回了希特勒的德国。

弗里茨给自己点上一支烟。是的，我回去了。我天真。我的上司一样天真。我是因为他才回去的。犯了个错误？也许吧。不过，如果我没有回……

美国情报部门就永远不会有您这样一个情报来源，薇罗妮卡·许格尔接过去说道。

弗里茨很高兴她这么说。她透过手指比画的四方形看着他，他笑笑，将脸左转、右转，薇罗妮卡·许格尔嘴里说着：咔嚓——咔嚓。

那我就不会成为间谍，我就不会认识玛琳。

我们得谈结果，韦格纳说。

弗里茨将薇罗妮卡·许格尔用手指比画的四方形按到桌面，将他有力的手按在她的手指上，她听任他这么做，几秒钟后才抽走自己的手。韦格纳举起铅笔。弗里茨迟疑不决，他脑海里乱作一团。想说的太多了。

这是您想要的，科尔贝先生，薇罗妮卡·许格尔说道。她的发色有点像玛琳，栗色里夹着紫铜色。

我感觉——我不知道——当该死的纳粹旗帜在开普敦领事馆大院里落下时，玛琳仿佛就站在我身旁。当我不得不留下我幼小的女儿时，她仿佛就在场似的。

两个年轻人对望一眼。薇罗妮卡·许格尔耸耸眉，好像听到的是什么早已知道的事情。弗里茨穿越时空回到了开普敦，他默默无闻的生活就始于那里的阳光下。要是他预感到了他会做什么，预感到了因此都会发生什么——那他还会离开吗？他不知道。地球仪将一个蛋形影子投在桌面和记者们雪白的纸上。

二　“我会回来的。”

南非开普敦，1939 年秋

燠热的下午，弗里茨走进屋子，见到女儿正坐在沙发上。身后的纱门“啪”地落进门框，挡住了阳光。他给保姆伊达打过电话，吞吞吐吐地说他要回家来，他想见见卡特琳，务必。卡特琳望着他，乌发罩着她白皙的脸庞，总让他想起新涂的油画颜料。弗里茨简直无法凝视女儿。他将公文包放到五斗橱上，替自己倒杯威士忌，一直倒到杯子沉沉地变成蜜黄色。他在她身边坐下来。吊扇在空中旋转。当一阵风从海上吹来，扫过街道、拂过花园时，窗前的九重葛花枝就会触碰玻璃。弗里茨拿胳膊箍住女儿瘦弱的肩。

“什么事啊，爸爸？”

他不知道该怎么说才好，他也不知道该说什么。在领事馆，员工们成群结队围在收音机旁，躬背站立，手执香槟杯。大家都在等候预告的新闻。弗里茨震惊地锁上办公室，平生头一回没等下班就溜出了领事馆。他没有细看任何人，没跟任何人告别。他低头跑出门，跑进火辣辣的阳光，跑下台阶，钻进白日街头熙来攘往的人群。

“爸爸？”

弗里茨不情愿地打开收音机。太空中传来“嘎吱”声，像是有人在锉硬木头，他转动旋钮，随即响起遥远德国传来的声音。他凝视着卡特琳的浅蓝色眼睛，端杯子的手哆嗦不已。她十四岁了，他依然每晚走进她的房间，查看她是不是盖好了被子，在她脸上亲一口，低语说，他爱她，胜过爱其他任何人。可现在呢？

“爸爸，你有点滑稽。”他还是不知说什么好，他只知道，一切，真的是一切都将改变。必须让卡特琳置身其外。收音机的褐色栅管里有个声音在尖叫，在报道有关德意志大帝国和元首阿道夫·希特勒的事情，沉浸在伟大事件带来的兴奋中。阿道夫·希特勒，我们的领袖，即将播放他致德意志民族的讲话。弗里茨走进厨房，去为卡特琳倒杯柠檬汁，瓶子碰到了杯子——上一回，当他妻子去世时，他的双手也曾经哆嗦得这么厉害，但那已经是很多年前的事了。当时卡特琳还是个婴儿，他将她抱紧在胸前，一只手托着她的后脑勺。

他将柠檬汁端给卡特琳，夕阳映照下，杯子黄灿灿的。

“你能不能说说发生什么事了，爸爸？我在这儿呢。”

“马上就到了。”他说道，手指着收音机，仿佛那仪器是头跃跃欲试的野兽似的。数百人欢呼雀跃，收音机里“嘶嘶”响，善良的世人好像不想明白即将到来的会是什么似的。可它来了。虽然他知道它会到来，但它仍像一只能够毁灭星球的重锤那样击中了他。他无法相信。

“从五点四十五分开始还击！”

希特勒卷动的“r”音，粗大的鼻子，愚蠢的髭须，盛怒，此人每逢演讲必发怒。弗里茨感觉自己的面部表情越来越呆滞，某种讨厌的东西在啃啮他的内心。

“爸爸，还击是什么意思？”

他搂紧女儿，想用双臂箍住她，直到世界再也不能对她造成什么伤害。

“宝贝，是战争。这是战争。最糟糕的事。是人类能做的最愚蠢的事。战争，卡特琳。天哪。”

“为什么呢？”

他关掉收音机，不想再听余下的蠢话，也不想再忍受歇斯底里的欢呼。

“为什么要发动战争呢，爸爸？”

弗里茨语无伦次：“权力欲，狂热，自大狂。极端愚蠢。我压根儿不知道该怎么说。”

“我们不去那里。”

弗里茨绝望地笑了。他双臂箍住卡特琳，感觉到她的手搭在他肩头。这丫头多么单薄啊，他搂抱着她，心都快碎了。

“说得对，卡特琳。我们不去那里。我的老朋友们——希尔特露德阿姨和维尔纳叔叔——他们住在西南非洲[1]。我在那里有机会，这是我的职业呀。这事不容易办，但我们做得到，我们有办法做到。现在，”他抓起卡特琳的手，“现在我们去海边散步。因为，宝贝，散步永远不会有害。”

“你总是一散步就散好远。”

“兴许我们会见到几只企鹅。”

“但不跑那么远，好吗？”

“你说回头我们就回头。”

次日，领事馆里的电话“丁零零”响不停，走廊里回响着仓促的脚步声，许多员工都佩戴了印有卐字的袖章。弗里茨尽可能迅速地处理出国申请和放弃国籍的申请，联系那些他估计会保持中立的国家的大使馆。经过过去几年毁灭性的政治之后，有一点他现在就明白了：事情不会止步于对波兰的卑鄙袭击。希特勒的这场新打击会带来后果的。他感觉自己被扯进了那些绝不可以发

1　今纳米比亚，原称西南非洲。1890 年被德国占领。1966 年联合国大会根据西南非洲人民的决定将“西南非洲”更名为“纳米比亚”。1990 年实现独立，成为非洲大陆最后一个获得民族独立的国家。

生的事件里。他不停地撸撸稀疏的头发，或者用手指挠着额头，有那么些瞬间他不得不深呼吸，克制自己，才不至于呕吐。他听到人们在走廊里欢呼，说他们正在参与一桩伟大事件。他真想左右开弓，扇他们耳光。

往日他每天都要与上司比尔曼领事商谈两回，今天他直到傍晚才走进比尔曼领事的办公室。老人站在窗前，和平常一样穿着三排扣西服，领结系得一丝不苟。

“疯了，科尔贝先生，”比尔曼说道，“他们全疯了。”

“许多人不这样看，领事先生。您现在想怎么办？”

“这要看接下来几天的形势发展，科尔贝先生。无论如何，袖手旁观始终是个糟糕的决定。”他在办公桌旁坐下来，扶正眼镜，与弗里茨谈起下一段时间的计划。“全都是有条件的。”他说道。比尔曼常说他几乎不愿去想象德国会变成什么样，柏林曾经如此美妙，现在那里飘扬着成千上万的纳粹旗帜，一个所谓的元首取代了多党制，在这么一座城市里生活又会怎样。

“那个人剥夺了个人的一切，”他说道，“那个人决定一切。个人不再承担责任，只有顺从。”

“许多人想要这样，”弗里茨说道，“可我不想要。”

“您是个好人，是我有过的最优秀的员工。我真的需要您，科尔贝先生。尚未满盘皆输。”

“我也这么认为，领事先生。”

返回自己办公室的途中，弗里茨经过年轻的海因里希·米勒的小房间。米勒负责邮件、无线电报通讯及加密处理。他的浅色西服耷拉在瘦小身体上。小伙子处事审慎，弗里茨一直喜欢他。他问米勒是否一切正常。米勒请他进屋，锁上门。他整理了一下办公桌上散乱的纸条，拍拍纸堆。他的双手修长，像女孩子的手。

“我害怕，科尔贝先生。可是，请您不要告诉任何人。”

“我已经害怕到这里了。”弗里茨用手指指着额头上方说道。

“接下来会怎么样呢，科尔贝先生？”

“我不知道。”弗里茨隐瞒了他的担忧和对希特勒的仇恨。即使在远离柏林的开普敦这里，他也早就不能想说啥就说啥了。

随后那几天，弗里茨一直感觉自己被掩埋在沉重的石头下面。他平时那么喜欢的炎热变得如此压抑，令人无法忍受，电话铃声惹他发怒，走廊里“希特勒万岁”的问候和许多员工的欢呼撕扯着他的胃，让他像是活吞了一只螃蟹似的。9月3日下午，在德国向可怜的波兰人发起进攻两天之后，比尔曼派人将他叫去办公室。比尔曼手里拿着封淡黄色信笺。

“英国人和法国人的宣战。”比尔曼说道。弗里茨闭上双眼，一个“不”字在他的心头膨胀，他感觉自己一定会爆炸。

“这将是一场大屠杀。”他说道。

“柏林的先生们没料到会这样。”比尔曼嘀咕道。尤其是英国人的宣战会引起真正的震惊。冯·里宾特洛甫外长也许除外，他是英国的死敌。冯·里宾特洛甫，比尔曼说，听到这个名字他就感觉不爽。从前这种人在部里是没有机会的。外交部一直就是伟大外交的家园。

“在这里我们无能为力，科尔贝先生。”弗里茨不知道比尔曼此话指什么，但他的决定刚才变得更加明确了：决不回德国。

“丘吉尔行事果断。”弗里茨说道。比尔曼同意这一说法，他遇见过丘吉尔一回，是个能给人留下深刻印象的人物。他望望信笺，将它从中间折起，插进上装内袋，说道：“一封历史文献。”

“是地狱，领事先生。”

比尔曼拉正领结，走到窗前。

“现在电传打印机传来的所有愚蠢指示当中，”他说道，“就有好多封是要提醒这里岗位上的我们，黑人总体说来比不上德意志人种。”领事拿指尖敲敲窗框。“您女儿怎么适应这一切的？”

“您就别问了。您夫人呢，领事先生？”

比尔曼摇摇头。离开办公室时弗里茨又回头望了望老人。窗前的阳光里，比尔曼宛如一尊雕像，一尊石像，一个久远时代的遗物。回到办公室后弗里茨锁上门，将电话听筒搁到话机旁，拉上窗帘。他脱去上装，从头顶取下领带，深吸好几口气，屈起胳膊。他双拳挡在面前，左手在前，右手打出勾拳、刺拳，他绕着想象中的对手来回跳跃，一次次出击，突然低头，躲避，重心转移，出拳,回避,连续出拳。数分钟后他的腋窝和胸脯就湿透了,他继续拳击。这个挥舞旗帜的愚蠢对手,他若倒地不起,弗里茨会抬脚踩他的肋骨。弗里茨打了那么久的拳,直打到胳膊再也抬不起来,再也不听他使唤,膝盖发软。他来到托同事从北京带来的中国屏风后面,俯身盥洗盆上,撩水泼自己的脸。他盯着镜子里。他的蓝眼睛冷若冰霜,眉头紧锁,面无表情。他不喜欢这张脸现在的样子。他在肩头围了块毛巾,在办公桌旁坐下来,推动地球仪,端详金色相框里的三张照片。他的亡妻,卡特琳母亲的肖像。这事早就过去了。旁边是卡特琳的照片,她遗传了母亲的黑发。天哪,这丫头多漂亮啊,而且对世界充满好奇。当他给她讲述他十分爱读的古老游记时,她总是竖起耳朵聆听。她首次来月经时最先找的人是他。弗里茨当时轻咳一声,说他需要一杯威士忌——可是卡特琳嘟囔说,这也帮不了她。他不知所措地说,真是太棒了,一个真正的女人,没有它根本就不可能有孩子——直到他觉察到她的目光。她只是警告地说了句“爸爸——”,将最后的“a”音拖得很长,他这才收住嘴,盯着他的鞋。好像这还不够似的,她问他她什么时候才会长出乳房。他“哎呀”或“噢”了一声,说他不清楚,然后又开口讲起来,说她母亲乳房很小,那乳房真的很漂亮,直到卡特琳打断他的话头,建议说:别谈这些也许更好。

现在呢?他将照片按在额上,感觉汗淋淋的,他快流泪了。

他骂骂咧咧，拿拳头擂桌子。德国。贝多芬，席勒，舒伯特，克莱斯特[1]。有着宾茨和泽林海滨浴场的东海海岸，阿尔戈地区，汉堡和柏林，美丽辉煌的柏林。多年来，他的朋友瓦尔特·布劳恩魏因和妻子凯特就一直从柏林给他寄明信片——是弗里茨请求他们最好寄明信片，不要寄信的，这样他可以多看看柏林。满是轿车、巴士和着装考究的行人的选帝侯大街，人头攒动、玻璃亮堂的弗里德利希大街上的咖啡馆，阿德隆饭店[2]大门外友善的门童，明信片上万湖湖畔尖叫的孩子们，湖面满是三角小帆船。从 1936 年起，主题就开始变化了，图片上，越来越多的卐字旗飘扬在屋顶，人群中混杂着穿制服的男人。

办公桌上的第三张照片拍摄的是老友瓦尔特·布劳恩魏因、弗里茨和两名黑人，是一次西南非洲狩猎旅行时的合影。那些日子多么精彩啊。照片上，阳光洒照在四个男人的脸上，弗里茨的高额头被照得亮晶晶的。瓦尔特身体朝他微倾，似乎在说什么，两名狩猎向导对着相机在笑。弗里茨瞄准一只油亮的羚羊，但没有开枪，瓦尔特问他怎么回事。弗里茨垂下连发枪，一只手搭住瓦尔特的肩，说，卡特琳要他保证过，不开枪。瓦尔特问，那他们

1　海因里希·冯·克莱斯特（Heinrich von Kleist，1777—1811），德国剧作家，代表作有《破翁记》等。

2　建于 1905—1907 年，是以酒店老板劳伦兹·阿德隆的姓氏命名的。至今仍是王公贵族和政要首脑们钟爱的豪华酒店，也是世界各地领导人访问柏林时下榻的官邸。

为什么参加此次狩猎旅行？弗里茨回答说，不开枪也很好啊。瓦尔特目送羚羊远去，它们先是疯狂跳跃，然后细长的腿曼妙地穿过热带稀树草原，越走越远，几秒钟后就被阳光和纤尘吞没了。他的老友瓦尔特。他生活在那里，在德国，就职于外交部。一年前，布劳恩魏因一家——瓦尔特、他妻子凯特和儿子霍斯特——曾经来开普敦做过客。

他们乘着弗里茨的霍希牌公用车行驶在滨海大道上，凯特坐在后排，坐在她儿子霍斯特和卡特琳之间。卡特琳和凯特双手按着头顶的帽子，不让迎面吹来的风刮走它们。卡特琳一直在笑，弗里茨频频转头看她，直到瓦尔特警告他注意道路。野餐时弗里茨试图与瓦尔特谈谈德国，可瓦尔特不接他的话茬。在家用晚餐时弗里茨重新找他攀谈。瓦尔特嘴唇紧抿，躲开他的目光。凯特说弗里茨应该知足。漂亮的凯特，弗里茨很久没见她了。她的左嘴角有时会抽搐一下，每当弗里茨谈及政治，她都会警告地望望瓦尔特。

第二天他们驱车出城，一路向北，前往桌山[1]、狮头峰[2]和魔

1 南非主要山脉之一，形似巨大的长方形条桌，南望好望角。

2 南非开普敦桌山的山峰之一，海拔 669 米。

鬼峰[1]之间的绿色山谷，卡特琳和霍斯特背倚凯特，光溜溜的腿垂在车外。弗里茨本可以一直这么行驶下去，一直开到非洲大陆的中央，顺着开拓者们的道路，穿越沙漠和热带丛林，再于傍晚返回开普敦，坐在滨海大道上闲观大海。可他总感觉有什么不对头。弗里茨不想出现矛盾或争执——他难得见到朋友们。在开普敦他有很多熟人，他的鞋匠，新市场上的卖花女，达令街和阿德利街咖啡馆里的许多服务员——但没有真正的朋友。至少在他问起冯·里宾特洛甫时瓦尔特回答了。“一个妄自尊大的家伙。万一你回到德国，在部里遇见他——千万不要忘记‘冯’字。此人最重视他姓氏前的这个‘冯’字。至关重要。”

瓦尔特的儿子个子高挑，头发浅黄，他提醒弗里茨带他去钓鱼的承诺。那好吧，弗里茨说道，与霍斯特一起支起滩钓设备，笨重钓竿，优质铅锤，它们越过海浪将鱼饵送到很远的地方。中午时分，少年饥肠辘辘地扑向伊达为他们准备的餐盒。他们坐在暖乎乎的沙子里，谈论体育。弗里茨问霍斯特喜不喜欢今天的德国。“哎呀，弗里茨叔叔，我不知道。发生了很多变化，”霍斯特说道，“我们一条鱼都还没钓到呢。”弗里茨说，那就继续钓。“和你一块儿钓鱼，就算一条都钓不到，也很开心。”弗里茨笑了，说：“我们会钓到一条的。”

1　桌山的另一座山峰，海拔 1002 米。

最后一天傍晚，他与瓦尔特一道去海边散步，夕阳余晖下，他们的影子长长的，沙滩呈灰色。此次朋友来访，这是弗里茨头一回与他单独相处。布劳恩魏因要高出他一头。身为外交部高级官员，瓦尔特·布劳恩魏因的头发奇怪地乱蓬蓬的，头顶的褐发一绺绺交织着，仿佛他的生活中一直刮着风。弗里茨原先对他的信赖又回来了。他再次询问德国是怎么个情形。瓦尔特双手插进裤兜，眺望着海面，耸耸肩膀。妻子不在身边时，许多男人话就会多起来。弗里茨知道，每当貌美如花的凯特坐在身旁，瓦尔特就会变成另一个人。他又问了一次，仅用了一个词："德国？"

"老实说，弗里茨，我不知道。我还不理解。人们都着迷了。某种程度上，很感人。"

"着迷？该死的，瓦尔特。会爆发战争吗？"

"这倒不至于。"

"犹太人怎么回事？"

瓦尔特搓搓额头，长吁一口气。他们沿着海滩往前走。弗里茨感觉到朋友心头弥漫的空虚和犹疑，望望灯火辉煌的城市，再望向黑暗笼罩的海洋，海浪哗哗冲刷着沙滩。一股强烈的无能为力之感向他袭来。

他能理解弗里茨喜欢开普敦这里，布劳恩魏因说道，真的漂亮。

"可是，根本比不过爱尔兰。在那里生活，弗里茨，那才叫美。

最好是在另一个时代。”弗里茨笑了。“你和你的爱尔兰啊，”他说道，“谁都会理解。”

“我们游泳去吧，老朋友。”瓦尔特说道。他们脱光衣服，晚风凉飕飕地吹着他们的皮肤，让他们感觉到自己身体的存在。他们迎浪奔跑，冲进冷水，像男孩一样喊叫，波浪的阻力让他们步履艰难，当脚踮不到海底时，他们便头朝前跃入水下。“我们会挺过去的！”瓦尔特喊道。“是的，”弗里茨嘴里含着水说道，“当然。”看谁率先游到浮标那儿。他们用自由式游着，脸朝下，侧望着对方，脸上水花四溅。他们破浪前进，都想比对方游得更快。他们同时击打了浮标的金属外壳。弗里茨气喘吁吁，说他击打得早一秒。瓦尔特不同意。就是。不是。就是。不是。瓦尔特提议“不分胜负”。弗里茨说他们可以就此达成一致。月亮冉冉升起，照得瓦尔特的湿肩白白的，他一副幸福的模样。

次日，布劳恩魏因一家离开了。

傍晚，弗里茨从领事馆回到家里，卡特琳屈腿坐在沙发上。平时常常是伊达坐在她身畔，想办法与她做游戏或拿图书给她，但今天卡特琳呆呆地盯着弗里茨挂着世界地图的墙壁。伊达问现在怎么办。他说不知道，他感觉是置身于一个被厚海绵绝缘了的小房间里，什么也听不到，只能听到自身血液的哗哗流淌。

“我不会丢下你一个人的，卡特琳。”

“你保证?”

“是的,宝贝。我永远无法丢下你一个人。根本做不到。”

她扑进他怀里,他抱紧她瘦小的身体,用力抱得紧紧的。世上没有比这更美好的事了。

“我在街上被一群布尔人[1]侮辱了。我害怕,科尔贝先生。他们中有一位举着一面卐字旗。”伊达说。

“他们伤害你了吗?”

“没有。但是恕我冒犯,科尔贝先生,您知道我希望什么吗?我希望南非也向您的德国宣战。”

“那不是我的德国,伊达。”弗里茨放下卡特琳。

“还会有更多战争?”卡特琳问道。伊达摸摸她的头发。“哎呀,小宝贝,”伊达说道,“这一切与你和你爸爸无关。”

“我们拭目以待吧。”弗里茨说道。

9 月 6 日,在英法宣战三天之后,四个人(两人身穿制服,另两人穿着便装)穿过领事馆走廊,大步走向比尔曼的办公室。他们没敲门,其中一位直接推开了比尔曼办公室的门。“领事先生!”然后门就从里面被锁上了。

“这又是怎么回事?”年轻的海因里希・米勒问道,两天来他

1　布尔人,南非的荷兰后裔。

瘦小的上臂都戴着一枚卐字袖章。

“您以为呢？该死的，偶尔也动动脑子吧。”

米勒结结巴巴、含糊不清地说了几句。弗里茨请求原谅——他不是故意这么说的。

仅仅数分钟后，那四人又离开了比尔曼办公室。他们沿着走廊走向锃亮的小方门。其中一位穿制服的攥着拳头。

弗里茨目送走出去的那些人。他缓步走进比尔曼办公室，像是脚踩在碎玻璃片上似的。

年老的领事歪坐在椅子里，在一个劲地淌汗。弗里茨从未见过他这样六神无主。世界正在崩塌，越来越严重，一块一块地。

“我们是两个不受欢迎的人，科尔贝。南非向德国宣战了。我们必须解散领事馆。”

他支撑着从椅子里站起来。“我们必须回去。”他说道，走到窗前，指指桌山平坦的、刀切过一样的圆形山顶。“好滑稽的一座山。我很喜欢开普敦，内人也是。您和您女儿也喜欢过这里，是不是？”过去时态让弗里茨不知就里，让他害怕。

“我仍然喜欢，”他说道，“我常带着卡特琳乘坐公共汽车沿着达令街或阿德利街来来去去，经过公园、遮阳篷下的商店，直到海边。另外我和卡特琳都喜欢太阳。这里阳光充足。”他站到老人身旁。“比尔曼领事先生，我不回德国去。”

比尔曼摆出军人姿势，拿食指指着他。弗里茨真不相信这个人会做出这个手势。

“您给我听仔细了，科尔贝先生。我祖父是外交官，我父亲也是。我的熟人很有影响力，我的话还管点用。我反对德国发生的事情。我向您保证，”他攥起拳头，“我能做到的比您也许在想的要多。我在全世界都有联系人。我认识莫洛托夫[1]本人和其他人。我会采取行动，我会设法亡羊补牢，力挽狂澜。我能做到。我能做到，您理解吗？可是，如果我最亲密的部下，我的副领事，溜走了，我在柏林会是怎么个状况呢？如果他在非洲定居下来或逃去西南非洲？您那样做会破坏我的威信。您会瓦解我的影响力。您十分清楚，如果我最优秀的下属留在了非洲，现在在那里发号施令的先生们会如何反应。您不能这么做，科尔贝先生。这是不负责任。”

“我女儿……”爱让弗里茨的声音变温和了。

“您必须将卡特琳留在这里，科尔贝先生。您不能带她走。不能带去那里。”

弗里茨心脏紧缩。他转过身去，盯着地板。

“她会理解的，科尔贝先生。”

“她才十四岁。我向她保证过，永远不会丢下她一个人。”

---

1 维亚切斯拉夫·米哈伊洛维奇·莫洛托夫（1890—1986），第二次世界大战时期曾任苏联人民委员会第一副主席兼外交人民委员、苏联国防委员会副主席。

“她不能去德国。”

“不能，绝对不能。”

“而您，科尔贝先生，您必须去。如果我们返回时您不在我身边，我就没有影响力了。那就全完了。”

比尔曼打开办公桌旁的一扇门，取出一瓶白兰地和两只大腹酒杯，倒上酒。他举杯转一圈，一种仪式，一种现在也无须废弃的旧动作。这触动了弗里茨，刹那间有种逝去的幸福感。他心里一切都在收紧，思绪变得暗淡柔软了。比尔曼邀他共用晚餐。弗里茨开始为解散领事馆做准备。他打电话，发布指令，不听任何人讲话，不管德国来的电报。这一晚他过得恍恍惚惚，陪伴他的是比尔曼与他妻子的目光和温柔话语，他只知道一件事：他们在劝说他返回德国。这天晚上，在炒蔬菜和煎肉的气味中，在窗口吹进的和煦微风里，他多年来头回想到了父亲赠送他的人生箴言：做正确的事情，别害怕。他后来站在阳台上，双手紧抓着金属栏杆时，比尔曼的妻子来到他身旁。她拄着拐杖，给自己点了支烟。

“您还会见到她的，科尔贝先生。肯定会。我们总不能任由那些野蛮人颐指气使。请您信赖我丈夫。私下里，他是一位老战士，以他的方式。他的话有分量。”她再帮他倒上威士忌。这种时候完全可以比平时多喝上一口，尽管她丈夫对此肯定有不同看法。他有时太克制了点。她笑笑。

“科尔贝先生，请您别忘了，我们接收到的德国新闻，是受到操纵的。现在柏林的形势，不可能像我们读到的这样严重。人类不是这样的。”

微微醉，怒冲冲，他驱车出城，返回营地湾。他在卡特琳身边躺下来。她鼻梁挺直，呼吸均匀，黑发成扇状铺在枕头上。她呢喃着什么，扭过头来。他轻柔地抚摸她瘦小的上臂，将他的手搁在上面，试着入睡。

第二天早晨，还没到上班时间，他就走进了领事馆他的办公室，通阅夜里发来的电报，然后下楼走进围墙包围的小花园。他顺着漆成白色的旗杆仰头望向淡蓝色的天空。卐字旗像具尸体一样悬挂着，软塌塌地，纹丝不动。他掏出小折刀，割断绳子，当旗子飘落向地面、在草地上堆成一座山的形状时，他已经在赶回办公室的途中了。弗里茨脑子里有种奇怪的嗡嗡声，他没有多想，就踏进无线电通信破译室，打开保险箱，取出装有无线电密码的皮公文包，将密码记进本子里。然后他从座机打电话到英国领事馆，邀请卡尔斯鲁皮先生晚上喝一杯，在开普敦这些年，他与卡尔斯鲁皮先生很熟悉了。

9 点钟，他预约的卡车开来了，烙有帝国鹰的搬运箱被交给了对方。员工们陆续赶到后，他下发命令，催促大家抓紧时间。当年轻的米勒激动地在走廊上奔跑，大喊“旗子被割断了！我们的旗子！”时，弗里茨警告他去干活，他们接到了最后通牒；他现在不应该过问这面旗帜，这旗帜以后在德国有得看的。“我可真希望这样，科尔贝先生。”这小伙子怎么了？前不久他还向弗里茨承认过他害怕，几天后他却戴上了卐字袖章。现在又这样。

弗里茨与斯瓦科普蒙德[1]的维尔纳和希尔特露德通电话，与荷兰航线的代表交谈。德国船只不可以再在开普敦停泊了。他将厚厚一叠照片扔进废报堆，小心翼翼地包起地球仪，尽可能放置稳当。他摸摸内袋里抄有无线电密码的纸条。

下午，他离开乱哄哄的领事馆，合上了霍希牌轿车的车盖。他总是敞开车盖行驶的，现在他不想再这样了。一连骑兵沿街驰来，马蹄踩在路面，发出嗒嗒的金属声。士兵们在领事馆大门外停下，指挥官一声令下，马和人都像通了电似的，齐刷刷转向领事馆，安静地守着。弗里茨小心地从这些人身旁驶过，从装饰艺术的房屋之间，经过公园和花店，沿德林乌湾上山。他在最高的位置停下来，俯瞰澎湃的海洋。天空湛蓝，闪闪发光。柏林与这里的直线距离近一万公里，却毫不费力地影响了领事馆，让那些人在上臂戴上卐字袖章，不久前他还认为他们理智呢。他钻下车，呼吸暖风。比尔曼又找他长谈过一回。“科尔贝先生，我向您保

1　纳米比亚西部大西洋沿岸的一座港口城市，由德国人建立于 1892 年，是纳米比亚主要港口之一，地处温得和克以西 280 公里、鲸湾港以北 33 公里处，是埃龙戈区首府。

证，我在这个部里还能发挥点作用。为此我需要您。”他讲到本杰明·富兰克林[1]或塔列朗[2]这些大外交家的奉献精神和对细节的热衷，他们干得那么巧妙，协议签署人直到数月后才醒悟过来，他们的签名认可了什么样的条件。维也纳会议[3]——比尔曼崇拜地说——多么尖的鹅毛笔，多么黑的墨水啊。“情况会恶化，”他说道，“但我们联手能够阻止更加糟糕的事情！科尔贝先生，我向您发誓。”

卡特琳不会理解的。又怎么理解？小丫头怎么理解这整个的疯狂？万一比尔曼领事搞错了，会怎么样呢？也许他被派到开普敦这个遥远岗位上来不是无缘无故的。柏林不可能没注意到，他在接待纳粹的南非褐衫党代表团时不只是态度冷淡。但这位老人确实优秀，比尔曼对欧洲外交史了如指掌，无人能及，他为人正直，十分忠诚。他认为如果弗里茨不与他一道回去，会损害他

1　本杰明·富兰克林(Benjamin Franklin，1706—1790)，美国著名政治家，杰出的外交家，曾出任美国驻法国大使，成功赢得法国对美国独立的支持。

2　塔列朗(Talleyrand，1754—1838)，法国资产阶级革命时期的著名外交家，为巩固法国资本主义革命做出了极大贡献。从 18 世纪末到 19 世纪 30 年代，曾先后在连续六届的法国政府中担任外交部长、外交大臣，甚至总理大臣的职务。

3　欧洲列强于 1814 年 9 月 18 日至 1815 年 6 月 9 日在奥地利维也纳召开的一次外交会议。会议由奥地利政治家克莱门斯·文策尔·冯·梅特涅提议和组织，旨在重新划分拿破仑战败后的欧洲政治地图。会议的主要目的有：恢复拿破仑战争时期被推翻的各国旧王朝及欧洲封建秩序，防止法国东山再起，由战胜国重新分割欧洲的领土和领地。

的威信，这个观点深深打动了弗里茨。他摘下草帽，拭去额上的汗。他感觉自己好渺小啊。大海涌进营地湾，白浪滔滔，冲刷鞭痕崖，阳光照耀着，海鸥迎风尖叫。白色市中心在他的右首闪熠。弗里茨吸入这些印象，深深地吸纳，牢记住他看到的一切。然后驱车下山，驶往营地湾。

“科尔贝副领事先生？”英国领事的秘书卡尔斯鲁皮先生站在门口。他们握握手。

弗里茨一直就是个十分正派的人。领事请他代为问候弗里茨。卡尔斯鲁皮祝他一切顺利。“尽管我担心，顺利在今日德国的定义很奇怪。”

弗里茨没有深入这个话题，他问卡尔斯鲁皮想不想喝点什么。

“除了喝一杯，我们还能去哪里？”

“言之有理。”他们走进厨房，弗里茨从橱里取出一瓶苏格兰威士忌和杯子。

“我们是战争对手，科尔贝先生。”

“布劳恩魏因的儿子霍斯特的玩具手枪还留在这里的什么地方，”弗里茨说道，“我们可以相互射上一阵。”

他们哈哈大笑，举杯相碰。弗里茨说，在南非这儿的时光真是美好，他常与卡特琳，也与布劳恩魏因一家驱车出游，有时他也独自徒步，虽然有警告说要当心野兽。

“我从不认为我们会遭遇什么。直到那一天。”

“哪一天啊，科尔贝先生？”

“从五点四十五分开始[1]——我指的是那一天。”

卡尔斯鲁皮从头上摘下巴拿马草帽，放到桌上。

“德军在那里可不会半途而废，科尔贝。”

“在30年代的那种游行（数千旗帜、火炬及所有这些蠢东西）期间，”弗里茨说道，“有一回，德国画家马克斯·利伯曼[2]说他吐的比吃的还多。”

卡尔斯鲁皮轻咳一声，笑了。

“现在，”他说道，“尽管您一直衣着入时，在开普敦是位名人，但您喜欢这句名言，我一点不觉得奇怪。”他轻轻敲敲一叠报纸。《泰晤士报》《华盛顿报》《费加罗报》，还有意大利、苏联、西班牙和波兰的报纸。“科尔贝先生，都这时候了，还这么迷恋国际报刊？”

“世界很大，五彩缤纷。”弗里茨说道。

“那么，您为什么打电话给我呢，科尔贝先生？听起来急得很。”

弗里茨关上厨房门，拉上窗帘，房间被淹没在绿莹莹的光线

---

1 见本书第19页。

2 马克斯·利伯曼（Max Liebermann，1847—1935），德国犹太裔画家、版画家，柏林分离派艺术运动领袖之一。

里。他从上装内袋里掏出纸条，眼睛盯着拿纸条的那只手。

“科尔贝？”

卡尔斯鲁皮发色淡黄，头路清晰，髭须仔细梳理过。

“这是无线电台的密码。留下来的几个人的姓名。”

“科尔贝先生？”

“我不是纳粹，卡尔斯鲁皮先生。”

“您这是干什么？您现在想塞给我这密码，您是不是以为我是个双面间谍？我们可都知道，大使馆和领事馆里遍布着间谍。尤其是现在。您不确保自己的安全，就这么做？科尔贝，亲爱的弗里茨，也许您还是应该留在这里。如果您在德国这么表现，几礼拜后您就死定了。”

卡尔斯鲁皮的话像把大砍刀刺穿了弗里茨。如果他在德国这么表现？他先在马德里，之后短期在巴黎、华沙，现在在南非工作，在此期间，弗里茨曾经偶尔听到别人低声交谈情报活动，英国的军情六处(MI6)，苏联的内务人民委员部(NKVD)、国家安全人民委员部(NKGB)，法国的第二局(Deuxième Bureau)。

“好吧，科尔贝，给我吧。”卡尔斯鲁皮声音里的英式高雅减弱了一点，目光在纸条和弗里茨的眼睛之间来回逡巡。弗里茨将纸条从桌面上缓缓推过去，纸条发出轻微的摩擦声。卡尔斯鲁皮的手伸过来，五指张开，他戴着一只印章戒指。弗里茨将纸条按在桌面。卡尔斯鲁皮抽回手，抬起胳膊，仿佛受了威胁似的。

“您能给我什么保证吗?”弗里茨问道。

“不,没有。科尔贝,您知道,这些无线电密码现在已经没有价值了。”

弗里茨走近拉上了窗帘的窗前。窗帘后的太阳让他感觉像是沙漠里火辣辣的那种,白色多于黄色,给人无力的假象。行动吧,他想,别思前虑后了。这些密码当然没有价值,但这个姿态并非没有价值,对他来说不是没有价值。另外,卡尔斯鲁皮似乎也和他一样,不熟悉这些间谍事务,否则他不会向弗里茨指出可能存在的危险。他将纸条扔到桌上,纸条滑过去,卡尔斯鲁皮伸手抓住了它。

“很好,”卡尔斯鲁皮说道,“您请保重,科尔贝先生。电话和无线电通信都受到窃听,邮件遭到拆阅。您却——自愿地——返回一个暴政国家。我实在不知道该怎么看您。”他伸手拿起帽子。“天哪,伙计,您还是好好考虑一下想做什么、不想做什么吧。”卡尔斯鲁皮将纸条塞进他的上装口袋里,拍了拍,向弗里茨伸出手来。

“再见了,科尔贝先生。”

弗里茨送他到门口,拉开门,夏天似乎一下子窜进了屋里。

“我们可都是只想要和平。”他说道。

“有个栖身地,有个家庭,有足够吃的。”卡尔斯鲁皮说道。

“在美丽的世界上,不管望向哪里,处处都一样。那可就简单了，卡尔斯鲁皮先生。”

英国人戴上巴拿马草帽。

“事情会恶化，科尔贝。英国人不会放弃。”

“我祝您好运，卡尔斯鲁皮。”

“我也祝您好运，科尔贝。您会需要它的。”

“请代我向您夫人问好。”

伊达煮了鸡腿和蔬菜。弗里茨和卡特琳一起在厨房里用餐。他无法凝视女儿，只听到她的咀嚼声和不时发出的“嗯，好香，爸爸”。他的胃在痉挛，简直一口都咽不下。

“怎么了，爸爸?”她发觉了，她看穿了他。

“我得打个电话。”他说道。他上楼去他的小工作室，给比尔曼领事打去电话。

“领事先生，我不跟您走。决不。我要留在卡特琳身边。”

听筒里先是沉默，然后发生了一桩弗里茨绝对料不到比尔曼会做得出的事。老人在高声呵斥他。

“我是您上司，科尔贝先生！如果我们这儿人人都为所欲为，会有什么结果呢？事情该从何着手？您是我的副领事。柏林方面知道我与您一起回去。您当真想与那里的那些不懂艺术的家伙为伍吗？您想像只流浪的癞皮狗一样认输，夹起尾巴吗？我真无法相信您说的话。”听筒里传来吁吁气喘。弗里茨感到惭愧、自卑。“科尔贝，我既失望又震惊。从没有，我从没像看错您这样看错过任何人。好吧，那您就让一个老人单独返回柏林，让他去进行胆小的年轻人不敢进行的斗争吧。”“吧嗒”一声。弗里茨拿听筒拍打太阳穴。他诅咒，他抡拳。元首国家。告诉我该做什么吧，我照做不误。神圣的领袖啊。剥夺我所有的责任吧。噢，我心甘情愿地服从你。取走我的灵魂，取走我的思维吧。取走我。他从墙上扯出电话线，掷向窗户。它粘住了一会儿，像条蛇，然后掉落到地板上。

弗里茨走回去，向卡特琳伸出手，提议去海边散散步。

在他将事情告诉她之后，她跑开了。一个长着乌黑头发的瘦小女孩。他望着卡特琳的背影，心被她牵动着。他迎着风和汹涌的海涛声呼喊她的名字。他跟在她身后追她，他的鞋陷进沙子里，所有的力气都在从他体内流失，他跑不动了。

“卡特琳！卡特琳！”他的女儿在躲他。他恳求她停下来。当他赶上她、将一只手搭上她的肩时，她推开了它。她眼睛湿润，脸上浮现出他还从未见过的一种表情。卡特琳长大了。

“你答应过我！你答应过我！不能食言。”

他跪进她面前的沙子里，像要祈祷似的抬起双手。卡特琳举拳擂打他的胸。

“我会回来的，”他吞吞吐吐地说，“卡特琳，我会回来的。我……”

“你丢下我一个人。”她的声音因为愤怒和风变尖细了。弗里茨低垂着头，张开双臂。他不知道这个姿势他保持了多久。数秒或数年之后他感觉到了卡特琳的身体，她尽力贴紧他，他双臂抱紧她，他想永远不放开她。

“你可不能留下我，爸爸。”卡特琳的胸腔快速起伏，她在哽咽。

“我还会回来的。我会来接你的，我的姑娘。我肯定会来接你的。”

弗里茨紧紧抱着她。她知道情况。她不是孩子了。她阅读的报纸跟他一样多。

“在希尔特露德和维尔纳身边，你会得到很好的照料。”他说，“相信我，西南非洲很漂亮。只要可以，我就会尽快回来。宝贝，不会很久的。这整个事件骇人听闻，不可能持续很久。”

她从他的拥抱中挣脱出来，推开他，他瘫坐在沙地里。卡特琳背对他，沿着海滩跑开了。

卡特琳坚持要一块儿去码头。弗里茨更想在家里不受打扰地与她单独告别。他担心，当他从甲板上看到女儿的小小身影消失在人群中时，他会哭出来。但他不能拒绝卡特琳的愿望。高大船体前拥挤不堪，散发出太阳、花卉和汗水的气味。一名男子骂骂咧咧，撞到了卡特琳，他的箱子撞在她的胫骨上。弗里茨大声怒骂那个人,要他最好注意点,让他见鬼去。他感觉卡特琳在用她那映着天空的眼睛看着他。她还从没听过他这么讲话。弗里茨在炙热和起伏的喧嚣声中拥抱女儿,她的手指抓进了他的背。我做不到,他想。我没法做到。他闭上眼睛,伫立在透光的黑暗中,闻着轮船烟囱吐出的废气,烟囱排出的黑烟几乎笔直地升向蓝天。他双手捧住卡特琳的脸,感觉她光滑的脸庞,直视着她的眼睛。这世界上最最珍贵的东西。

"我会回来的。"他说道。当他从背上掰开卡特琳的胳膊,示意伊达过来时,他崩溃了。接下来的几天,女孩将住在伊达家里,直到他的朋友维尔纳和希尔特露德将她接去西南非洲。

弗里茨是最后登上"荷兰轮船"甲板的几个人之一。舷梯在他的身下晃荡,他用余光看到了桌山平坦的圆顶。南非曾经是一个天堂。拥挤的甲板上又热又吵,但弗里茨靠他训练有素的胳膊在船舷旁扒拉到一个位置。他看到卡特琳浅色的脸和她身旁保姆伊达高大肥胖的身躯。数百只手在挥动。手帕不知所措地飞舞,士兵们向空中伸出拳头。船上的号角呜呜吹响了,笨重的锚索发出辘辘响声,透过脚下的木甲板,弗里茨感觉到巨大的发动机在运转。这一切不可能是真的,他想。卡特琳背朝着他。她是那么瘦削。

"卡特琳,求求你!"他喊道。伊达向卡特琳俯下身去,劝说她。弗里茨祈求着。他看到小姑娘轻轻摇头,看到伊达抬头望望他，又转向女孩。卡特琳缓缓转过身来。弗里茨拭去脸上的泪水。卡特琳在向他挥手。

“我会回来的！”他喊道。船舷和码头间的距离逐渐增大，螺旋桨旋起的水四处喷溅。卡特琳浅色的脸越来越模糊，渐渐消失不见了。

三　地狱行

在外甲板和临时安排的舱室里，男人们高唱着德国民歌。歌声像一面旗帜绕船飘荡。“路易丝安娜号”轮船航行在貌似平静的大西洋上，海水哗哗，拍打着船壁。弗里茨经常站在栏杆边，眺望弧形的地平线。一群坚定的德国男女派出一队代表去找船长，要求在荷兰国旗旁边加挂德国国旗。船长拒绝了，锁住通往驾驶舱的门，布置了哨兵守护。

人们一天挤进无线电通信室两三回，收听有关战争进展的新闻。欢呼声令弗里茨反感。“波兰沦陷了！”正在报道德国潜艇的成功，没过多久，他听到一支歌，他睡着后都在被它折磨：“因为今天德国属于我们，明天全世界都属于我们。”他在开普敦认识的那些理性的男女总有说不完的要求，试图向荷兰水兵发号施令。弗里茨听说第一天就发生了斗殴。

他与一个名叫彼得森的男子合住一间无窗小舱室。彼得森在西南非洲和南非尝试做过各种生意。但是，由于那儿的土著，什么都没成，他说道。彼得森用臂肘撑住身体，他背后的舱壁油腻发亮。可是，幸好现在全新的时代开始了。再过两礼拜他就加入国防军了。弗里茨也会当兵吗？

“我从事外交工作。”

彼得森笑了。“外交官？胡扯。我们干吗还需要他们？伙计，您给人的印象是身体十分壮实。您为什么不上战场呢？”

“外交部，”弗里茨说道，“与俄国议定了合约，与日本谈成了反共产国际协定，另外……”

“对对，您快住嘴吧，就算那样好了。您说得没错。冯·里宾特洛甫和元首应该紧密合作。如果他是您上司的话——很好，干吗不好？”

弗里茨经常连续数小时眺望大海，观察太阳的状态如何改变海水颜色。他给自己制定了一个小计划：每天至少绕外甲板跑十圈，做三十个下蹲、三十个俯卧撑。有时候他阅读点东西。尤其是当甲板上德国人的喧闹让他无法忍受时，他就躲进一本书里。有一回，不知道是航程的第几天，他看到远方地平线上有一缕斜烟。很可能是一艘潜艇用鱼雷炸毁了一条船，数百人被困在水位上升的船内，或漂在海上，直到肌肉疲软，被尚有生命的身体的重量拖进深渊。所有这些可怜的人啊。

晚上，彼得森自顾自唠叨那个种族理论，说事实证明，元首说得多么正确。东部的人，比如波兰佬，根本抵抗不了德军兵力。早就该狠狠教训国际上的犹太民族了。弗里茨幸运的是，彼得森不期望他回答，他叨叨不停，最后说声晚安，数秒钟后就打起鼾来。

弗里茨最大的安慰是一条紧贴船游过去的鲸鱼。那灰色的、油漆过一样光滑的鲸背从大海里拱起，又潜了下去，虽然庞大，但动作轻盈优雅，那庞然大物喷出水，巨大的尾鳍灵活地钻出大西洋，一跃而起，身躯隆起，滴着水。他身旁的彼得森说，要是现在有支步枪，他会给它几下——听说这些畜生会妨碍潜艇。

“船长肯定有枪放在船长室里，您认为呢？”

“够了，”弗里茨说道，“你个蠢货。”彼得森从上装口袋里掏出一个本子，询问他的姓名住址。弗里茨从没向他做过自我介绍。说不说？彼得森一个示意，另两名男子站到了他身侧。

“佐默尔，卡尔·海因茨，”弗里茨说道，“开姆尼茨，弗里茨街33号。”

“那好。您这样的人，佐默尔，只需要正确修理，也就乖乖顺从了。您在德国还有得要学的。不过别担心，会告诉您该怎么做的。”

弗里茨拉下太阳帽遮住额头，走开了。卡尔·海因茨·佐默尔，来自开姆尼茨。你继续游吧，鲸鱼，他想，你就继续好好地遨游海洋吧。当你经过斯瓦科普蒙德附近的海岸时，请代我问候卡特琳。

在一个深蓝、凉爽的夜晚，他望向南方，非洲早就消失不见了，海水哗哗响，在黑暗中渐渐模糊起来。卡特琳！丫头。你们这些孩子为什么从来不懂，你们的父母有多爱你们呢？

比尔曼领事身穿浅灰色三排扣西服、白衬衫，系着领结，他妻子穿一身深色套装。早餐后，弗里茨就听到她的拐杖在甲板上“嗒嗒”响。比尔曼又对弗里茨讲过一回，他们这样的人返回德国有多重要，可当时弗里茨就从这个男人的眼里读出了怀疑——睃睃旁边，皱皱眉。现在在船上，他越来越觉得比尔曼是个陌生人。一群年轻人身穿褐色制服，在甲板上打他和他妻子身旁跑过，上臂戴着红袖章，上面的卐字缝在白色圆底上。其中一个年轻人——领事馆的米勒——撞到了特蕾泽·比尔曼，又继续跑走了。领事用一只胳膊抱住妻子的肩。是什么让小家伙如此放肆呢？

“如果尊重不复存在，科尔贝先生，如果图书遭到焚毁，人们因其宗教而遭遇仇恨的命令，如果再没有端庄的举止，那么剩下的就不远了。也许外交部是最后的岛屿之一——因为它必须具备国际性，精通交流和语言。”他攥起拳头，拳头大大的，有皱纹。

“它可是我们的国家。我的天哪。”特蕾泽·比尔曼将手伸进她丈夫的上装口袋，替他点燃一支烟，递给他。他轻轻地摸摸她的脸。她说，她还有她的拐杖呢。

“您女儿的事我们很抱歉。但是，有时候孩子们适应形势的能力十分惊人。您的卡特琳是个了不起的姑娘。您别太操心了，科尔贝先生。”

弗里茨离开这一唱一和的两人，让他们单独待着，他觉得他们像一张老照片，深褐色的。他是在比尔曼的帮忙下得到非洲他向往的职位的——他们曾经在西班牙合作过，比尔曼十分器重弗里茨的工作热忱。礼拜天上午他们相聚在大广场，在马德里的心脏，下象棋，交流。弗里茨从比尔曼那里学到了许多外交史知识。语言是精巧手工，协议必须学得滚瓜烂熟，对他人必须慷慨大度。外交不是定音鼓，而是一支双簧管。

“有时它是谎言。”弗里茨说道。

“注意用语，科尔贝先生，注意用语。”

他站在船尾栏杆旁，望着船后的白色痕迹，这时彼得森站到了他身边，建议弗里茨重新戴上草帽，他头发那么稀疏。弗里茨不理解此人为何一再找机会接触他。他很喜欢多晒晒太阳，弗里茨说道，它直接射进一个人的心里。

“现在心灵必须冷酷强硬，外交官先生。”

“请您给予思想自由。[1]”

“这是什么愚蠢的格言？”

“席勒。一名德国诗人。德国，您理解吗？席勒！听说过他吗？”

“我当然知道席勒是谁。”

“生于 1620 年。[2]”

“我知道！”

“滚你妈的！”

彼得森留在栏杆旁，弗里茨走了。他还得与此人同住一个舱室一个多礼拜，夜里听他的呼吸、他的鼾声，早晨发觉他双手撑床盯着自己。他一定能找到什么可以躲进去的地方，鲸鱼，卡尔斯鲁皮手里的无线电密码。卡特琳。他找到一位荷兰水兵，水兵怒冲冲地问他想做什么，船上的纳粹够多了，谁都认为可以发号施令。

“我不是纳粹。”弗里茨说道。他只想问问船上有没有什么类似躺椅的东西。他想夜里将它搬去甲板上。拜托，弗里茨说道，

1　语出德国诗人席勒的诗剧《唐・卡洛斯》。

2　席勒其实出生于 1759 年，弗里茨故意说错席勒的出生年份，是在戏弄彼得森。

不必舒适——随便什么能睡觉就行。他真诚地恳求。

轮船越接近北大西洋和北海，穿制服的男人就越多。弗里茨寻思这些人哪儿弄来的制服。他发觉船上的少数女人外表也变了，在开普敦时内衣最上面的纽扣还无拘无束地解着，有时候披散着头发，现在每件上装都一直扣到最上面，头发像罩子一样一丝不苟地绾在头顶。米勒也穿着褐色制服，它晃荡在他瘦骨嶙峋的肩头，风中摆动得很厉害。弗里茨一看他，米勒就望向别处。

白天，荷兰水手们几乎不在甲板上露面了。弗里茨听说小餐厅里发生过多次冲突，因为有人挂起了一面希特勒肖像，一位水手又将它摘了下来。今天德国是我们的，这条该死的烂船也是。

比尔曼夫妇躲回了他们的船舱里。弗里茨偶尔去看望他们一下。“外面是怎么回事啊?”比尔曼夫人问道。领事坐在窗前，眺望窗外风平浪静的海洋。比尔曼的脸纹丝不动，有一半被灯光照亮了，看上去像幅肖像画。

“我相信您的话，领事先生。我们可以干点什么。”

肖像画向他转过来。弗里茨顶不住他的目光，望着绿色舱壁上发黄的世界地图。东边的非洲；细长的直布罗陀海峡；葡萄牙和西班牙，两个国家都被法西斯攻占了；法国；连接大英帝国的英吉利海峡。德国离孤独的荷兰货船越来越近，在伸手抓它。

“比尔曼领事先生?”肖像画没有变化。正当弗里茨想离开时,比尔曼喊出了他的姓。

“对不起,科尔贝先生,请原谅那通电话。我本不可以冲您嚷嚷的。这种事是不应该的。”夜晚的甲板上又冷又亮。海浪哗哗,当战争继续割裂世界时,它依然哗哗作响。发动机不停地运转。由于缺少一顶软帽,弗里茨头戴着草帽睡觉。有硬物在捅他的脚,他在下陷的躺椅里往旁边挪挪。又有什么捅了他,咕哝声钻进他沉重的大脑里。弗里茨张开眼睛,面对的是多名男子可怕的黑影。

“外交官。”一人说道。弗里茨认出了彼得森的声音。在深蓝色天空的背景下,这些男人显得人高马大。弗里茨坐起来。有人从侧面踹躺椅,木板“咔嚓”响,弗里茨不得不撑住冰冷的地面。他掀开被子,想站起来,却被两只手推了回去。

“我们盯着你呢,坏东西。”黑影说道。

“你要再干一件蠢事,小朋友……”另一个黑影说道。这是米勒吗?

“……就扔你下海。”

躺椅又晃起来,木头碎裂,弗里茨寻找着支撑。又一脚。弗里茨设法站直,又被推了回去,椅架压在他身上。

“我们会教训你的。”

“说!说希特勒万岁。快说。”这是彼得森。

椅子“咔嚓”一响，冷风飕飕，刮过甲板上方。月光下肩章呈乳白色。

“快说！”他不会有幸存的机会，谁也不会听见他，即使有人听见，他的头也会迅速消失在夜幕里，然后他将游泳，一下比一下徒劳。他最后听到的很可能是彼得森的讥笑。

“说！”

“希特勒万岁。”他说道。仇恨和羞愧、自卑和害怕在他心里翻滚。那些人低声窃笑，一个黑影将手放到另一个的肩上。

“再说一遍！”

“希特勒万岁。”

“外交官会说。你们看看，你们看看。”

“我们收拾了你。”彼得森说道。目光两侧又能望到夜空了，最后的笑声随风飘散开去。有个身影瘦瘦小小的。是领事馆的海因里希·米勒吗？弗里茨胸闷难受，他在颤抖。他一生从未受过这样的屈辱。他矮小，胆怯。他抱紧栏杆，深深地吸气呼气。可我活着，他想道。他转头四顾。只有他一人，他的肌肉那么软，他在颤抖。

“希特勒。”他从牙缝里低声说道。风呼呼吹刮，海浪滔滔，扑向船舷。有时浪谷发出的响声好像是在张开大嘴。

“纳粹。”独自一人时他想道。独自一人——这是解决问题的开始。他咒骂着拍打栏杆。猪猡，该死的猪猡。胆小鬼。集体吹牛皮大王。

他压压躺椅的扶手，似乎啥也没断。弗里茨坐上去，拉过被子包住自己，安慰自己，望向黑暗的天空，天空有着深蓝色纹影和星星的白色针脚。那些声音在他体内燃烧，他的话在燃烧。

他诅咒着，从躺椅里跳起身，穿过黑魆魆的船，摸索向比尔曼夫妇的舱室。弗里茨使劲捶门。他为这个举止羞愧，再捶。地板上出现一道光亮，比尔曼领事将门打开一条缝。他的头发梳理过。

“科尔贝先生，发生什么事了？在这个时辰？”

“我们能够做点什么？这话是您说的。我们能够做点什么，不是吗？”

比尔曼用拇指和食指抹抹小胡子，转头望望妻子，低声说他会去甲板上，让弗里茨在那儿等他。

回到冷飕飕的夜色里，他祈求彼得森单独出现在甲板上，而不是缩在一群自吹自擂者的胆小的床上。单独一人。那他们就会打一架。弗里茨很少有这种想法和感觉，很少有这种程度的。他听到比尔曼妻子的拐杖熟悉的“嗒嗒”声。

“我本不想打扰您的，比尔曼夫人，请您原谅。”

“不要紧，科尔贝先生。可是，现在，我丈夫需要休息。他现在不能与您交谈。他祝您晚安——这夜已经没有多长了。”矮个子女人转身又走了。弗里茨喊她的名字。

“不行，科尔贝先生。不行。对不起。您现在睡觉去吧。睡眠是好东西。”

“路易丝安娜号”轮船上哪里都找不到可以独处的地方。不管他愿意为一个单人舱室付多少钱，也不管那舱室有多小有多脏。彼得森和他的伙伴们监视着他，有时候他们跟随他上到外甲板，摩肩搭背，哈哈大笑。海浪不大，基本上是安全的。他们让人无法忍受。弗里茨真想干掉他们，他们中的每一位。他一言不发。海因里希·米勒观察着他，尖削的白脸上毫无表情。

他再没有见到比尔曼夫妇来甲板上，他也没有再敲他们的门。在德国他会有布劳恩魏因一家，凯特和瓦尔特，他的老朋友欧根·扎赫尔生活在瑞士脆弱的安全环境里——弗里茨在故乡几乎不认识其他人，不知道还能与谁联系。也许在部里会找到一两个能交交朋友的人。他不可能是唯一这样思考的人。

有时候他抱臂站在栏杆旁，从背后望着那些在甲板上投下长长斜影的女人。他很长时间没有恋爱过了。他在开普敦英国领事的一次小型招待会上结识了卡尔斯鲁皮的妻子，这位英国女人红头发，绿眼睛，来自康沃尔郡。他们俩心情都好得很。那天晚上他们交谈很久，靠着墙，喝着冰香槟，回家途中他想，他们有过一点点调情，低垂的目光，小小的暧昧。几天后他给她打电话，然后她打给他。他们谈论这座城市，谈桌山、大海和太阳，谈最新时装。没有谈日常生活和工作。他们相约在达令街一家咖啡店里见了一次，在遮棚的阴影里坐了很久，喝威士忌。他们的手指相互接触。弗里茨兴奋，不安，他问自己卡特琳会对哈丽雅特·卡尔斯鲁皮怎么个看法，他明白他喜欢卡尔斯鲁皮，这是个非常和善的人儿。哈丽雅特和弗里茨乘坐他的敞篷车去到海边，高挽起裤脚管，在潮湿的沙子里散步。突然，哈丽雅特胳膊勾住他的脖子，亲了他一下。那就像一次跳跃，一种突然，一次短暂的放下。他拥抱她。这一切持续了半分钟，然后她推开他，拂去他额上的一小缕头发，摇了摇头。

“这将是背叛，弗里茨。这样不行。”

他望着地面，然后目光顺着她的腿向上，越过腹部、胸部、脖子，直到她的脸。

“弗里茨，对不起，可我做不到。换种情形……”她说道。

“可我们没有那些情形。”弗里茨说。

“我们回去吧。永远别告诉任何人，一句都别提。这个吻，这里的这个瞬间，它永远是我们的秘密。这样最好。”

“哈丽雅特，我们……”

“我们不能，弗里茨。”

“能做的事不是总比你想象的多吗？”

哈丽雅特张大嘴，迎风笑起来。“蓝眼睛弗里茨。”她说道，将飘舞的鬈发系到一起。

“太好了，我们就将这当作我们之间的秘密。”弗里茨说道，“谢谢这个吻。”

“不客气。”

他诅咒这条船，它坚定不移，一海里一海里地，载着他向德国和红色纳粹旗靠近，同时将他越来越远地拖离卡特琳。当彼得森一帮人逼他时，他一直回避，直到羞耻得改变主意。当他们在被经常踩踏磨损了的外甲板上向他走来时，他就停下来，聆听自己的心跳。

那些人望着他，嘀咕，嘲笑，继续往前走。他们现在还要去找一下船长，彼得森回过头来说，告诉船长，让他升帝国国旗。他想不想一起去——身为外交官，他一定很擅长这种事。

几分钟后，那些人又从连接驾驶舱的油腻钢梯上走下来了。弗里茨抬手遮额，望向旗杆。没有卐字。

“战略撤退?”他问道。彼得森向他走来，嘴唇紧抿着。

“你给我小心点。”他想用手指戳弗里茨的胸，但弗里茨避开了他的手。

“我有你的名字和你的地址，佐默尔。给我小心点。”他向战友们打个手势，他们沿着甲板继续走，其中一人怒冲冲地走到通往荷兰水手住处的舱口前。他现在干吗要刺激彼得森呢?他无法回避对方，无法离开这艘船。他不能去找比尔曼夫妇，不可能去请求那对老人收留他住在他们的舱室里，虽然他们肯定会这么做。他在临时餐厅里取了一盘浓豌豆汤，端到甲板上去吃，背对着风，吃完后大胆地上楼去驾驶舱。门口的哨兵挥舞着木棍。弗里茨举起双手，说他得找船长谈谈，有急事。

“又来一个？”

“不是。请原谅，我不是他们一伙的。完全不是一回事。我不是因为旗帜或类似的事情。请您转告船长，我得和他谈谈。”水手敲敲装有黄铜框圆窗的门，低声讲话，然后船长出来了，挺着结实的圆肚子。弗里茨描述了自己的处境，他不想再和那个野蛮人同居一个船舱，他的生命受到威胁。他不能再在甲板上睡躺椅。必须为他另找个地方，他无所谓在哪儿。

“然后您就可以在我们的船上到处刺探情报？”

“刺探情报？我吗？不，船长先生。拜托，他们要杀死我。他们会将我从甲板上抛下船。”

“那就少了一个。”水手说道。

“拜托了。我是外交部的。我向您求助，这是一桩国际事务。”弗里茨厌烦透了。先是那些庸俗家伙强迫他说希特勒万岁，现在他站在这里的太阳底下，不得不眯起眼睛仰视此人，听任他的怜悯摆布。船长没穿制服，只穿了件带金绦的破旧上装。他对着驾驶舱里讲了些什么，弗里茨听到有人在笑。“希特勒是混蛋吗？”船长问。“是的。”弗里茨回答。

“您现在也会在甲板上对您的同胞们大声说这句话吗?”

“不会。您呢?”

船长咧嘴笑笑,灰胡子跟着抖动起来。

化名卡尔·海因里希·佐默尔的乘客弗里茨·科尔贝钻进了“路易丝安娜号”机舱的臭味、噪声和阴影里。这里没有窗户,散发出油、煤的气味,酸酸的,有柴油或这些船下机器里使用的什么东西的味道。他觉得奇怪,在机舱里工作的人员怎么那么少。大多数对他视而不见,直到他开始问他们荷兰语词汇和简单句子,或问他们可以在哪根用隔音材料包裹的天花板管子上做引体向上。夜里他偶尔大胆地走上甲板,“路易丝安娜号”铁锈斑斑的白色外壁微光闪闪,地板没有光泽,像是灰尘做的。他仰望星空,寻思心爱的太阳现在一定是在某处。他生活在黑暗中。两名荷兰水手早中晚给他送来点吃的。他们说他是个怪人。他们说,船上的形势越来越紧张,德国像个诅咒,一定要占领“路易丝安娜”这个善良的老阿姨。可是,如果这里有谁是上司的话,那就是他们的船长。不可以戏弄他。这些德国人,一群混球儿。“不全是。”弗里茨说道。

在这下面待了一天他就感觉气氛与平时不同了。他可以使用水手们的盥洗室,还有他们的肥皂,它的样子像镶了大理石似的。尽管如此,他还是感觉皮肤上像是有一层洗不脱的油。外面有太阳和海上充足的空气，他在这下面呼吸的却是某种肯定不健康的东西。尽管如此，置身这轰隆隆的地牢和孤独之中，弗里茨还是感觉舒服。他请一位水手给比尔曼夫妇送去一则讯息：他藏起来了。弗里茨不清楚这种情况将持续多久。

四　继续

现在，弗里茨向两位陌生人讲述一切是如何开始的，回忆的味道更加浓烈了。他独自坐在纸堆前时，频繁地进入内心，隐居在那里——遭受打击，没好气儿，好斗，而他并不想那样。韦格纳和薇罗妮卡·许格尔专心聆听，几乎不打断他，但他还是感觉他们在纠正他。他时而听到一声轻咳，时而听到打火机“毕剥”一声。韦格纳记录了很多，薇罗妮卡·许格尔也记，但她总是在韦格纳正好停笔时才做记录。弗里茨转动着地球仪。

韦格纳先生，他说道，您要的事实，是那些夜里站在您面前威胁要淹死您的人。这种事实让人毛骨悚然。我几乎尿裤子了。是这样的事实？

韦格纳迟疑地点点头。

从南非出发，向北，向西北，弗里茨说道，用食指抹过蓝色大西洋。经过圣赫勒拿岛，驶向佛得角群岛，然后在那里改变航向，向北，向东北。加纳利群岛，马德拉。我们右侧是撒哈拉大沙漠。伟大考察。那是为了科研和异国文化。而我呢？这艘该死的船让我离法西斯主义越来越近。

您相信，这些人真会害死您吗？薇罗妮卡·许格尔问道。

对于那些家伙，只有他们自己的生命才算生命。

您有卡特琳的照片吗？

弗里茨打开蹭掉了颜色的农家用橱，隔板上堆满写满字的纸张、旧文件夹、照片、剪报、资料和旧书。卡特琳的照片放在哪里弗里茨一清二楚。他抽出他最喜欢的照片，端详着卡特琳的脸，小心翼翼地将照片放到桌上。

可以看看吗？

看吧。

她嫣然一笑，拿起照片。多漂亮的小姑娘啊，她说道。

这是在营地湾照的。

薇罗妮卡·许格尔将照片传给韦格纳，他看看照片，然后打量起弗里茨。

您可以与她保持联系吗？

我真希望可以。

那她现在何处呢？

事情尚未结束，韦格纳先生。

您没有夸张?

弗里茨沉默不语。

韦格纳重新点着一支烟。弗里茨曾经总喜欢观看别人——尤其是玛琳——点烟,那方式很独特,他本人从来都不能充分解释。点烟之后大多数人会短时间出现放松感,身体后靠,心满意足。假如吸烟不是这么危害健康的话,他肯定会消耗更多香烟。战争年代吸得更多,在伯尔尼的秘密办公室里,在柏林满目疮痍的街道上,面对着死者和柏林人薄如包装油纸的服装。

1939 年您就在柏林外交部重新上班了,韦格纳说道。

他边说边盯着一张纸。弗里茨一清二楚,他本来不必这么做的。

是的,他说,后来我又在外交部上班了。威廉大街,在市中心,在权力中心的中央。当我终于可以离开那艘污浊的轮船时,是瓦尔特·布劳恩魏因去码头接我的。部里非常正式地给比尔曼和他的妻子派了一辆公车。比尔曼那样子很可怕,病得很重。

布劳恩魏因接的您?是个真朋友,韦格纳说道。

弗里茨犹豫了一下,说道,是的,和凯特一道。

就我所知,这是可以采访的二号选手,韦格纳说。

他们一无所知,弗里茨说。

韦格纳将铅笔放回桌上,望向窗外。天空蔚蓝,草地青翠,群山浅灰。每当望着它们,弗里茨就会暗想,远古时代,这些山“咔嚓嚓”耸向天空、逐渐形成时，噪音该有多大啊。他想，世界好美啊。

薇罗妮卡·许格尔问，能不能再来一块香喷喷的苹果派？弗里茨走进厨房切派时，听到她在和韦格纳耳语。她对隐藏在他行为背后的事情更有耐心，可能也更能理解。弗里茨走回去，在年轻人身旁坐下来。

吃什么都香真是好。战争年代的德国越来越难弄到什么像样的食物装进盘子里了。这些事实您不感兴趣吧，韦格纳先生？

恕我不恭，科尔贝先生。这个，还有您的，我也不知道怎么说好，不安岁月或别的什么，不适合记下来——如果我可以这么讲的话。

噢，您可以畅所欲言。这就已经很不简单了，不是吗？并非一直这样的。我的不安岁月？我当时是分裂的。您设想一下，您必须日复一日，为魔鬼工作。但比起偷运文件，还有些更重要的事，比如说玛琳。

玛琳·维泽？您这不会是当真吧——我是说，关于我们在此做的事情。我想写一篇文章，介绍我们最伟大的间谍之一……

没有玛琳，我们现在可能不会坐在这里，弗里茨打断他道，肯定不会。

弗里茨小心地拿开地球仪，从农家用橱里取出一张柏林地图。

现在就要说到柏林了。您不必担心我的——什么来着——不安。这完全是我自己的事情。

他打开城市地图，宫殿附近的纸有破裂，弗里茨将地图摊开时，柏林几乎碎成一块块的。

选帝侯大街，他说道，布劳恩魏因在那里给我找到个住处。这儿：他用食指指点着地图。这是外交部。威廉大街，福斯街，威廉广场。

韦格纳从公文包里取出一张大照片。那是一张肖像。弗里茨认识这张脸。瘦削，直线条，眼神冰冷，眼圈很大。

希特勒的外交部长约阿希姆·冯·里宾特洛甫，韦格纳说道，您在外交部的上司。

弗里茨苦涩地笑笑。他从桌上拿起卡特琳的照片，放到瓷砖炉上。他不想他心爱女儿的脸放在那个人旁边。

战后我又遇到过冯·里宾特洛甫一回。在纽伦堡审判时。我想让他看见我。我想让他得知我做过什么。当我们后来看见彼此时——我相信，那家伙根本没有认出我来。小小官员。这位高雅的贵族先生，他从不和普通人打交道。他被绞死了。我反对死刑，但我不能说我为他感到难过。我有时问自己，在生命的最后一刻这些人会想什么？会有某种认识吗？会想到他们爱过的某人吗？

爱？薇罗妮卡·许格尔问道，这些人？

没错，许格尔小姐，弗里茨说道，人人都爱——某个人，某种东西。这些人也爱过。至于我们觉得这种说法合不合适，完全无关紧要。

弗里茨察觉，韦格纳想悄悄地望向薇罗妮卡·许格尔的侧影。这女人也长着一只可爱的鼻子，弗里茨喜欢这样的鼻子。年轻女人散发出某种令人愉悦的气息，他喜欢她在这儿。他相信她是个善良的人。

您与冯·里宾特洛甫本人讲过话吗？

韦格纳点点那张照片，点中了冯·里宾特洛甫的额头。

在狼穴里。我距离希特勒很近。

您将狼穴的准确坐标交给了美国人，韦格纳说，但未有结果。不像您提供其他情报后那样。

科尔贝先生，美国人为什么没有轰炸？薇罗妮卡·许格尔问道。

从来没人对我讲过。许多事都没人说过。至今没有。

刹那间弗里茨又潜进了过去。通向历史的门还有许多紧闭着，黑暗小房间，陌生人从那里面钻出来，擅自闯进他的生活。

在这种历史里，人人都只是一具木偶，韦格纳说道。

我不是！见鬼。我不是。您到底怎么回事？

抱歉。请原谅。

这故事我们必须更好地组织一下，薇罗妮卡·许格尔说道，谢谢您。某种程度上,是好事。

我的天哪,弗里茨说道,组织?会很难的,许格尔小姐。四年的沉默和参与。

弗里茨几乎无法理解自己在说什么。秘密档案首次出现前的那几年让他觉得沉闷、灰暗、空虚,他不知道如何适应。他恨自己,厌恶自己。事后看来,他不知道在那段时间里做了什么。他不想知道。薇罗妮卡·许格尔说得对,他——她——必须设法抓住历史的吊环,双手交替向前移动。他们如果不这么做,就会再次丧失最终将发生的事情记录下来的意愿。

我从来不想成为一名英雄,他说道,你们知道这一点,对我来说很重要。

他从橱里取出一堆褪色的照片,前后翻动,拿出另一张肖像照放到桌上。

特任大使,恩斯特·冯·京特,弗里茨说道,我经过努力,一直进到了他的接待室。

您肯定也有一张玛琳的照片,对不对?薇罗妮卡·许格尔问道。

在这里面,他拍拍心口说。

薇罗妮卡·许格尔用手指比画成一只相机,说声"咔嚓"。

历史需要一张面孔,韦格纳说。

年轻人意识不到,这句话在弗里茨心里引起了什么反响。他皮肤上起了一阵寒栗。他的镜像在他眼前永远都扭曲成一张红里泛蓝的面具。历史需要一张面孔？哪一张？他将上司冯·京特的肖像照放到城市地图上。

好吧，他说道。冯·京特从纸上站起来，踮着脚尖摇摆着，沿着部里长长的走廊大步走去，手里总是拿着文件，充满激情。终有一日，他将盯着弗里茨，将弗里茨吓得半死，迫使他摸向口袋里的武器。但是现在，冯·京特从过去呼喊着弗里茨。“科尔贝！科尔贝？”

五　勤勉的宫廷小丑

柏林，1943 年

“科尔贝！科尔贝？”

透过褐色的门，弗里茨听到冯・京特在呼喊他。他拎起椅子，往回挪开点。他没法推开它，因为地毯烂成一缕缕了。他穿过认真整理过的办公室，轻轻叩响冯・京特的门。

“请进，对，请进。我亲爱的科尔贝。”冯・京特的这种轻佻口吻让弗里茨反感。在摁门把手之前，他先紧眯了一下眼睛。

冯・京特的办公室很宽敞，陈设少，两扇窗户前挂着厚厚的窗帘，窗户朝向威廉大街，光线暗如灰尘。金色相框内阿道夫・希特勒的半身像盯着房间里。

冯・京特请弗里茨就座。“您要做的事有下列这些。”他铺开文件，说道。办公桌台灯的灯光落在锃亮的木板上，像落在平静的湖面。档案上粗粗地印着帝国鹰，卐字被花环包围着，有的档案边缘浸满墨汁,黑黑的,起毛了。高高一堆无光泽的硬纸本。他的上司拿指尖敲击着鹰。帝国机密。终于来了,弗里茨想道。他不敢直视冯·京特的眼睛。他也不知道,他的决定何时会最终成熟。至今只是个计划。弗里茨不清楚,他有无勇气去实施他打算做的事情。这事他考虑很久了,有时明白,有时糊涂。他在住处来回踱过步,颤抖着捏紧拳头。一切都汇成一句话:一旦被逮住,那他就死定了。

"科尔贝?"

"大使先生?"

"您在听我讲吗?您有什么心事吗?"

特任大使恩斯特·冯·京特在外交部里负责外交部与国防军的联络。数千绝密档案经由他的办公桌传送。军方一处政治科,缩写是"Pol 1 M."。经历了多年最痛苦的冷漠和艰难压抑住的自我痛恨,弗里茨最想进入的就是他的接待室。靠着枯燥勤勉的工作和一点点运气,弗里茨达到了目的。他令人震惊地抵达到处是旗帜和游行的德国之后,他朋友瓦尔特·布劳恩魏因在部里几乎帮不了他什么,比尔曼领事也无能为力。弗里茨一开始被分配到一个人事签证岗位,一间无窗的绿色办公室,他在里面盯着四壁发呆。

1939年,1940年,1941年,1942年。恐怖,死亡,消灭,自大狂,战争。暴政。有一回,两名武装党卫队员站在他的办公室里,他们解开了黑色制服的上装,双手插在裤兜里。他们开心地交谈,等候弗里茨为他们出具材料。

“娘子谷[1],”一个说道,“三万名该死的犹太人一锅端。”他拍拍大腿,哈哈大笑,好像他踢足球时漂亮地进了一个球似的。

“是啊,就这么干。”另一个说道。

“三万,科尔贝先生。一锅端了。这还不了不起吗?您怎么看?”

“我不了解这种事情,中尉先生。”

“他不了解这种事情!”那两人都笑了。

“仅仅是犹太人,科尔贝!毕竟我们不是怪兽。”

“说得对,中尉先生。”

“好了,科尔贝先生,今天还办得完吗?”

“这种证明必须仔细出具,中尉先生。”

“我的天哪,科尔贝,您就简单点吧。”

弗里茨将文件折叠起来,大拇指指甲从折缝上划一道,再将那些纸塞进信封。当那两人背对他时,他拿手指比画了一支手枪,对着他们的脖颈射击。

---

1 乌克兰首都基辅西北郊外的一条山沟,1941 年 6 月底,纳粹占领者在这里进行了“二战”中最迅速最残酷的大屠杀之一,两天之内共杀害了至少 3.4 万犹太人及其他当地居民。这被认为是人类现代史上最悲惨的事件之一。

弗里茨问过瓦尔特·布劳恩魏因，能不能让冯·京特注意到他。每次见到冯·京特大使匆匆穿行于走廊，听到他洪亮的声音时，弗里茨就主动向他打招呼。冯·京特接待室的那位女士，魏斯夫人，四十五岁左右，穿着上过浆的上装。弗里茨琢磨着如何才能劝说魏斯夫人退职。死神赶来相助了。魏斯夫人于同一天获悉，她丈夫和一个儿子都在前线阵亡了。她悄悄走出外交部，有人为她做出的英勇牺牲祝贺她，从此她就再也没有露面。弗里茨是最先对内部招聘做出回应的人。仅仅一天后，他就被提升为冯·京特的私人主管。他虽然不及魏斯夫人那么有魅力，而且要矮一大截，冯·京特说道，但人们评价他时讲的都是好话。勤奋，守纪律，遵守秩序。他充分了解过。比尔曼和跑腿的瓦尔特·布劳恩魏因都鼎力支持他。如果那些先生所说属实，弗里茨就正是他想要的合适人选。

冯·京特开始汇报危机。沙漠里英军的大反攻，骇人听闻的炸弹袭击，德军的英勇无畏——但东线还是无法向前推进——摩洛哥和阿尔及利亚的灾难。斯大林格勒——这场战斗的伟大之处。“斯大林格勒，我的天哪，科尔贝。那样的英雄主义，那样的牺牲。”客观地说，眼下形势不妙。弗里茨从满腔谎言和仇恨中假装出一脸友好的微笑。

“可是在危机之中，科尔贝，在危机之中，人和这个体制——接受着考验,是的。”冯·京特又大声敲着档案,“从没有经历过危机的人,性格就不会成形。您会看到的,科尔贝,德国会战胜危机的。”

弗里茨听到大街上传来几辆卡车发动机的隆隆声,办公室的窗户玻璃在颤动。冯·京特要比弗里茨年轻得多,大高个,宽脸膛,脸上留给眼睛和鼻子的位置太多了。

“起决定作用的始终是行动,大使先生。”弗里茨说道。

“行动。对。1941 年夏天,科尔贝,才开始征战俄国,太迟了。我当时就这么说过。春天,必须是春天才行。”冯·京特点燃一支烟,拿指甲将遮光窗帘往旁边推开一点,像是未经许可在摸一幅文艺复兴时期的画作似的,他望向窗外。外面一盏亮着的灯都没有。弗里茨将一只手放到秘密文件上。我的,他想。汗水浸得腋窝里生疼。文件旁摆放着两只带照片的相框:冯·京特的妻子怀抱一束鲜花,迎着太阳在笑;另一张照片上,大使的两个女儿一袭白衣坐在一道木栅栏上,小手紧握横档。那女人和小姑娘们警告似的凝视着弗里茨。

“今天没有轰炸机?”冯·京特对着窗户问道。这是战争,弗里茨想,人们望天空要比平时频繁。

“这对孩子们而言总是很不幸。对。”这声“对”冯·京特讲得很短促。

“那,我现在回家了,科尔贝。那些文件是要销毁的。请您负责处理好。我们亲爱的里宾特洛甫签过字了,事情已经了结。”

冯·京特笑笑，“您知道冯·里宾特洛甫入赘到了一个贵族家庭吗？一个香槟厂主家族。或者这个‘冯’字是他通过过继得来的，也有可能。反正不是与生俱来的。这儿，科尔贝。”冯·京特打开办公桌旁的一扇门，取出一绿瓶亨克尔香槟，递给弗里茨。弗里茨给他倒酒——这酒部里多的是。“要是冯·里宾特洛甫也像这酒一样辛辣的话，是啊，部里的情形就要好得多。”

“完全同意您的意见，大使先生。”

“这当然只是我们之间说说。”

“我绝对保密。”

冯·京特望着他。“这我知道，科尔贝。您本来会有所成就的。也许还有可能。您快加入纳粹党吧。这会为您打开一道道方便之门。一个像您这样的人。伙计，您本来真可以去挪威的。在奥斯陆谋得一个好职位。领事。大使。谁知道呢？”

弗里茨拉过文件堆。数百封对战争很重要的机密信件，希特勒、冯·曼施坦因[1]、约德尔[2]、希姆莱、戈培尔[3]的签字。他放在

1　埃里希·冯·曼施坦因(Erich von Manstein，1887—1973)，德国军事家，与隆美尔和古德里安一起被后人称为“二战”期间纳粹德国的三大名将。

2　阿尔弗雷德·约德尔(Alfred Jodl，1890—1946)，纳粹德国陆军大将，德军最高统帅部作战局局长，“二战”期间负责制定了德国的许多军事行动，在纽伦堡审判中被判处绞刑，却在行刑六年后被撤销主要罪行。

3　保罗·约瑟夫·戈培尔(Paul Joseph Goebbels，1897—1945)，德国政治家、演说家，担任纳粹德国时期的国民教育与宣传部部长，以铁腕捍卫希特勒政权，被认为是“创造希特勒的人”。

硬纸本上的双手痒痒的。

他自从明白不可能再像以前一样，身体就像通了电似的，有时候他想，他一定稍一接触就会爆炸。

“科尔贝，”冯·京特低语道，“挪威的女人！元首丝毫不反对。加入纳粹党吧。一张纸而已。快拿起笔来吧。”

冯·京特早就向弗里茨提出了，还令他十分吃惊地提供了挪威的一个工作岗位。弗里茨也许可以将卡特琳接去那里，远离炸弹袭击和纳粹恐怖。签个字，就全有了。那张纸会被交上去，他会得到一个编号、一封党员证书和参加各种集会的邀请。他告诉冯·京特，他得考虑一下。不久之后，瓦尔特·布劳恩魏因也劝说他。“做了党员你也可以缄默，老朋友。”弗里茨没有那么做，他没有拿起笔。连续几天他都想办法回避冯·京特，最后两人在签证处门外走廊上相遇，冯·京特高高扬起眉毛。他说弗里茨必须考虑，比起群众运动，个人算什么——否则他几乎什么也帮不了弗里茨。弗里茨寻找冠冕堂皇的知识分子的理由和论点，结果却只有简单的一句话：他不能加入阿道夫·希特勒的政党。完了。空话，讨论，这不适合他。

冯·京特的话将他拽回了现实。大使谈到入侵未被占领的法国，那里还有几桩外交事务没有解决。但他不想让弗里茨加班那么久。

我会不会加班很久？弗里茨想道。而实际上他说的是，工作必须干完，他还有两三件事要处理。

“您很快就可以休息一下了，我替您高兴。在美丽、中立的瑞士。”冯·京特说道，“汉森夫人为您办好证件了吗？”

“全办好了，大使先生。但还有一段时间呢。”

“我曾在伯尔尼办事处干过。您肯定知道，我们派在那里的是冯·吕佐夫。有点软弱，但为人正派。靠得住。您要有时间，就去参观一下那些连拱廊吧，真的漂亮。”他摁灭香烟，直到它再不冒烟了。“熄掉了。”他说道。

“这就是伟大，科尔贝。我们生活在一个恐怖时代，但恐怖创造伟大。必须实施的行动很可怕，可怕——但是：伟大。是元首将伟大这个抽象概念变成了现实。你得先理解此事。它复杂。恐怖，但令人陶醉。”冯·京特将拇指和食指的指尖并拢，摆动手，仿佛在用一根针往纸上戳孔。

“结果将会惊心动魄。牺牲将会值得。”他张开手指，像是在向空中扔什么东西。“我们在做出我们的贡献。”

“是，大使先生。”

“伟大。仰望。我来自最底层，科尔贝。兄弟姐妹七个。一个生病的母亲。我现在在哪里？”冯·京特张开双臂。

“牺牲，科尔贝。制度会出错。这只能解释为制度固有的。必须被说服的政治群体、社会群体和军事群体，不可能不犯错。比如盲目服从——这是一个缺陷。制度内部必须多一点发挥的自由，是的。有时候我也不知道——但这种时代不需要敏锐的鉴别力。这有时让我深感遗憾。”

“是，大使先生。”

弗里茨将双手放在文件堆的左右两侧，文件堆沉甸甸的，纸张向下弯曲。

“晚安，大使先生。”

“明天见，科尔贝。”

弗里茨将文件夹在胳膊下，随手关上了门。他在办公桌旁坐下来，装成在工作的样子，一直等到冯·京特离开。部里静悄悄的。由于遮光的窗帘，窗前一片漆黑，外交部大楼像是独自耸立在一个被破坏了的世界里。弗里茨来到门外的走廊上，左右环顾，一排排关闭的门，一张被踩破的地毯，朦胧的顶灯。希特勒、戈林、海德里希[1]、戈培尔和冯·里宾特洛甫的肖像瞪着他。冯·里宾特洛甫从像框里弯过身来。“叛国罪。弗里茨·科尔贝，我判处您死刑。”什么地方有道门“呯”地响了一声，吓了弗里茨一跳。他低头走回办公室，背顶在门上。冷静。要绝对冷静。他推开办公桌上的文件，又将它们拉近，摁亮了灯。卐字，帝国鹰。四

1　莱因哈德·海德里希（Reinhard Heydrich，1904—1942），纳粹党党卫军的重要成员之一，希姆莱的得力助手，曾任国家安全总局局长，是希特勒“最后解决犹太人问题”的代理人。被刺杀前任“波希米亚和摩拉维亚帝国代理保护长官”，被称作“布拉格屠夫”。

年，他想道，四年的扭曲、谎言、屈辱、工作。柏林威廉大街74—76号，不引人注目的外交部官员弗里茨·科尔贝。他给自己倒了杯威士忌。他喝酒不多，怕醉酒后会喊出他的仇恨来。只偶尔喝一口，消除压力，找到一种心灵安慰，哪怕只是装出来的。他等了一刻钟左右，然后重新将门打开一条缝，蹑手蹑脚地顺着走廊往前走，希特勒及其忠实信徒们又在盯着他。来到走廊尽头，他望望左右两侧的交叉口，侧耳倾听。同事哈弗曼从办公室里走出来，说道，啊，科尔贝先生，下班了。他将一只手搭到弗里茨肩头，谈论起音乐来。每当弗里茨想插话，哈弗曼就说"您等等，您等等"，接着往下讲，直到他们走到出口，哈弗曼说他现在要回家，要回到妻子女儿身边去了。

"音乐让一切变得更好，科尔贝先生。"

回到办公室里，弗里茨将钥匙扭动了两圈，锁上门。他在办公桌旁坐下，双手搁到文件堆上。纸张摸上去像凉爽结实的沙。"爸爸在这儿，卡特琳。"他呢喃道，打开最上面的文件夹。

里面写着，党卫军帝国领袖和德国警察总长，柏林，接着是日期和外交部收件章，冯·京特部门的印章之一。

"亲爱的冯·里宾特洛甫！

"再次为在你家度过的美妙夜晚表示衷心感谢。你和你妻子真擅长这些。"

弗里茨读到有关在冯·里宾特洛甫家用餐、有关修建V2工程[1]的内容。希特勒万岁。希姆莱的签字生硬利索，他的姓和名的首字母H力透纸背。

事关驱逐罗马犹太人。

事关梅塞施密特-262[2]的研制。

东线一位将军写道，士兵们士气低落，危险将至未至，让人无法忍受。

弗里茨读到1942年1月万湖畔的一次会议[3]，事关当时在犹太人问题上做出的决定所产生的后果。根除。灭绝。紧接着他阅读了一封写有“亲爱的冯·京特”的文件，里面罗列了一排排弹药消耗的数据，这些弹药都用来消灭平民和被关押的一群群犹太人了。本来肯定也能找到其他处理方法。

所有地方都在以怎样的逻辑和一致性进行屠杀和灭绝啊，这让弗里茨震惊。制造无犹太人区。故意饿死俄国战俘。分成三栏的信纸：男人、女人、孩子，那下面是四位数，有时是五位数——

---

1 该工程始于1940年，从事A系列火箭研究，由冯·布劳恩主持，是1936年后佩内明德火箭研究中心的重点项目。V2火箭是第一枚大型火箭导弹，也是世界上最早投入实战使用的弹道导弹，第一种超音速火箭，是现代航天运载火箭和远程导弹的先驱。

2 “二战”时期德国的战斗机。

3 史称“万湖会议”，由海德里希主持，主要讨论“犹太人问题的最后解决办法”。会议于1942年1月20日在柏林西南部万湖畔的一栋别墅里举行。

一股嘶喊、震惊、恐惧和鲜血的洪潮。

“亲爱的冯·里宾特洛甫：

“惊人的一出戏。我们就在安卡拉英国领事馆里成功招募到一名谍报人员。化名西塞罗。两万帝国马克的完美投资。”

驻东京大使馆的一个人用“阁下”称呼冯·里宾特洛甫，卑躬屈膝地报告，日本人民和日本领导层的坚定意志几乎堪称德国式的，如果不存在阁下本人也谈到过的人种区别的话。

乌克兰一位党卫军将领请求国防军援助。

弗里茨发现了一封被归为绝密级别的信，信里称他的上司为“冯·京特，老勇士”，话题又是弹药。接下来是一位盖伦将军[1]关于加强审讯高加索地区俄国俘虏的汇报，落款是“您忠诚的 R. 盖伦，东线外军处[2]”。

弗里茨连续阅读了数小时。他对这一切几乎无话可说。希特勒及其马屁精们的嘶喊是如此残忍愚蠢，任何反对的话语听起来都无可奈何，苍白无力。这是一个缄默、无语和谎言的时代。

1　莱因哈德·盖伦(Reinhard Gehlen，1902—1979)，德国国防军少将，“二战”时期德军在东线的情报机构首长。1946 年，在美国中央情报局授意下组建盖伦组织，冷战期间该机构是美国中央情报局在对苏战场上的唯一耳目。1956 年，盖伦组织发展为西德的联邦情报局，盖伦顺理成章地成为局长。

2　简称 FHO，德国国防军的情报机构，“二战”时期负责分析苏联与其他东欧国家的军事情报。

他厌恶地推开那些文件。他盯着外壳为坦克灰色的打字机。上面有一个世界上别处都没有的新键。SS(党卫军),用鲁尼文[1]写的。弗里茨按下它,一再地按,他操作手柄,纸沙沙地移到新的一行。党卫军——只要按一下。他从打字机里扯出纸来,团成一团,扔进废纸篓。

自打冯·里宾特洛甫接管外交部之后,各部门越来越多的领导岗位被党卫队员接管了,冯·里宾特洛甫是党卫队分队长。

直到几礼拜前,弗里茨都会按照规定,在地下室满是煤炱的火炉里焚毁这些机密文件。今天他将它们与保险箱里的其他保密文件锁到一起,将阿尔高风景画挂在灰色的钢门上方。他只有用原件才能说服伯尔尼的英国情报机构。尽管如此,还是会很困难。他们不会张开双臂欢迎他的。是老领事比尔曼告诉弗里茨,英国人在那里有个办事处的。弗里茨与他在西班牙时的老友、人在瑞士的欧根·扎赫尔通过电话,问他是否还跟英国人一直保持着友好联系,或许是跟大使馆里某个职位较高的人。扎赫尔问他干吗要打听这个,转而谈起在西班牙的旧时光,但弗里茨打断了他。

"你有吗,欧根?你能不能建立联系?"扎赫尔沉默良久,弗里茨将听筒贴在耳朵上,听任朋友自便。

1　日耳曼民族最古老的文字。

“联系？你这是指什么呢？”

“你能还是不能呢，欧根？”弗里茨紧张得“哧哧”笑起来。扎赫尔埋怨弗里茨太死心眼儿。确实，他与英国人有着相当好的关系，也认识大使馆里的某个人。那好，弗里茨说道，他只想知道这么多。欧根·扎赫尔还没来得及说什么，弗里茨就挂上了电话。这是不礼貌的，但这种情况下这样做更好。

他走进卫生间，撑在洗脸盆上，打量自己。他脸色平静，没有扭曲成发蓝发红的怪样子。依然是卡特琳认识的那张脸——多年来头一回。

他骑着他的“漫步者”牌旧自行车，穿过黑暗的废墟，前往选帝侯大街。一开始，他是将自行车停放在外交部大门外的，后来有人告诉他，冯·里宾特洛甫禁止这样做。从那以后，他就将车停放在威廉广场地铁入口处。

呼吸户外空气和踩脚踏板对他有好处。

布劳恩魏因给他找到了选帝侯大街上的这套小房子，距离纪念教堂不远。他当时说：“好得很，老朋友。你的王国。空间有点小，可你要求不高。”“我要求不高吗？”弗里茨将自行车停在走廊里，沿着台阶边沿刷成白色的黑暗楼梯摸索着上楼。

他检查了两个房间窗户上的硬纸板和窗帘，然后揿亮了灯。从前他痛恨黑暗。当小区管理员进到他的房子里检查密封情况时，弗里茨想冲他嚷——封锁光明多么令人恶心，可他一直保持着沉默。现在，他的计划正在成熟，他感觉黑暗像某种属于他生命的东西。黑暗的弗里茨，神秘的弗里茨。比起部里朝向威廉大街的大窗，对光明的剥夺和这幽暗朦胧更符合他的世界。他烧了水，一直等到它停止沸腾，然后泡了茶。桌上放着他的练习卡。他练习多年了。他阅读一行数字，将卡片翻过来，然后将字母与对应的数字过一遍：A，1；H，8；O，15。他在一张新卡片上写下二十个虚构的名字，通读七遍，再将卡片翻过去。他望向壁橱上相框里的照片。他和瓦尔特·布劳恩魏因在西南非洲的狩猎旅行，一片明媚。穿越开普敦北方山谷之旅，凯特、瓦尔特、霍斯特和他站在汽车旁——他将照片从他的左肩处剪掉了：卡特琳站在他身旁。他的亡妻在马德里格兰大道上的一家街头咖啡馆里，乌发充满光泽。比尔曼夫妇在开普敦办事处的花园里，高雅，快乐。他父母在温暖的鞍具作坊里。一个空相框：卡特琳。他没有给她写过哪怕一封信，她一定大失所望。可是，早在返回德国的航行途中和待在这座地狱里的最初几个礼拜，他就决定不跟她有任何联系。他轻抚相框空洞的内侧。“亲爱的卡特琳，”他呢喃道，“有朝一日，我会讲给你听的。”

他喝着茶，核对写有名字的卡片：他全都记对了。他再写上化名，读七遍，翻过卡片。他又望着那些照片，他认识的那些人。他几乎没有结交新朋友。知道他的人越少，他就越不招眼，也就越好。比尔曼领事和他的妻子。这位老人被排挤掉了。一开始他在部里被安排了一个岗位，名义上是受到了照顾，实际上是要从那里维持他在西班牙的旧关系——莫斯科现在交由别人接管了，尽管他与莫洛托夫保持着私人关系。最初弗里茨在部里见到他时，他还是腰板挺直，表情严肃，总是穿着三排扣灰西服，几礼拜后他就跟妻子一样也拄着拐杖了。越是经常参加会议和讨论，比尔曼的腰弯得就越厉害。如果说弗里茨在非洲认识的他充满活力，现在看到的就是一位老翁。在走廊里交谈时，比尔曼悦耳清晰的声音总是受到敷衍，没等他讲完，身穿党卫军制服的年轻人就会打断他，笑笑，留下他一个人，老人向他们的背影伸出手去，像是想将他们拉回来似的。但他不认输，当看到弗里茨手拿文件挨个给办公室分发时，他攥起了拳头。在与冯·里宾特洛甫首次私谈后，比尔曼来到签证科弗里茨的小屋里，锁上门。真不敢相信，他说，这人多么傲慢、冷酷、粗野无礼啊。冯·里宾特洛甫！我的天，他呢喃道，这种人怎么能是外长！这个部拥有伟大的传统，他问道，它干吗需要一个犹太人处？从前，柏林外国外交官云集——现在呢？大言不惭、铁杆法西斯的意大利人，退化的奥地利人，无所事事的西班牙人，偶尔有个日本人，他在柏林可能像在其他星球一样感到陌生。“希特勒需要外交官做什么，科尔贝先生？我们不再是外交官了。所有国际事务都成国内事务了。荒唐。”

战胜法国后举国情绪高昂，这期间比尔曼和冯·里宾特洛甫之间一定进行过第二次私谈。关于这次私谈，弗里茨从来没有直接了解，比尔曼也不谈论。人们窃议，说冯·里宾特洛甫像希特勒那样发表了一通独白，然后冲着老人嚷嚷。那一天余下的时间，比尔曼都是一声不吭地坐在办公室里。他获得一枚勋章，被安排退休了。人不错，冯·京特说，但不适应新的时代。数月后，弗里茨心底越来越绝望，他不顾禁令，夜里骑车去到夏洛滕堡，抬头望向比尔曼家的窗户。“我信赖过您！”他对着黑暗喊道。

弗里茨遮住一张卡片，大声读出名字，然后补上化名。错了两次。他用拳头擂桌面，震得茶杯“叮叮当当”。他重过一遍名单，翻转过来。他能在玻璃书橱上看见自己的脸。经过选帝侯大街的橱窗时（有几扇被涂了犹太人六角星，另一些碎了，被将就补了起来），他看到的是一个严肃强壮的男人，他在回避自己的目光。假如最初他还希望过上一种真正的生活，他很快就不得不醒悟，那是行不通的——这种疯狂中是不可能有体面的生活的。他遮住卡片的一面，重读那些名字。这回没有出错。他吃了块从部里偷拿的巧克力，刷了牙。他将鞋口撑得很开，这样一旦夜空下警报长鸣，就可以迅速将脚伸进去。他放正准备带进防空洞的应急包，将练习卡片投进炉火。他躺下去，盯着天花板，又要过上很长时间才能入睡。

电话响了。或许是冯·京特意外地收到一封重要邮件，打来电话想叫弗里茨去部里。他是不是应该不理电话呢？不行，他必须坚持伪装成勤恳、顺从的官员。

是瓦尔特·布劳恩魏因。他兴奋地说，这么个外交官证件还是好处多多的。

“去他妈的戒严，弗里茨。伙计，我去了巴黎。现在你坐稳了：我带回了香槟。真正的、名副其实的香槟。老朋友，我再过十分钟到你那儿。哟嗬。”

弗里茨擦净两只杯子，收拾了一下厨房，重新穿上衣服。他在黑暗的走廊里摸索，下楼去门口，出门来到静谧的街头，空气中散发着熄灭的大火和尘土的气味。他看到一辆汽车从东面沿选帝侯大街开过来，灯光被调小了。瓦尔特。又外出执行了一趟什么特殊任务。为了纳粹分子，弗里茨想。我的朋友，我善良的老朋友。车子停下，瓦尔特钻出来，晃荡着两瓶香槟。

“了不起吧，是不是了不起？”

弗里茨拥抱他，感觉到酒瓶顶着他的背。

爬楼梯时，他决定不谈战争，不谈纳粹。他的朋友来了，每一天都有可能是最后一天，他们有香槟。

还没等脱下外套和帽子，瓦尔特就让第一颗瓶塞“砰”地弹上了天花板。他将杯子倒得满满的，两人碰杯。瓦尔特像是读出了弗里茨的想法，开始谈起西南非洲的狩猎旅行，谈他们在开普敦的聚会。他们沉浸在过去的画面和香味中，欣赏狩猎旅行的照片，又转向马德里，瓦尔特在那里结识了美丽的凯特。弗里茨说，他有点担心她。他最后一次探望她时，她神经紧张，脸色苍白。

布劳恩魏因重新斟酒，叹口气。他“哈！”地大叫一声，开始讲起巴黎来，讲宽敞的林荫大道和那里的安宁。法国虽然比不上爱尔兰，但到底是法国。几乎一点都觉察不到战争迹象。

“在一个被占领的国家，瓦尔特？到处是国防军士兵？”

“哎呀别提了，弗里茨。”

“你就不能将凯特从这儿弄出去吗？”

“凯特？”布劳恩魏因身体往后靠回去，椅子“嘎吱”响。“我妻子。你说说，老朋友，你是不是曾经热恋过她？”

“她是你妻子。”

“是你将她介绍给我的。在马德里办事处。现在，在柏林这里，你见她也许比我还见得多。可是，弗里茨，你知道吗？你就算全身心地热恋凯特，也绝对不会和我争抢的。你是一个忠诚的人——我十分看重你这一点。你正是人们所说的那种可以盲目信赖的人。这种人在这个德国已经极其罕见了。来，祝你健康。”

瓦尔特将空瓶子放回地面，保持着那个姿势，从炉子下方掏出某种白色东西。

“噢，”弗里茨说道，“给我。”他伸手要纸片。那一定是一张练习卡片，他以为将它扔进炉火里了。布劳恩魏因展开那张纸。

“虚构名字，化名？全都排列得整整齐齐。就和我认识的你一样。这是什么?”

“没什么。给我吧。”

布劳恩魏因看看名单,再看看弗里茨。

“别管它了,”弗里茨说道,“快给我。”

“干吗这么气恼?”

“瓦尔特,我的天,我们再喝点吧。”

“你在做记忆训练吗?”

布劳恩魏因递给他纸片,缓缓旋出第二个瓶子的瓶塞。

“别干蠢事,弗里茨。”

他们的谈话渗入厨房家具。幸好香槟让弗里茨打起嗝来。当他颤抖着打第二声或第三声嗝时,布劳恩魏因咧嘴笑起来。数秒钟后气氛有点松弛了,这两个男人坐在战争年代的这间小厨房里,猜测对方在想什么,他们笑得直拍大腿,战争离他们很远。

夜深了,布劳恩魏因说他现在去找凯特。他在门口还凝视了弗里茨很久。

“你要保重,弗里茨・科尔贝。”他一只手撑墙,跌跌撞撞地下楼,有一级台阶没看清,被绊了一下。他大声诅咒。嗨哟,他叫道,该死的楼梯。弗里茨对着黑暗的楼梯间,让瓦尔特代问凯特好。

回到厨房里,他将报纸扔到桌上。头版是一张希特勒肖像。半身像,常见的那种。弗里茨拿叉子刺穿照片,刺在脸中央。

“你个猪猡,他是我朋友。”叉子让希特勒丧失了视力。

六　玛琳和机密文件

弗里茨从没敢主动与她讲话。

事后想起签证科那该死的小办公室，他觉得它做了一件好事：他正在走廊里，头一回听到了笑声。它穿透一扇关闭的门，是从一个女人嘴里发出来的。声音高亢。弗里茨经过时转过头来，希望在他回到自己的办公室之前，那个陌生女人会出来。这银铃般的笑声是幸福的诚实证明，不同于部里男人们生硬的笑声，他们的笑声里面带着阴险、胜利和自以为是。那女人的笑声钻进了弗里茨的心灵深处。在这个世界，一个人还能这样笑，让他既喜欢又迷惑。让他开心。他不能等，因为有太多其他官员来来往往，他们知道他绝对不会无所事事地干等的。他一边为几名受戈林委派、前往法国没收珍品的艺术专家出具旅行签证，一边考虑向汉森夫人打听这个陌生人——笑声是从汉森夫人的办公室里传来的。但他在部里想尽可能少接触人。

数礼拜之后，他有一回离开他的小房间时，看见她了：一位身材高大、穿深蓝色套装的女子正拉上汉森夫人办公室的门。他知道这就是他听过她笑的那个女人。他应该发觉她不在部里工作的。她浓密的棕色头发上戴着顶帽子，鞋后跟“吧嗒吧嗒”响，套装的布料在她的臀部和肩上晃动。那女人步伐矫健。他跟在她身后，但要加快速度才能赶上她。两名党卫军军官向她打招呼，望着她的背影。她右拐，穿过外交部正面主走廊的光亮区，推开了通向威廉大街的沉重大门。弗里茨正想跟随她，这时冯·京特特任大使和年轻的米勒向他迎面走来。就弗里茨所知，米勒在通信解密科工作。“希特勒万岁。”米勒说道，顺着走廊大步走去。冯·京特示意弗里茨去他办公室。

“科尔贝，科尔贝！也许您在盯着这位女士看？”冯·京特笑了，“是啊，人只活一次。”

“我没空做这种事。”弗里茨说道。

“我看您就娶了她吧，对。现在言归正传。”

恐惧啊恐惧，灭绝人性。那些瞬间，他在内心双手蒙脸，极度不知所措，体内发出嘶喊，像个被掩埋在矿井里的人。这与他看到那个女人、很久以来头一回感觉到那些他以为被德国的龌龊行为掩埋了的感情发生在同一天。当陌生女人转向朝街的门时，他看到了她的侧面。她有着秀挺的鼻子,鼻梁在洒落的光亮里闪闪发光,一条笔直的白线,鼻翼坚挺,属享受型的,十分漂亮。

他此刻讲述认识玛琳的经过时,为什么忍不住又想起那个小男孩呢?

我当时正骑着自行车去探望比尔曼领事和他的妻子,他说道。方向:柏林—夏洛滕堡。这时,那些身穿制服的人正将一名男子扔出窗户,从四楼或五楼。旁边的窗户里另有两人在强迫一个小男孩观看。这事您理解吗?您想象得出来吗?男孩在嚷:爸爸!爸爸!

现在,当弗里茨在回忆中看到那男人时,他仍然不舒服。那个人十分荒唐地在空中挥舞着手,似乎想抓到缆绳。当他看着那张孩子脸,看着那个小男孩时,恶心得更厉害了,喉咙里发酸。他不知道那孩子心中是什么感觉,只知道再没有比这更糟糕的了。弗里茨不得不眨眨眼睛,挤掉眼泪。关系到孩子们时,所有这些事带给他的触动尤其深。

这是决定性事件吗?韦格纳问。

我的天哪,韦格纳!我们每分钟都在遭遇决定性事件。不停地。只有混账事。他们笑了。那些男人。

越过时间和距离,他听到了喊叫声。爸爸。他给自己点上一支烟,问还有没有谁想来杯烈酒。薇罗妮卡·许格尔和韦格纳不吱声，点点头。也许他吓坏他们了。讲述如此残酷的事很难，将它记录下来一定更难。但必须这么做。他倒着自酿的烈酒。

你们能听到男孩的喊叫吗？他问，他感觉恶心、愤怒、不知所措。

对此该说什么呢，呣？犹太人被运出城时我也在场。所有人。女人、孩子、男人、老人。被人用短棍击倒，遭人吐唾沫，光天化日之下被打倒在地。决定性事件，见鬼。

您就一点办法也没有吗？薇罗妮卡·许格尔问道。

有什么办法？接住那个人？从四楼掉下来的八十公斤重的人？告诉男孩一切又会好起来？我吐了。然后我骑车去了比尔曼家。请您别问我们谈了什么，我记不得了。

他喝着酒，嘴里又苦又甜，一阵火烧火燎，然后他品尝出了果味。

对所有这些混账事负有责任的那些人，现在又渐渐回到管理岗位上去了。在新成立的外交部里也是。您理解吗？我应该坐在那里！我，不是他们。可我现在在做什么？我向窗外张望，不知道下一辆驶上山来的轿车会不会带来几个人，想让我永远闭嘴。

薇罗妮卡·许格尔和韦格纳掉头望向窗外。弗里茨咧嘴笑笑。你们别担心。

您言过其实了，科尔贝先生，韦格纳说道。

真的吗？我知道是谁暗杀的吗？透露出来了吗？盖伦的人？俄国人？部里的结组[1]？暴怒的瑞士人？那位英国双面间谍的某个帮凶？那个双面间谍一定存在，可至今无人知道他是谁。

我们要不要出去透透气？薇罗妮卡·许格尔问道。

弗里茨系紧徒步鞋，鞋帮紧裹着他的踝关节。太阳高悬，像非洲那样的天空，他想。韦格纳拿圆珠笔轻敲自己的手，薇罗妮卡·许格尔从车里取出她的相机。

几张风景照，她说，比我们想的更难拍。在大自然中看上去总是很棒，拍成照片经常无聊透顶。人们需要特殊标志，树木或岩石，某种结构。

像在我的故事里那样？

是的，有点。

玛琳·维泽到底在哪里？韦格纳问道。

弗里茨说，她和扎赫尔在伯尔尼，购购物，喝喝咖啡。他领两个年轻人来到小屋附近的小环道。它通往山下，踩在上面嘎吱响，两旁长满杂草。弗里茨喜欢徒步鞋踩在大自然各种地面上的响声。他感到奇怪，现在将故事讲给许格尔和韦格纳听时，他距离它多么近。他俩全神贯注。他仍然不知道自己会不会全讲给他们听。他双手撑在臀部，望向群山白色的尖顶。跟随一位向导

1　登山时系着一条绳索的小组。这里指一群利益相关的人。

登上这样的山巅，从那上面俯瞰世界，这事他也要做一回。兴许那时候一切都会变得不那么重要，让他更容易释然。他不知道该对这世界持什么看法。

我可以在这外面给您拍张照吗，科尔贝先生？

弗里茨向薇罗妮卡·许格尔转过身去。她在微笑。

最好不要，许格尔小姐。我根本不知道该如何看着相机。

您的镜像怎么样呢？

弗里茨再次对这个女人的洞察力感到吃惊。这么说，她已经察觉，他这么多年来看到的是一张扭曲的脸。

我的镜像很不错，尽管如此，还不到拍的时候，许格尔小姐。

我记住了这个"还"字，科尔贝先生。

他们继续顺着小道走，它倾斜地延伸向一处蓝色的冷杉树丛，树枝折断，蜥蜴溜进缝隙，缝隙对于它们来说显得太小了。在冷杉树的树荫里，弗里茨将一只手搁到韦格纳肩上。他也不知道自己为什么这么做。

我离文件越近，我的决定就越明确，我距离玛琳就越近。

是啊，那些姑娘。薇罗妮卡·许格尔"哧哧"笑起来。

她在阿德隆酒店下方的防空洞里——轰炸机飞回来时，我们外交部的人总是躲在那里。她站在离我约十米远的地方，而紧挨我站着的就是善良的汉森夫人，签证办公室的那位。于是我抓住机会。汉森夫人告诉我，那女人是夏里特医院一位外科大夫——

一位教授——的助手。他经常旅行，有时带着她，有时不带她。汉森夫人觉得，那女人有点自认为与众不同。我喜欢这样。

弗里茨抬头望向群山。

我不喜欢的是，她结婚了。

但也没有妨碍到您，薇罗妮卡·许格尔说道。

很糟糕吧？弗里茨问道。

如果那是爱，就没什么。

弗里茨望着她，她迎着他的目光，扬起一侧的眉毛。弗里茨转身继续往前走。

等回到家里，我用锅做几块肉排，他说道。

弗里茨在回想他刚刚对韦格纳说的话。他离文件越近，他就越接近玛琳·维泽。现在他可以想，这是一个后果严重的错误。可他不愿这么认为。他不愿意，但他不得不这么认为。不，他不愿意，可他被迫做过的事情够多了。小道带他们走出绿荫丛林，走上一片散布着白岩石的绿草地，草地向上通往小屋的一侧。

尽管如此，韦格纳在他背后说道，科尔贝先生，您就不能阻止事情这样发展吗？

不，他说道，我不能。有数千份文件，没骗您，数千份。我不可能注意到每一个细节。事后，人们总是更聪明。但那不过是马后炮。

科尔贝先生，不管您喜不喜欢，我们这就是在事后进行回顾，韦格纳说道。弗里茨听到柏林上空的轰炸机，看到玛琳的眼睛，他感觉到双手里的文件，看到血液在流失。

这一刻，薇罗妮卡·许格尔为他拍摄了第一张照片。

生气[1]了？她问道。

是的，弗里茨回答。

我指的不是对我，她说，我指的是您的面部表情。

生气，是啊，韦格纳说道，我相信，我无法活下去——承受这些后果。弗里茨猛地转向他，走得离他很近。他闻着韦格纳的刮须水。这种时刻，他就恼火自己不是个高大魁梧的男人。幸好韦格纳不比他高多少，再说弗里茨站得比他高一点。

事情无—法—阻止，弗里茨说道。

凯特咬得大拇指指甲小小的半月形咯咯响。弗里茨不想望过去。他们坐在布劳恩魏因家的客厅里，一块干巴巴的点心在瓷盘子里碎成了屑。凯特·布劳恩魏因脸色苍白如纸，涂了口红的嘴唇让她的脸有点像小丑。

“这么说，你来这里，是因为你不知道该对这个陌生女人说什么？”瓦尔特问道。

“现在还不能这么讲。另外，我在寻思，卡特琳会怎么看她。”

1　该词也有邪恶的意思，因此才有下文薇罗尼卡的解释。

“对一个你还没和她说过一句话的女人，卡特琳能怎么想呢？”

“哎呀，是啊。事实上……事实上我压根儿不认识她。”他揉揉额头，拍了拍大腿。“我的天哪，”他说道，“她笑起来那么好看。你们得听听她笑。她面容姣好。”

他感觉自己像个中学生。凯特暗笑。弗里茨估计她是想大笑。她没能笑出来。她双手端着咖啡杯，一再地望向挂着窗帘的窗户。

“太多事了，”她说道，“我们不知道的事情太多了。”

看着妻子，瓦尔特熟悉的脸变僵硬了。凯特拉起弗里茨的手，直视着他的眼睛。她突然显得十分清醒平静。

“去找她谈，弗里茨。去对她说。谁知道这里的情况还要持续多久啊。”她起身离开房间。

“弗里茨，太可怕了，可我都不认识这个女人了。我的凯特哪儿去了？”

“你还认识你自己吗？”

“此话怎讲，弗里茨？本来我只想带我家人去爱尔兰。我一直想这样做。”

弗里茨指指卧室门，瓦尔特点点头。

凯特趴在床上，一只拳头支撑着额头。弗里茨坐下去，弹簧嘎吱响。

“我总是只能号哭。”凯特说。

“嗯，那么这里至少有一个人说的是真话。”

她侧过身去，屈起双腿。他经常看到卡特琳这样躺在床上。

“你还是得笑，凯特。”

“笑什么？”

“我不知道。跟瓦尔特跳舞去吧。在这疯狂的柏林还有很多人在跳舞。跳去吧。”

凯特用食指和中指在枕头上比画着华尔兹舞步。

“前进，横移，并脚，后退，横移，并脚。”她含糊地说道，“1940年6月7日至8日夜里，他们头一回来。1943年1月到3月。他们从天空投掷下死神，弗里茨。死神。火——火将人们吸进肚子里。”

她盯着床上用品，抚摸床单，像抚摸一个孩子的脸。

“凯特？凯特？”虽然他能看见她，他的手搁在她的肩上，但她正从他的眼前消失。

他出门来到街上，一名身穿制服的少年向他迎面走来，少年的头发是金黄色的。弗里茨快步迎上去，张开双臂。“霍斯特，孩子。”霍斯特·布劳恩魏因并拢双脚后跟，笔直地举起胳膊。

“希特勒万岁，弗里茨叔叔。”

弗里茨的胳膊僵硬了。他想拥抱少年。霍斯特躲开了，目光和眉宇间透出拒绝和不解。

“霍斯特。见到你我很高兴，真是太巧了。”

“谢谢，弗里茨叔叔，我也很高兴。”

弗里茨伸手抓向少年的肩。霍斯特再次避开了。

“一切正常吗，霍斯特？”

“当然了。”

“你还记得我们在营地湾钓鱼吗？”

“在南非吗？那儿都是敌人，弗里茨叔叔。”

“你说什么？”

“敌人。”

“可还是很快乐，不是吗？”

霍斯特面无表情，弗里茨唯一能从他脸上认出的就是一种古怪的疏远，好像少年是站在一条河流的对岸。

“你父母在楼上。”弗里茨说道，“霍斯特，你母亲身体不是很舒服。”

“她不应该这样放任自己。”

“她是你母亲。”

“我现在得走了，弗里茨叔叔。希特勒万岁。”

“好，好，当然。”

弗里茨慢吞吞地走在战争年代灰暗多坑的街道上。他想，现在他们也将这少年带坏了。他坐到一辆锈蚀轿车的踏脚板上，回头张望。战争头几年柏林是一座女人的城市，男人都离开了，杀人，死亡，或变成伤残人员。现在越来越多的女人和孩子被派出城，他遇到的男性都身穿制服，在寻找某种他们无法找到的东西。一面红色卐字旗落在一辆烧焦的双层公共汽车上，像覆盖棺材似的盖着它。

去过布劳恩魏因家之后又过去几礼拜，玛琳再次出现在部里。弗里茨养成了每天在签证科走廊上侦察两次的习惯。他期望听到玛琳·维泽的笑声。他希望至少能匆匆看她一眼。

有一天她出现了。她沿着走廊往前走。弗里茨停下脚步，将一本文件夹夹到腋下，等那女人从他身旁经过。

“您好，维泽夫人。”

她望着他，眉毛有趣地扬起。

“我们认识吗，先生？”

“可惜不认识。”弗里茨说道。他的对答如流让他很开心。哎呀呀，干得好，他想。他从哪儿知道她的名字的？他冒昧地向汉森夫人打听了。“原来如此。”她的蓝眼睛里有黑色斑点，鼻子笔挺，头发是栗色的。

“那您为什么打听我的名字呢？”

“一再地见到您却不知道您叫什么，这样不好。这不行。”

“哎呀，您看看。”

“我礼拜天可以请您喝杯咖啡吗?”

“我不知道。”

“我知道。”

“这进展可真是很快啊。”

“我们的时间恰恰没有富余。”

她拿食指指尖挑去额上的一缕头发,微微一笑,嘴角出现细微的皱纹。两名士兵大步走过他们身旁,什么地方有扇门被砰的一声关上了。

“维泽夫人,礼拜天来一杯战时香喷喷的淡咖啡怎么样?在略被毁的柏林?我可以希望您考虑一下吗?”

她将脸转开一点,拿眼角瞟着他。说行吧,他想。说吧。俏鼻子。

“咖啡是样好东西。”他说道。

“噢。”

“如果您想,也可以是别的什么。”

“嗯。”

“我会很高兴的。”他为什么说这话呢?他会高兴?玛琳·维泽微微一笑:“会高兴,对吗?”

回到办公室后,他将手里的文件扔到办公桌上,跳了几步华尔兹,攥起拳头。她答应了。

现在他们坐在莫姆森街上的一家咖啡店里。玛琳向他讲了她在夏里特医院的工作，讲她的教授国际公认的能力，他也是生产义肢的泰斗。

“他给他做过痔疮手术。”玛琳说道。

“您说什么？”

“我的教授。他给希姆莱的小屁眼美过容。”

“小屁眼是带引号的，还是作为解剖学概念？”

“随您怎么想吧，科尔贝先生。”

“这本来也可以登上周报的。”

他们笑起来。咖啡馆里另外只有两张桌子有客，人行道上，灰色废墟堆成了山，一条小径从废墟中间穿过。

“义肢的需求量越来越大。”玛琳说道。教授经常外出，他认识大批纳粹巨头本人。

“他是个纳粹分子吗，维泽夫人？”

“而且是个能力特别强的。”她从很低的窗户望向被废墟掩埋的街道，“这人职业上确实是把好手。他帮助别人，我帮助他。”

“您为他来我们部里办理旅行材料。多幸运啊。”

她侧过头，笑了笑，笑时鼻子变宽了一点。玛琳从拎包里取出一只盒子，弹开，从橡皮筋下面取出一支烟。弗里茨头一回后悔身上没有打火机。玛琳等了等，弗里茨毫无意义地拍遍他的上装口袋，看能不能找到一小盒火柴。玛琳从桌面上推给他打火机，弗里茨“啪”一声打着，不必要地拿一只手遮住火苗，凑近玛琳的脸。她嘴唇苍白，嘴角有迷人的小皱纹。弗里茨说要给她叫杯葡萄酒。玛琳说，可她还有咖啡呢。

“没错，是的。可我很想看您用食指和中指夹烟的那只手也举着一杯葡萄酒。”

“原来是这么回事。”

他叫来独臂服务员，点了一杯红葡萄酒。

“您是个怪人，科尔贝先生。”

“在非洲人家就这么说我。”

“非洲？您讲讲！”她听他讲了很久，街道越来越灰暗，少数几个客人也不见了，服务员抱臂站在柜台背后，弗里茨沉浸在他的回忆里。他一句都没提卡特琳。讲述时，他的思绪在两条反向轨道上滑去。他想，他必须更加谨慎，他现在已经向这个陌生女人透露太多了，对她讲得太多了，尽管他很想，但决不可以向她泄露他有什么计划，不久就要将它们付诸实施。在这个国家再也不能信赖任何人了。就连他也不能信赖。

她用拿烟的手端起葡萄酒杯。纸的白色反射在晃动的红色里。

“可是，您不要希望我总是做别人想要我做的事。”她说。

“那不是希望，那是担心。”

这一刻她摘下了帽子。她的头发褐色与白色交织，让他浮想联翩。

她不想让他送回家。他们在大街上告别，她走了几步后又向他转过身来。他肯定，她知道他会目送她的。

“我结婚了，科尔贝先生。”

他想说点什么，却不知道说什么好。

“这是一个十分愉快的战时下午。”她说道。

“好得不能更好了，维泽夫人。”

她嫣然一笑。“更好总是可以的。如果您想再邀请我，我不会拒绝。”

弗里茨鞠了个躬。一个强壮但不魁梧的男人，像平时一样西装革履，系着领带；一个头戴帽子、身穿改过的深蓝色套服的女人，站在一座荒芜城市倒塌的房子之间。他目送她。在她陪伴了几小时之后，他感觉比先前更孤单了。即使有什么能够证明他可以信赖她，他也不能将他的计划告诉她。

七　　首次出差

柏林和伯尔尼，1943 年

事情几乎同时发生。先是冯·京特闷闷不乐地穿过弗里茨的办公室，将其他要投进火炉焚毁的文件扔在他的办公桌上，然后汉森夫人敲他的门，挥着一张纸，说：送信，科尔贝先生，8 月里就去。

“柏林—伯尔尼，伯尔尼—柏林。保证有好天气。请您代我向瑞士问好。没有炸弹，科尔贝先生，我的天哪，没有炸弹。”她像是想抓牢什么似的，一手按胸，叹口气。

当晚他就给伯尔尼的欧根·扎赫尔打电话，将出差日期告诉了他。

“听着，欧根，告诉英国大使馆的那个人，一位外交部官员要来伯尔尼。带有纳粹的机密文件。要将它们交给英国情报机构。”

听者咳嗽了一下，然后听筒里传来沙沙响声。很可能电话从扎赫尔手里掉了。现在，在讲出之后，弗里茨膝盖软了。他坐下来，拿一只拳头顶着额头。他坚持他的决定，抓住它不放，想将它塞进自己的脑袋里。他听到瑞士那头难以置信地叫出了他的名字。

“弗里茨！弗里茨，他们会杀害你的。”

弗里茨想说，他们逮不到他的，但这些话陷在恐惧和绝望的山脉里，没有说出来。

“你不熟悉这种事情，”听者叫道，“这不行。你来瑞士——然后躲起来。我将你藏到什么地方，直到这糟糕的一切结束。但你别发疯了。机密文件？带出境？弗里茨，我的天哪。”

“你会将我藏起来？”

“当然。我在伯尔尼什么地方接你，开车去接。我是一位品行端正的公民。没有嫌疑，口碑好。在我这儿谁也找不到你。”

弗里茨还从没想过在瑞士躲起来的可能性。他的日子布满了卐字文件。扎赫尔肯定有个大葡萄酒酒窖。弗里茨禁不住笑了。做正确的事情，别害怕。

“欧根——欧根，你听我说。在我抵达伯尔尼的前一天，你再联系。别的就没什么事了。英国人会立马同意的。那是些好人。丘吉尔是他们在这个时代能有的最好的人。欧根，老朋友，你必须这么做。你必须为我这么做。现在就靠它了。和平年代可以轻松讲出口的所有那些话现在都靠它了。”

“我有妻儿，弗里茨。我……我再给你打电话。”“咔嚓”一声，电话线路沉默了。弗里茨像被钉子钉住了一样坐在厨房椅子上，将听筒按在太阳穴上。他想跨上自行车，骑车去找玛琳，站在街头仰望，看能不能在她家见到一线光亮，或者按响门铃。可他该对她说什么呢？他将地球仪放到电话机旁。卡特琳，就在大西洋那片辽阔、穹隆状、淡蓝色表面的右方。他女儿如今该长多高了呢？在戴着便帽的黑发下面，她是不是还一直那么瘦削，那么柔弱，那么白皙呢？他用食指从西非摸向北方，摸向欧洲。德国—瑞士，柏林—伯尔尼。只有几厘米，他就已经走了很远的距离。可这回呢？电话响起来。他手放到听筒上，感觉光滑的金属，他拿起听筒，只说了声“喂”——后面是问号而不是他想发出的惊叹号。欧根·扎赫尔说，他会干的。

他抓住阿尔高风景画的相框，小心翼翼地放到地板上。灯光像黄色灰尘一样在暗灰色的保险箱门上闪烁。他旋转密码盘，按下把手，打开保险箱。机密文件。一堆，纸页间有阴影线，还有折角。他办公室的墙壁似乎骤然远远地分离开来，房间越来越大，他周围的一切都在旋转。墙壁又霎时间弹回。弗里茨取出文件，将它们从有红色横条的马粪纸信封里取出，将纸张缠裹在右腿小腿肚上，用准备好的带子绑紧它们，再重新拉下裤子罩住。这一切持续了不到一分钟。数千只无形的眼睛在看着他。好像自己都无法相信所做的事情似的，他给一位前往东线的特派员打一封随寄信件。他打错了那么多字，不得不将纸从打字机里扯出来，扔进废纸篓。腿上绑的文件很沉。冷静，冷静。走吧。他熄灭办公室里的灯，来到走廊上。他希望不会再遇上任何人。同事哈弗曼向他打招呼，聊了会儿音乐，听起来那么混乱那么陌生，乃至于弗里茨连声问："什么？什么？"他的声音在抖。哈弗曼笑了，将一只手搁到他肩上。签证科的两个女人走过，望望弗里茨，笑笑。都这时辰了，他们怎么还都在这儿呢？米勒站在通往威廉大街出口的叉道上阅读一封电报。"希特勒万岁。科尔贝先生，您脸色苍白，像那回在船上一样。您不舒服吗？想想前线的人们吧。"

"别听他的，"哈弗曼低语道，"科尔贝先生，您熟悉德沃夏克[1]的交响曲《新世界》吗？"

他熨烫了一件白衬衫，穿上黑西服，系上深色领带，戴上深色帽子。他想看上去尽可能严肃庄重。他让人将要交给伯尔尼领事馆的文件箱送去安哈特车站，并从上司那里接过装有密封资料的文件袋。他感觉到右小腿上偷运的文件。他往上面套了长筒袜。

1　安东宁・利奥波德・德沃夏克（Antonín Leopold Dvořák，1841—1904），捷克作曲家，《新世界》交响曲是他最重要、最有价值的一部作品。

“我为您火中取栗了，科尔贝。”冯·京特说道，“您知道，每个出差送信的人都会受到仔细审查，是的。我对您的评价是‘完全值得信任’和‘绝对无可怀疑’。尽管如此，科尔贝，如果这些文件不能安全抵达伯尔尼，我将什么忙也帮不了您。”

“是，大使先生。”

“请代我问候冯·吕佐夫。听到德国的什么消息，他都很开心——他很可能不知道自己在瑞士过得有多好。我们私下说说，科尔贝，是的，那里的一个职位——真是可笑。好了，希特勒万岁。”

“嗨希特勒[1]，大使先生。”

从部里去施普雷河对岸的夏里特医院不是很远。弗里茨打听到玛琳·维泽的办公室，从楼梯走上去，经过手术室和一间存放有手和肠标本的小陈列室，经过希特勒画像和人体解剖示意图。他透过门听到她喊“进来”，同时听到一台打字机不连贯的“咔嗒”声。玛琳没有马上转过身来，她身体略微前倾，伏在一张从打字机里弯曲伸出的纸上。她穿件白上装，透过布料可以看见胸罩的扣子。她将头发扎成了一束马尾辫。这样从背后看着她，而她不在看他，让他感到紧张又幸福。

“我是来辞行的。”他说。她从纸上移开脸——一根无形的细

1　这里科尔贝故意没发字母“l”的音。

带子似乎要断了——她望着他。

“科尔贝先生。”

“出差去瑞士。要我给您带点什么吗?”

“巧克力。”她请他就座,问他还有没有时间喝一杯淡咖啡。他说没有,但还是乐意喝一杯,喝完可以跑步去车站,他的身体状态仍然很好。玛琳离开办公室。一个角落里倚着义肢,有球体关节和皮套的金属物品。办公桌上的一只花瓶里插着干花。玛琳让这一束苍白的花插在那里,很像纸做的,似乎每一震动都会让它们破碎,这打动了弗里茨。两面墙上挂着旧地图。

“我丈夫是地图绘制员。”当她返回来,发现他站在地图前时,说道。我现在不想谈你丈夫,他想,但没有说出口。我现在想锁上这道门,将你抱上办公桌,扯开你的上装,撩起裙子,脱掉小内裤,和你睡觉。或许我明天就成盖世太保的囚犯了——这他也没有说。但他很短暂地想过,他为什么不这么做。做正确的事情,别害怕。几小时后他将会在边境上拿生命冒险,他不敢告诉玛琳在这场糟糕的战争中自己真正想做的事。相反,他为咖啡向她道谢。他直视她的眼睛,试图读出她的想法。她显得那么年轻。有没有可能,有那么几秒钟,她也像他那样想过呢?

“在您身边我总感觉自己像个学童。”他说道。

“我让您紧张不安吗,科尔贝先生?”

“提这种问题有点卑鄙,不是吗?”

“是的，有点。”

这下，一阵心灰意冷的感觉掠过他心头。这女人结婚了，他不能告诉她他打算做什么，虽然他好想向她透露。她一定从他的外表看出，他突然感到失去了什么。

“您认为这里的一切会如何结束？”他问道。她的表情严肃起来，宽颊骨上的肌肉在颤动。她打开烟盒，弗里茨给她点火。他说，这只打火机，上次见面后他立马就买了。

“科尔贝先生，我们会付出代价的。每个人都以自己的方式。我儿子，汉斯，他……”她吐出烟，好像这样做就能摆脱什么似的。“早在 1940 年。但我们将活下去。”

“您儿子的事……我非常抱歉，维泽夫人。”

她抬手拒绝。弗里茨不愿想象他会失去卡特琳。他含糊地诅咒了一句。

“您不能离开吗，维泽夫人？”

“那病人们怎么办？我是受过训练的护士，又晋升教授的私人助手。不行，科尔贝先生，我不能离开这里。这不行。另外我母亲也还住在柏林。”她环顾一下办公室，仿佛还有别人在场似的。“在这里，这是我做的事情。对我来说这与政治无关。至少我在努力。”

“我会回来的。”这他也对卡特琳说过，在非洲，在百年之前。他站起身，坚定地直视着她的眼睛。

“如果我们不再见面，维泽夫人，我想告诉您，至少能够与您相识，也是我三生有幸。这对我像是过节。我希望，好吧……请您保重。”

“我们为什么不该再见呢?”

“我记着巧克力的事。”

“那我们肯定会再见的，科尔贝先生。”

“弗里茨。”

“好，弗里茨。玛琳。”

他向她伸出手去。接触她的皮肤让他开心，她的手温暖结实。在门口他再一次转过身来。

“总有一天我会讲给您听的。”

她摁熄香烟。

“不管那是什么事。”她说道。

火车站笼罩在淡青色光芒里，全部的灯都被换成了青色的，巨大的机头上安装有卐字。金属沉重地摩擦着金属，冷光中一座巨大的锻造车间。女人们带着孩子挤进车厢，箱子斜放在狭窄的门口，广播里在吼，哨子吹响了。弗里茨持有的是第一节车厢的票，加座。听到自己的名字时，他正要跨上阶梯。他吓得胸口挨了一斧似的。他抓紧金属杆，回过头来。

“嘿，我才不会让你不辞而别，逃去瑞士呢。”

“哎呀，瓦尔特。”

“你怎么回事？撞见鬼了吗？”

“伙计，你要害死我。”

“弗里茨？老朋友？”

“好了好了，瓦尔特。我只是心不在焉。”

“在想那个女人？”

“玛琳，正是。”

“听了你的详细描述，我现在知道她是谁了。了不起的女人，弗里茨。你有多少机会？”

弗里茨一只手按住心口。

“你太孤单了。会好点的。”

“回到德国之后才如此。先前可不是这样的。”

列车员吹起哨子，车门关起，火车头吐出烟雾。

“我得走了，瓦尔特。谢谢你来送行。”

他们相互握手。

“我们差不多就只剩下友谊了。”瓦尔特说道。

“我们的情况到底有多糟糕？”

“我也不知道，弗里茨。这一切本来都不该发生的。现在这就是我们的生活。一点都不英雄。”

“好好保重，瓦尔特。照顾好凯特。还有霍斯特。”

弗里茨找到个空包厢，随手关上门，拉上薄薄的窗帘。晚上八点二十分，列车准时开出车站，弗里茨不想再多看一眼柏林。万一被检查，他就死定了。最糟糕的是，他都不能反抗。他感觉到盖世太保的手紧抓着他的上臂，他不清楚将如何承受之后降临的一切。现在很简单：拉下窗户，感受风，闻闻火车头蒸汽的味道，从腿上解开文件，扔出去，完了。只要几秒钟，软弱胜过坚强、充满诱惑的一瞬间，之后他就自由了，右腿也就轻松了。剩下的战争岁月他只要留在他的岗位上，谁也不会将冯·京特的私人秘书送上军事法庭。他会脱离险境，活下来，做出不利于冯·京特的供词。他双手抓住窗帘，拉开来，看到玻璃上他苍白的镜像。做正确的事情，别害怕。他长吁一口气，他的脸突然消失在乳白色玻璃后面。弗里茨重新拉上窗帘。他从上装口袋里掏出护照：德意志帝国，下面是鹰和倾斜的卐字，再下面是外交部通行证。他用大拇指指甲刮卐字，越来越使劲，直到一丝金粉粘在了手指上。

他试着阅读，试着下跳跳棋，吃奶酪面包，端起保温瓶喝温热的代用咖啡。在海德堡，一名穿西服的男子推开了包厢门。弗里茨瞪着他，那个人又关门离开了。小包厢没有灯光，哐当哐当响，弗里茨离瑞士越来越近。

他不得不在巴塞尔下车。玛琳·维泽告诉过他，巴登车站是抵达瑞士边境前最后的德国飞地。她曾经与她的教授到过那里。之后他就进入所谓中立的瑞士了。教授认为，那里间谍云集。你永远不知道你在与谁讲话。弗里茨精疲力竭、胡子拉碴地跨下车厢台阶，看看边境关口的哨兵，往回走向行李车厢。他照管着部里密封的箱子。车站屋顶悬挂着鲜艳的帝国红旗，检查站两侧的士兵肩挎卡宾枪，盯着乘客，钢盔反射出刺眼的光线。

他的小腿肚痒痒的，心脏在收紧。他将公文包夹到汗湿的胳膊下，排进哨所前等候的长龙。到现在为止，检查站只对每个人匆匆查一下，就专横地示意通过。现在他还可以回头。去厕所，将文件交给哗哗响的冲厕水流。不，不。再也没有回头路。他听到火车头刺耳的响声，它冒着炙热的蒸汽，他听到一个女人尖声呼叫她的孩子，他离看守和海关小屋前桌子旁的那个人越来越近。弗里茨隔着裤兜抓住吓得直抽搐的生殖器，体内产生强烈的尿意。检查员冲一名矮个子中年人挥挥资料，检查人员办公桌斜后面的小屋里走出两个穿制服的，一言不发地将那个人带去一个小房间。这些人是按什么标准搜查乘客的呢？他们有个指标体系，还是深深望进那永远不会完全平静的眼睛？他的目光盯紧他前面那女人的浅色外套，她的颈背上有块黑色胎记。检查员拿起她的证件，越过女人的头顶望了一会儿弗里茨的眼睛。那短短的一瞥——你看着某人，就在这一瞬对方也察觉了。弗里茨笑笑。那个人合上女子的证件，说："往前走！"现在轮到弗里茨了。手，冷静，他祈求道，腋下汗涔涔的，让他直想扭动身体。他一声不吭地向那位官员出示部里的护照和签证。那个人用小眼睛看着他。

“您包里是什么，科尔贝先生？”

弗里茨打开皮盖，将密封文件抽出一点，又迅速放了回去。

“别这么快！”那个人拉开包，拿指尖敲敲信封边缘。

“您在瑞士有四天时间，一分钟也不能多。往前走！别傻站在这里，往前走。”

弗里茨没听到小屋里有任何响声。他急步赶往最近的厕所，他尿啊尿，不得不一只手撑住墙。他在盥洗室里从身上脱下衬衫，从箱子里取出肥皂，洗净身上的汗。他的双手依然紧张不安，穿上新衬衫，系好领带，顺着瓷砖墙面滑坐到地面。他坐在那儿，一只手抠着额头，直到门被推开。弗里茨挣扎着站起身，抓起他的东西，试图吹出《魔笛》的序曲。车站前的混乱包围了他，女人，孩子，戴帽男人斜站着，他吹走调了，橱窗反射出太阳光，他僵硬地走向驶往SBB(瑞士国家铁路)的有轨电车。他完全失常地登上驶往伯尔尼的火车。他真想大叫。直到将额头贴着清凉的窗玻璃，看着对比鲜明的群山剪影上方的蔚蓝天空时，他的呼吸才慢下来，小腿肚才不再那么痒了。

他有四天时间来实施计划。第一天，他全天都不得不在威尔拉丁路上的德国领事馆里度过。这个外交部驻外机构设在一座别墅里，绿色窗棂，屋前花园里的灌木都经过严格修剪。弗里茨与冯·吕佐夫和他的秘书魏兰坐在办公室里，室内弥漫着现煮咖啡的香味。领事冯·吕佐夫体格和弗里茨差不多，头发乌黑，他询问德国的情形和冯·里宾特洛甫的工作。他只遇见过外长本人一次。他说："有时候你会有种孤单的、被抛弃了的感觉。"

弗里茨正希望快送他回酒店时，被冯·吕佐夫邀请与其一家共进晚餐。弗里茨推辞说旅程漫长，他一路上没能睡好。

"噢，科尔贝先生，我妻子的德国厨艺会让您兴奋的。"他伸手拿起办公桌上镶在银框里的照片。那女人宽脸庞，表情严肃，一双生动的褐色眼睛。"对她来说，离开柏林，陪我和孩子来这儿，当时是没那么简单的。好了，别担心，饭后我就让我的车送您回酒店。但是，您别误会，科尔贝先生，我们在这里虽然不必忍受炸弹袭击，生活也是艰难的。您不会相信，我们在这里必须耗费多少行政开支——还有一点，"他用食指示意他凑近，"有一点是明白的：伯尔尼这儿满街间谍。我们的反间谍科忙得不可开交。可即使是这方面，科尔贝先生，即使是这方面，德国也无法超越。如果丘吉尔、罗斯福或斯大林将他们的间谍派来这里，我们会查出来的。对不对，魏兰先生？"

冯·吕佐夫的秘书还一句话没说，脸上始终挂着微笑。他肤色苍白，下巴分叉。弗里茨注意到，魏兰时不时地攥起右手。现在，没等他来得及回答什么，冯·吕佐夫就搓搓双手。"吃饭喝酒维持身心健康。您别怕，够吃的。还有风景，科尔贝先生。您要是有更多时间，我会建议您徒步。呱呱叫。”

席间，冯·吕佐夫的妻子向弗里茨介绍德国妇女的地位，她们对于孩子的教育有多重要——三个女儿一个挨一个坐在餐桌侧面，只有问到她们时才开口讲话。冯·吕佐夫夫人的真实面容不像弗里茨在领事办公室照片上看到的那么可爱，有点生硬，当望着某人时，她几乎明显地眯起眼睛。魏兰盯着冯·吕佐夫夫人，从他的烤肉上切下很小的一块，身体俯向叉子。当冯·吕佐夫询问弗里茨对元首的态度时，弗里茨强烈地感觉到他在被审查，马上就会提出细节性问题——人家早就看穿了他，知道他小腿肚上的皮肤为什么火烧火燎的。

“科尔贝先生？我们的元首？”

弗里茨张开双臂。“这还有什么好说的呢？”

冯·吕佐夫夫人友善地点点头，魏兰从叉子上方望着弗里茨，一块粉红色的肉凑在眼前。

“我们信赖他。”冯·吕佐夫说道。

“亲爱的丈夫，信赖？这可不够。”冯·吕佐夫夫人说道。

“国际犹太……”魏兰说。

“听，听，”冯·吕佐夫夫人说，“希特勒万岁。”

“希特勒万岁。”三个孩子说道。

“嗨希特勒。”弗里茨说。魏兰眉毛上扬，吕佐夫夫人轻咳一声，从嘴角拭去一粒想象中的屑子。

魏兰送他到门口，花园多角的灌木前停着一辆黑色大轿车，挡泥板上插着卐字旗。

“这么寡言少语吗，魏兰先生？”弗里茨问道。

“我在等。”

“等什么？”

魏兰为他打开车门。车子里黑乎乎的。“请上车。”魏兰看都不看他，说道。

回到酒店房间，他将箱子扔床上，用冷水洗了脸，就匆匆出门走进了夜色。来这里的途中，他发现了最近的电话亭在哪里。他戴上帽子，竖起衣领，走向电话亭，要求接通欧根·扎赫尔。当对方高兴万分地来接电话时，弗里茨打断了他的话。

“我住在布本贝格广场旁的正义酒店。马上来这里吧，你一……”电话亭里亮起来，弗里茨周围一片明亮，发出反光。拐角过来的汽车驶过电话亭，又将弗里茨留在了黑暗中。

“你一联系上就来。好吧，欧根，请为我这么做，行不行？”

耳朵上的电话听筒越来越暖，对方结结巴巴。弗里茨不给他时间。

“行。我试试。然后我去找你。还有，弗里茨，请为我准备好一大杯酒。”

“就交给你了。他们一定会接受。他们会对你唯命是从的。我提供情报。好让这整个卑鄙的混乱局面尽快结束。我想要纳粹被消灭。我想去非洲。欧根，我想再见到卡特琳，我想拥抱我女儿。”弗里茨想挂上听筒，可后来他又喊了一声扎赫尔。

“千万别提我的名字。”

酒店的酒吧里，几名客人还坐在点着红色小灯的桌旁，几乎全是一对对的。只有一个戴帽男子在读报，弗里茨监视着他。他喝了杯威士忌，但这也没能让心跳变缓。弗里茨闻到烟味，听着情侣们喁喁私语，那些声音合成为一种轻细的、各种声调交织的背景音。

一辆轿车驶上停车场，大灯将灌木染成黄色，然后又黑暗下来。车门关着。欧根·扎赫尔此刻很可能手握方向盘，在考虑重新开走。“快点，欧根，下车吧。”弗里茨呢喃道。几分钟后司机一侧的车门缓缓打开，在酒店窗户和灯笼的暗淡光线下，扎赫尔的西服显得像是黄色灰尘做的。弗里茨抬手打招呼，可扎赫尔不可能看见他。

他们相互拥抱问候，多年未见的老朋友。读报的那位看看他们，折起报纸离开了。弗里茨和扎赫尔目送着他的背影。“酒店真漂亮。”扎赫尔说道。弗里茨一只手抓住他的上臂。“欧根，见到你真高兴。”他认识的扎赫尔一直都是穿着合体的西服。鹰钩鼻相对于他的脸显得太大了，短短的灰色鬈发被梳得紧贴在头上。弗里茨很想聊聊天，问对方过得怎么样，可他做不到。

“英国人怎么个意思，欧根？他们说什么？”

“我也很想来这么一杯威士忌。”

“什么，欧根？”

“是的，好吧，我该怎么说呢？”

“欧根！”

“他们不感兴趣。”

“你说什么？”

“白忙了，弗里茨。”

弗里茨陷在沙发椅里，越陷越深，空虚和黑暗包围了他。“我根本没找到上层。”他听到扎赫尔在说，“后来有个下级职员有兴趣，与我在尼德格桥上碰了下头。差不多就一分钟时间。”

“为什么，欧根？”

“你想，他们会告诉我为什么吗？”

全白忙了。这不可能是真的。绝对不可能是真的。

“弗里茨，不要误会我——可你对这一切还一无所知。这没有意义。”

“我亲自去找。”

“我的天哪。你可不能就这样抛头露面。你以为德国人就不监视其他办事处吗？你不能去那里。现在你振作精神，好好想想。你一直就是个梦想家——可现在没时间天真。”

“天真？我？我持有运输犹太人的材料，有关北非和土耳其的情报网络，有关对战争至关重要的来自西班牙的钨资源。有关国防军和党卫军在俄国的大屠杀。我们能够用我们的材料拯救人命，欧根。要我给你讲讲纳粹在怎么对待犹太人，是吗？我可以缩短战争的进程。我可以让人去救犹太人。不要说我天真。你最好仔细想想。你在伯尔尼这儿还认识谁？你有哪些关系？还有哪些？”

弗里茨几乎控制不住自己，心头有股怒火在吼叫，在让他的身体疼痛。他必须离开酒吧去外面。他示意扎赫尔跟上他，上楼跑进了他的房间。为了不弄出噪音，他拿起枕头敲床，直敲得弹簧弹起，他呼吸急促。他现在很可能会被一丝不挂地绑在一张椅子上，被殴打、羞辱、剥夺尊严和杀害。英国人不想与他谈。

“美国人，”扎赫尔说道，“我在美国人那里倒有几个联络点。我去找美国人谈。你同意吗？”

弗里茨站在那里，手拿被撕碎的空枕头，他像卡特琳出生时那样感激万分。

“我时间不多，欧根。”

“我来办，弗里茨。你先冷静一下。想办法睡一觉。”

次日，他一半时间是与冯·吕佐夫和魏兰一起度过的，之后在领事馆各科室，与员工们一道检查笨重货物里的邮件，介绍各种情况，另外他与一家银行有约，外交部通过那家银行处理秘密的国外付款。几乎所有房间和走廊里都有希特勒和冯·里宾特洛甫的黑白照注视着他。他经常去盥洗间，坐到抽水马桶上，按摩额头。他几乎无法忍受体内的翻滚，一个劲儿地淌汗，心脏"砰砰"跳，简直要蹿出喉咙，他无法回答什么样的举止是正常的，他再也不知道了。每当有人走进一个房间，他就听到手铐锁起的响声。他不停地微笑，说"嗨希特勒"。当情形越来越糟糕时，他拒绝每一杯咖啡，因为担心咖啡杯会从指间滑落。傍晚五点，他从一个电话亭给欧根·扎赫尔打去电话。

"弗里茨，我找到一个联系人了。今天夜里，一点钟。"

弗里茨走进议院巷一家甜食店，为玛琳·维泽买了一大堆大块巧克力。他激动得当场消灭了一块，又补买了。在紧挨布本贝格广场旁他的酒店的 A. 弗兰克书店里，他买了装帧漂亮的托尔斯泰的《战争与和平》和梅尔维尔的《白鲸》。他翻看两本小说，一章章阅读，心想，必须将他在这里所做的一切全部记下来。他自己从没写过一篇故事——现在他考虑，如果有时间和闲情，用文字描述出直到坐在伯尔尼这张公园长椅上之前他的生活的话，他该从哪里下笔。他合上眼睑，脸转向太阳，它似乎要穿过他的睫毛，温暖他的皮肤，让他放松一阵。或许他已经太抛头露面了，花了太长时间请求汉森夫人给他一个去瑞士出差的机会，公然在伯尔尼这儿让人想办法联络英国人。谁知道呢？如果他现在失败——谁也不会得知他曾经的打算。他怎么知道欧根·扎赫尔有没有掉进一个陷阱呢？他又双手拿起两本小说，一本拿在左手，一本拿在右手，有分量的图书，无论是物理方面还是情感方面，好书。他听到母亲们在和她们的孩子聊天，听到有轨电车的丁零声和环老城流淌的U形阿勒河的汩汩声——没有士兵，没有卐字旗，没有空袭警报，警报让人们成群地慌张奔逃，想穿过入口的针孔钻进地下。和平。城市上方的天空有着非洲的蔚蓝。花儿在窗台上怒放，橱窗里摆满香肠和奶酪、新鲜的面包和水果。要是玛琳的鼻尖能够碰触这些橱窗，那该多好啊。比起这座小城，柏林就是鼠疫之地。

弗里茨轻步走向扎赫尔的轿车，上车，轻轻关上门。

“我们去见谁?”

扎赫尔不相信地看着他。弗里茨的声音失真。他轻咳一声，重问了一遍。

“一位美国的商务代表。正式头衔。我打了数小时电话，见了许多人，他们当中肯定没有人报的是真名。尽管如此，我感觉美国人兴趣更浓点。”

“你和许多人通过电话?”

“是的,和好几个。”

“他们肯定全是美国人吗?”

“对。我是说,我又怎么知道呢?”

轿车像电影里一样,悄悄穿行在巷子里,房屋从弗里茨身旁掠过,墙体被轿车的大灯照成黄色,数百扇黑洞洞的窗户在看着他。

“我写好遗嘱了,欧根。给你。等我出事后再打开。这是一封写给卡特琳的信。要等希特勒死了再将它寄出。”

扎赫尔将信封插进他的上装内袋。“你要是出什么事,”他说道,“我很可能要几年后才会获悉。”

“卡特琳必须了解我为什么从不与她联系。”

“会的。”

“说得好。但这话必须兑现。”

扎赫尔开得更慢了,将车停到路边,转头环顾。

“顺便问一下,德国是怎么个情况?”

“希特勒最好的武器:给下层傻瓜权力,但只给一点点,让他们可以向别人发号施令,他们会阿谀奉承,溜须拍马,直到忘记自己是谁。”

“过去你从不会这么讲话的。”

“他们将一个男人当着他儿子的面扔下窗户,欧根。他们可以这么做。一切都彻底失控了。野蛮被变成了一种道德。疯了，老朋友，疯了。”

他们一同望着街头，夜色里露出豪宅的黑暗轮廓，灯光将窗户和门檐映照成了黄色。

“那里那幢漂亮房子，弗里茨。赫伦巷 23 号。你应该从右侧进入花园。有人在后门等你。要是感觉有人在跟踪你，你就离开。你带着文件吗?”

弗里茨卷起裤腿，解开绳子，举起那些纸。它们有他的气味，有他的小腿肚的石膏模形状。

“我在这里等你，不见不散。好漂亮的房子。”

弗里茨拭去额上的汗，问道:“这么短的路我们干吗还要开车?”

弗里茨钻下车，轻轻关上门。他回头张望，黑夜从四面八方挤压他。他轻敲汽车侧窗，扎赫尔侧过身来，旋下玻璃。

“万一我们上当了怎么办，欧根? 万一那是个陷阱呢?”扎赫尔一只手掩住嘴，斜歪在前排座位上，那形象奇怪地显得很适合这情形。

“你不必走，弗里茨。”他耳语说。弗里茨深吸气，空气清新凉爽，他感觉到他健康的身体，恐惧在体内反对行动。

城里静悄悄的，阴影浓黑无穷。他沿街往上，一直走到那座三层楼的房子，回头张望。吞没四周的黑暗，藏身地，黑暗高处窗户里的光线。他在房侧拐进狭窄小路，找到一扇花园木门，推开。花园里黑魆魆的，灌木像是灰草地的黑爪子。一道门被打开了，微弱的光线给台阶铺了一层发黄的地毯。弗里茨看到门框里有个男子的修长身影。这就是他的联络人吗？这个轮廓就是那个将决定他生死的人吗？

“您就是柏林来的官员？”

弗里茨的手感觉到大门干巴巴的木纤维。这个幽灵是谁？

“是吗？”

“正是。”

“请进来，快。”

弗里茨将门完全推开，向光亮走去。美国人锁上门，从圆窗望望花园里。他们在瓷砖镶了半墙高的狭窄门厅里相对而立。那个人年轻，肌肉发达，褐色头发。他盯着弗里茨的眼睛，面部没有一丝表情。

“举起手来。”

“什么？”

“举起手来！”

弗里茨举起双手。

“伙计，您不该这么快就顺从的。我想搜搜您身上有没有武器。”

“我不带武器。”

“举起手来。”

美国人摸他的腋下，摸他的臀部和大腿。仔细，讨厌。

另一个人从一扇地下室门后走出来，竖起外衣领子，溜了出去。

“他去查看有没有人跟踪您。”

“没有人。”

“就算有人，您肯定也不会察觉。现在跟我走吧。”

“请。”

“什么？”

“现在请……跟我走。”他可不想——尽管怕得要命，尽管汗流不止，紧张不安，他可不想在伯尔尼也让人呼来喝去的。

“您给我听着，我不知道您有多爱开玩笑，可您千万不要作怪。你们纳粹……”

弗里茨将他抵到墙上。年轻人眨眼间就挣脱开来，将弗里茨的胳膊扭到背上。弗里茨的右肩绷紧了，关节“咔嚓”响。疼痛和恼怒让他呻吟起来。

“请您永远别再叫我纳粹。您听到没有？永远不要。您个混蛋。”

“您最好别跟我较量。”

“见鬼，放开我。”

年轻人推开他，拉正翻领。

“那我可不可以请……”

“科尔贝，弗里茨·科尔贝。我给你们带来了重要材料。”

“先等我们看了再说。弗里茨·科尔贝先生。多来点猛料吧。”

弗里茨气呼呼地跟着他穿过门厅，从嗡嗡回响的宽敞楼梯间上到二楼，走进一间前厅。一位女子坐在一张办公桌旁，她望向弗里茨，口吐烟圈。她头发高绾，身穿白色上装，办公桌上的水晶花瓶里插着一束花。年轻人敲敲房间剩下的唯一一道门，打开，示意弗里茨进去，那女子望着他的背后。弗里茨不确定，但他相信她向他挤了挤眼睛。

两盏立灯和办公台灯照亮了办公室。壁炉里有许多灰烬，这在一个夏季月份是很不正常的。弗里茨觉得办公桌后的那个人高大魁梧，长有髭须，戴着眼镜，身穿三排扣西装。他津津有味地吸着烟斗。

“这是弗里茨·科尔贝。”年轻人说道，让门开着。弗里茨听到那女人弄得纸沙沙响。中年男子绕过桌角，向弗里茨伸出手来。他握得和弗里茨同样有力。谁也不说啥。谁也不动弹。弗里茨感觉整个场面像是凝冻住了。年轻人围绕弗里茨转一圈，像个博物馆参观者围绕一尊雕像转动。他与中年人交换了一下目光。他们这下会当场笑起来吗？他们会掏出他们的盖世太保证件吗？可怜的欧根已经在下面车里被捕了吗？弗里茨轻声咳嗽。中年人笑笑，请他就座，问他想不想要杯饮料。

“我是 A. D.，那位小伙子是 W. P.，贸易代表。”

P 倒上四杯威士忌，D 身体倚在办公桌上，凝视着弗里茨。他们碰杯。

“我们的这位 P 先生有点精力旺盛，”D 说道，“请您别见怪。他是个善良的人。我这里只有善良的人，科尔贝先生。我们一直受到攻击。国际贸易。在这种年代。做生意不容易。好了，您的联络人……”

“扎赫尔，”P 说道，“生于 2 月 3 日……”

“行了，威尔，行了。扎赫尔，他暗示说，您也许有东西给我们。某种重要东西。”

弗里茨犹豫不决。距离门也许有五步远，然后是那女人的办公室，再然后是楼梯间。

“怎么了，科尔贝先生？”D 问道。

弗里茨的全部生活刹那间交融到一起，过去和未来被拽进一个旋涡，又黑又小。他抽出偷运出境的文件，递给 D。

“这是柏林外交部的机密材料，D 先生。我是特任大使恩斯特・冯・京特的秘书。我接触到无数绝密文件，它们每天被送到我的办公桌上。”

D 先生看都没看，折起那些纸，搓搓髭须，看着 P。

“这是什么?”他将文件举到太阳穴高度,问道。

“安卡拉的纳粹间谍,罗马犹太人的运输计划,西班牙向德国供应钨的备忘录,等等,等等。”

那女人走进门来,抱起双臂。弗里茨观察到 D 和她迅速对视了一眼。

“那样可就真了不起了。”女人说道。

“那样?”P 说道。

“哎呀威尔。”女人指着镜框里罗斯福总统的黑白照片,“他对此会怎么讲?”

“这些年轻人啊。”D 说道,一只手搁到 P 的肩上,冲女人微微一笑。

“我不想无礼,可是我和 P 先生很想单独看看这些东西。请您去前厅跟我们的 S 小姐坐一下。肯定还有一杯咖啡的,对不对,格蕾塔?”

“我也想赶紧看看,艾伦。科尔贝先生,您过来吗?我想,这里的咖啡要比您在德国喝的好。”

P 关上门。弗里茨在格蕾塔 · S. 对面的办公桌旁坐下来,为那杯咖啡表示感谢。

“咖啡是个好东西,”格蕾塔 · S. 说道,“让人精力旺盛,头脑清醒。我很想返回美国,担任一个好职位。您去过美国吗?纽约或者华盛顿?阳光下的帝国大厦,新年前夕的时代广场?”

“可惜还没去过。”弗里茨说道，“我去过很多地方，但美国，我不得不错过了。”

“那里没有欧洲的这些东西：宫殿，骑士城堡，中世纪的城市。我觉得这一切都很迷人，可我是在美国长大的。一个人多依恋自己的国家啊，真是奇怪。”

“是的，大概是这样。”弗里茨喝口咖啡。他的手在抖。他知道S小姐是在盘问他。她妩媚，客气，但在盘问他。有可能D就为了这样才让他跟她一道出来的。她坐在那里，腰板异常直，双肩紧缩。格蕾塔·S.身材颀长，但弗里茨能看出，她受过训练，全身紧绷得像张弓。

“柏林一定很漂亮，在战前。”她说道。

“剧院，卡巴莱剧场，舞厅。大街上的人摩肩接踵。从前。”

“纳粹不是说来就来的，科尔贝先生。”

“他们也不会说走就走，S小姐。”

“S。这算什么姓啊。我叫斯通，格蕾塔·斯通。里面两位是艾伦·杜勒斯和威廉·普里斯特。”

他想，她这是在丢给我一点饵。

“您是个冒险家吗，科尔贝先生？”

“算不上。”

“古罗马人说，人人都喜欢背叛，但没人喜欢叛徒。请您相信我，科尔贝先生，在今天这个时代，情况截然不同。我认为，您至少能想象您这是在哪里。我们的生意就是：背叛。"她张开双手，像是举着一只地球仪似的。"一个职业。做得好，成就会很大。只要站队正确，就是个很美的职业。也许这就是我们时代的品质：对与错，善与恶。我们，美国人，科尔贝先生，总是善良的一方。"

"您是指善与恶？"

她将一支烟插进唇间，弹开打火机。火苗照亮了她的脸。

"我们的语言您说得特别好，科尔贝先生。您喜欢德国的语言吗？很难学。"

"用德语既可以十分精确也可以极其诗意地表达自己。它是一种了不起的语言。它也被纳粹分子强奸了。"

"科尔贝先生，冯·里宾特洛甫店里的官员，热爱德国的语言。您为阿道夫大叔工作。"

"我是为国家效劳的官员。"

"为阿道夫·希特勒。"

"我连纳粹党员都不是。"

"噢，这我不信。"

"我保证。"

"保证？在这儿？噢，哈哈。"她莞尔一笑，脸上有种奇怪的清晰感，不管她堆出什么表情。

"不是纳粹党员，却又在这种岗位？"

弗里茨将他的证件放到办公桌上。

“请您找找党员证号，斯通小姐。”

她挥挥护照。“我们这里有人一小时内就能给我弄出这种证件。”

门被打开来，杜勒斯和普里斯特走近桌子。杜勒斯将材料放到格蕾塔·斯通面前，将烟斗搁在烟灰缸上。弗里茨感觉这人身上散发出巨大的威严，冷静自信，弗里茨不知道自己该如何表现。他紧张不安，强烈地感觉到对方在观察自己，不想忍耐对方的目光，他看见烟灰缸、打字机、花朵、格蕾塔·斯通的长手指、杜勒斯的高档西服、一张欧洲地图，这一切都让人不安。

“科尔贝先生，根据您的材料，您在伯尔尼这儿只剩两天时间了。因此，我建议我们明天再次会面，也许早点。晚上九点，您看行吗？”

“这东西，”普里斯特指着材料，“乍一看很好。绞刑架可不是好东西。活腻了？”

“我想与玛琳一道，在一个健康的柏林散步。”弗里茨本想说得更多，但他做不到。他不知道杜勒斯、普里斯特和斯通到底是谁，这想法又来提醒他了。

“这些材料很好。好得就像伪造的似的。”普里斯特说道。

“它们是真的。”

“证据呢？”

“没有。”

“您是怎么将这些材料弄出外交部的?”

“绑在小腿肚上。”

杜勒斯轻咳一声,低头看着弗里茨的双腿。

“而阿道夫大叔,”普里斯特说道,“让一个这种职位的人来伯尔尼出差?”

“送信的差事是按照轮流原则分派的。我算是绝对可以信赖的——另外我不是高级外交官。”

“肯定不是。”普里斯特说道。

“且慢,威尔。”杜勒斯说道。

“一个直接来自威廉大街外交部的情报来源。这太好了,好得不像是真的。”普里斯特说道。

“太好了,”格蕾塔·斯通说,“但未必不像真的。”

“您为此要多少钱?”普里斯特问。

“钱? 分文不要,普里斯特先生。”

“噢。”普里斯特、杜勒斯和格蕾塔·斯通互相望望,办公桌上方形成一个目光三角形,一个坚信的团体。弗里茨猜测到了这些人的不同性格,但也在他们身上感觉到一种团结一致和相互信赖——不同于柏林的部里,那里猜疑被当成道德。

“分文不要。”格蕾塔·斯通说道,“诸位,竟有这种事。”

“您跟我来,科尔贝先生,我送您下楼。”杜勒斯说道。普里斯特和格蕾塔·斯通伸手拿起电话听筒，开始拨号码盘。

“这将是个漫长的夜晚，”杜勒斯说道，“可我们习以为常了。”

杜勒斯从弗里茨与普里斯特来时的那条路送他回去。在通向花园的门口，杜勒斯停下来，端详着弗里茨。

“我们要核实一些东西。事情从来不会那么简单，电话受到监听，我们必须间接行事，中间人，其他渠道，我知道有其他管用的技术手段，但不知道怎么弄。科尔贝先生，您要小心。一旦发现什么不对的苗头，您就离开。千万不要试图处理此事。请您找个借口离开。明白吗？”

“我想我明白。”

“好。您怎么回去？”

“扎赫尔先生在汽车里等我。”

“在这附近？明天可别这样。要远点，同意吗，科尔贝先生？那我们明晚再见。您要是有时间，就去看看拱廊吧，很漂亮。”

“您信任我？”

杜勒斯笑吟吟地望着他，往上推推眼镜。然后他打开门来。

“你们德国人真是个古怪民族。任何时候都能创造出最高成就，无论是文化上还是技术上。实在了不起。然后来一场这种突然坠落。怎么会这样呢？”

“我不知道。”弗里茨说道，“这要么极其复杂，要么惊人地简单。必须将它结束。非结束不可。”

"这代价将会非常非常大。对所有当事人来说。"

杜勒斯一直等弗里茨走到花园大门的门框旁。弗里茨冲他点点头,想要一个小小的赞赏或信任的表示。杜勒斯纹丝不动,侧影比普里斯特的更宽更迷人。

弗里茨顺着街道往下走,拐弯前往扎赫尔的轿车。他听到身后有响声,一种沙沙声。他转过身去。巷子的阴影似有一条胳膊,正缓缓地缩回黑暗。弗里茨加快步伐,溜进扎赫尔车里。

"有人监视我们。"扎赫尔说道。

"有人尾随我。"

"怎么办,弗里茨?现在怎么办?"

"开车,欧根。直接开车。"

"他们知道我是谁。"

"快开啊,我的天。"

扎赫尔发动车子,轿车"吱吱"起步,猛地跳了一下,停了下来。

"欧根?"

"知道了。"

扎赫尔重新发动,加大油门。他拭去额上的汗水,弄掉了眼镜。弗里茨慌张地摸索眼镜,在油门踏板旁找到了。

"他们在尾随我们。"扎赫尔结结巴巴地说道。

扎赫尔驶过宽阔的大街，匆匆拐进小巷，横穿阿勒河，重新拐进市中心。几分钟后弗里茨就再也不知道他们身在伯尔尼哪里了。坐在后面那辆车里的是谁呢？是德国反间谍局的人在跟踪他，还是杜勒斯及其手下设了个陷阱让他钻？他无法清晰思考，在座位上蹭来蹭去，闻着欧根·扎赫尔的汗味。差不多二十分钟之后，黄色尾灯从后视镜里消失不见了。扎赫尔发出怪声。他呼吸粗重，好像刚进行过一场冲刺似的。弗里茨在离酒店很远的地方就让扎赫尔放自己下了车，对他说需要时再联系他，否则扎赫尔应该保持低调，平时该干吗就干吗。

“为什么停止跟踪？”扎赫尔问道，“这是怎么回事？弗里茨，这事不妙。我不喜欢这样。”

弗里茨想说点什么，但他的心脏跳得那么厉害，让他说不出话来。他按按扎赫尔的肩，下车走进了温暖的夜色。

“我现在该往哪个方向走？”

扎赫尔给他解释了道路。

威廉·普里斯特站在酒店门口，双手插在裤兜里，一个十分放松和懒散的标志。弗里茨真想揍他，想打架的怒火大过重新袭来的恐惧。

“您的跟踪相当外行。”他说道。

普里斯特笑了。

“始终有两队人马，科尔贝先生。一队是您发觉的，第二队是您这样的人肯定不会察觉的。”

弗里茨骂了一句。

“但是，眼下最重要的只有一件事：跟踪您的是我们，不是别人。这算是不错了。好吧，再见。”

普里斯特离去，刚走几米又停下来，向弗里茨转过身来。

“您确定分文不要？美元？我们可以给。我们有钱，大把大把的。我们的组织，OSS……”

“OSS？”

“战略情报局。大机构。好吧，战略情报局在战争年代生意兴隆。华盛顿拿美元砸我们。现在俄国人是战友，但不知什么时候情况就会改变。永远不会停止。美国仇恨共产主义。我恨它。那好，每次一千美元？”

弗里茨摇摇头。

“五千？”

“您给您妻子买点漂亮衣服吧。”弗里茨很高兴回答得这么干脆。

“科尔贝，您别跟我演戏。”

“杜勒斯和格蕾塔·斯通有一腿吗？”

普里斯特笑了，拿食指点点弗里茨。然后他就走了，融进黑夜，变模糊了。

此刻他多么想给玛琳和卡特琳打电话啊。他想告诉她们他干了什么，设想她们将耳朵贴在电话听筒上，他想让她们参与他的工作。他心里热切渴望着至少向一个人谈谈他与美国战略情报局人员的会面。可是，这样不行。假如人家识破了他，一定有办法通过总机查出他什么时间与谁通过电话。他必须将他的故事藏在心底，完完全全地。这就像他在部里的表演一样令他不爽。弗里茨站到镜子前，他神色困倦。但他咧嘴笑笑，双手捂嘴，记牢这个画面。灯光下他的头皮发亮。他要是能安静下来就好了。他仍然觉得像是狂奔了很远，一颗心要从胸腔里蹿出来似的。他下楼去酒吧，叫了杯香槟。服务员问他要庆祝什么。弗里茨回答："说了您也不会信。"他透过杯子里浮升起的小气泡望着酒吧里的红灯，笑了。

回到房间后，他在桌上铺开伯尔尼城市地图，记牢交通要道，阿勒河环绕的老城东西向延伸，大教堂，小巷子，铁匠铺广场，通向河对岸的教堂轻便桥，德国领事馆就在那里。他用食指画过通向艾伦·杜勒斯及其手下的秘密办公室的各种道路。虽然普里斯特的举止让他恼火，但他现在还是肯定他找对地方了。弗里茨·科尔贝将德国外交部的重要文件交给了美国情报机构。"拜托，麻烦您给我送瓶这种香槟到我房间里。"

"为了我不会信的事情吗，科尔贝先生？"

“正是。”

弗里茨将光溜溜的双脚搁在窗台上，望向外面夜幕下的布本贝格广场和路灯周围及拱廊下的黄色光晕，喝起他的香槟。他上床睡觉时已经是午夜过后了。床垫硬邦邦的，是他喜欢的那样，羽绒被厚而轻，他微笑，他感觉到疲倦终于战胜兴奋了，感觉到四肢在变沉，呼吸均匀，他哆嗦一下，眼睛又睁开来一次，体验到了那个美妙瞬间，你有时会十分清楚地感觉到睡眠这床温暖的被子令你昏昏欲睡。

上午九点，领事馆的轿车驶到酒店门外。魏兰打了个招呼，示意司机别着急。

“科尔贝先生，您在伯尔尼有熟人吗？”

他为什么这么问？他们不可能知道扎赫尔的事，虽然弗里茨当年在西班牙处理扎赫尔一家放弃德国国籍所需材料的事不是秘密。魏兰一直挖到了那么深吗？如果是的，为什么？这个貌似胆怯的人对扎赫尔在伯尔尼的联系有所了解吗？弗里茨望向窗外。

“这城市真漂亮。”他说道。

“科尔贝先生？有熟人吗？在伯尔尼？”

“一个叫欧根·扎赫尔的人，商人。我很早就认识他，不过这已经是多年前的事了。据我所知，他生活在瑞士。”

“您可能遇见过他吗?”

“我既不知道他住哪里也不知道如何能联系上他。另外,我几乎没时间——要是我能有一小时多余的时间,我就参观下这座城市。拱廊,您去过吗?”

魏兰一只拳头搁在窗户上,呢喃道:“事情会出乎他们每个人的意料的。”然后魏兰讲起希特勒让人制造的新武器,讲战略演习、英军和美军的弱点,以及俄国人的落后。

弗里茨设想魏兰穿着粉红色内裤。这也是他父亲的说法。专制存在于秩序里,在劳动生活里,在教育里。承认别人的成绩——绝对没问题。可一旦有人滥用他的职权哪怕一毫米,你就想象他穿着粉红色内裤。无论是国王、将军,还是别的什么人:粉红色内裤!弗里茨母亲说,这男人哪来这许多古怪念头呢?他乐此不疲,她很爱他这样。有时候,当他连续数小时在工场里干活时,她很喜欢读他的想法。

汽车停在领事馆花园外面。冯·吕佐夫夫人站在大门口,她家的女儿们排列在油漆过的篱笆前。弗里茨向她们打招呼。魏兰请求原谅,他让弗里茨先走,他还得跟夫人商量点小事。弗里茨相信还听到冯·吕佐夫夫人说“快,快”,但不肯定他理解得对不对。他闻着领事馆的抛光剂香味,立即走进第一间办公室,办公室有扇窗户朝向花园和宁静的街道。冯·吕佐夫夫人回头看看,同魏兰讲着话。她走近他,捏了捏那男人的胸。然后她打个响指,命令一身白衣的孩子们跟着自己。

弗里茨正想离开那空空的办公室,左脚被一卷电话线缠住了。电话机"哗啦"一声从桌上掉落到地板上。弗里茨骂了一声,捡起来。魏兰站在门口。两个男人对视了几秒钟。魏兰走进办公室,从弗里茨刚刚向外张望的窗户望出去。

"堡垒被泄露了,科尔贝。"魏兰直截了当地说道。弗里茨想问他这是什么意思,但决定沉默不语。

"库尔斯克附近的进攻——堡垒行动——被泄露了。柏林一定有哪里泄漏了消息。要是俄国人不知道行军计划,他们永远阻止不了我们。冯·曼施坦因,莫德尔[1],俄国有谁能阻止他们?你说呢,科尔贝先生?"

他说:"他们就不会有机会。"他没有说,你个纳粹混球儿。魏兰注视着他,像是在弗里茨脸上寻找什么似的。

"整个俄国史都表明,这个民族生就奴仆命。对不起,我可不可以问一下,您为什么没有上前线呢?"

"我是 UK[2]。"

"免服兵役?您?您为什么不是党员?我觉得,这有一点点令人诧异——就像生活中的一些事情一样。"

---

1 沃尔特·莫德尔(Walter Model,1891—1945),纳粹德国陆军元帅,有"防守大师"和"希特勒的救火队员"之称。

2 德语里"免服兵役的"一词的缩写。

总是这事，他想。人事表格，第 27 条。

“我将马上申请。”

魏兰笑笑，抓住弗里茨的胳膊，领他走到门外的走廊上。

“您不认为，人们会很快得出错误结论吗？”

“是的，很快。”

“必须小心谨慎。在绞刑架上叛徒会慢慢滑进套索。当他们还在颤动时，扯下他们的裤子，并将这一切拍摄下来。”

“我想，冯·吕佐夫先生在等着我们。”

“嗯，那我们就过去吧。”

杜勒斯和格蕾塔·斯通站在花园门口，当他推开大门时，他们向他望过来。他向他们走去，他们一动不动，就像半身沐浴着橙色夕阳的立像。

“很高兴见到你们。”弗里茨说道。杜勒斯和格蕾塔·斯通对视一眼，又是这种极其信任的目光。弗里茨也想和这些人分享这种目光，毕竟他想最终被什么地方接纳，为他的真实存在找到一个地方。如果不是战略情报局的这个秘密总部，那还能是哪里呢？

“伍德先生？”格蕾塔·斯通打招呼道。

“伍德？”

“从现在起，”杜勒斯说，“您叫作乔治·伍德。弗里茨·科尔贝再也不存在了。”

“弗里茨·科尔贝死了。”格蕾塔·斯通说道,“乔治·伍德活着。”

“弗里茨·科尔贝没有死。”弗里茨说。

“比死了还死得彻底。”格蕾塔·斯通说。

楼上的办公室里,普里斯特在等着他们,他拿食指指了指弗里茨。这大概是一种美式问候吧,弗里茨回应了。普里斯特咧嘴笑笑。

“我想,我可以信赖您,伍德先生。”杜勒斯说。

“我还不是十分肯定。”普里斯特说。

弗里茨望着格蕾塔·斯通,她靠在门框上,摆动着双手。“马马虎虎。”

“您找我们之前先找过英国人,”普里斯特说,“这您必须告诉我们。”

“英国人拒绝了。”

“这种事您必须告诉我们,伍德先生。”杜勒斯说。弗里茨对这些人这么快、这么一致地用陌生名字称呼他感到吃惊。格蕾塔·斯通似乎看出了他的心思,说,在这些房间里再也不会说出科尔贝这个姓。在战略情报局的其他地方也永远不会再提到这个姓。

“您永远是一个陌生人。”普里斯特说。

“这些材料，”杜勒斯敲敲弗里茨偷运来伯尔尼的文件，“太棒了。我要为您斟上上等的葡萄酒，伍德先生：对您的不信任巨大无比，要建立对您的信任难度很大。”

“你们能为这些犹太人做点什么吗？许多文件里都记录着他们的情况。”

“请您别管我们做什么。”普里斯特说。格蕾塔·斯通倒威士忌，杜勒斯往他的烟斗里装烟丝，将一根火柴举在烟丝上方，一副聚精会神的样子。“我们不能保障您的安全，伍德先生。”杜勒斯说道，“您明天就要返回柏林。如果——我说如果——您遭遇了什么事，我们将矢口否认曾经听说过您。另一方面，我们会尽最大的努力保护您——不过，一旦您在巴塞尔换了火车，我们就保护不了多少了。”

“一点都帮不了。”普里斯特说道，与弗里茨碰杯。

“您想继续提供情报？”格蕾塔·斯通问。她将修长的手指放在他肩头，低头看着他。格蕾塔·斯通身穿黑色卷筒领毛衣。弗里茨之前从没见过女人穿这东西。

“是的，”弗里茨说，“我提供。”

杜勒斯在办公桌后坐下来，将烟斗叼在嘴唇中央，现在弗里茨从正面凝视他，看到杜勒斯有一只粗大的深褐色鼻子，鼻孔里冒着烟。

“伍德先生，”杜勒斯说，“您送来报告，我们评价。”

他身体后靠，盯着弗里茨，然后杜勒斯、普里斯特和斯通三人又互相对视起来。

弗里茨知道，现在就是最终说服战略情报局的时机。他伸进内袋，掏出另外的抄录在薄纸上的文件。

"截获了一封开罗来的外交信件。您可以认为，国务院的密码遭到了破译。"格蕾塔·斯通从他手里夺过纸条。她想匆匆赶回她的办公室，却在门口停下了脚步。

"这是您的笔迹吗，伍德先生？可怕，这下我们真需要一名笔迹学家了。"

数秒钟后弗里茨听到她在电话上骂某个人。

"德国和日本的潜艇相聚好望角，国防军在俄国的撤退计划，这儿——柏林无线电通信厂的准确位置。它们为空军生产瞄准设备。"

"我的天。"普里斯特说道。杜勒斯摘下眼镜，看都没看那些纸一眼，瞪着弗里茨。弗里茨相信头回在这个男人脸上看出了类似目瞪口呆的表情。有人敲门，普里斯特走向连接隔壁房间的门，与某人讲话，又返回来。是个英国人，因为伍德来的。

"要我们别信他。当然了，威尔。"杜勒斯说道，伸手去抓他的烟斗，烟斗翻倒，黑色小烟灰下雨似的落到文件上，像是空袭柏林后飘落的灰烬。

"我认为，这里面有相当大的花招。英国情报局的伍尔德里奇给我打来电话，他气急败坏。现在他们要败坏我们对我们的伍德先生的兴致。”

“对我们来说，这是一场本垒打[1]？”普里斯特问。

“我想说是的。”

“欧根·扎赫尔有危险吗？”弗里茨问道。

“这叫什么问题？”普里斯特说。杜勒斯不同意地看着他，普里斯特耸耸肩。

“请您讲讲您的生活，伍德先生，”普里斯特说道，“请您给我们讲讲德国外交部和这里的办事处的气氛。”

弗里茨讲起来，他感觉柏林离得很远。他讲他父亲的工场，引用他的话“做正确的事情，别害怕”。他差点忘记他身在哪里，沉浸在回忆的软垫里，直到普里斯特打断他。

“您最大的秘密是什么，伍德先生？”

“您的是什么呢，普里斯特先生？”

“不关您的事。嗯？”

弗里茨望望普里斯特，他站在杜勒斯右侧，格蕾塔·斯通回来了，站在她上司的左侧。杜勒斯咂巴着他的烟斗。

“我女儿卡特琳住在斯瓦科普蒙德的维尔纳和希尔特露德·李希特旺家。我1939年将她留在了开普敦。从那以后……我都

1　棒球术语，指击球员将对方来球击出后依次跑过一、二、三垒并安全回到本垒的进攻方法，是棒球比赛中非常精彩的高潮瞬间。

没有和她讲过一次话。我没给她写过一封信。”

斯通和普里斯特一直做着记录。有时他们从本子上方望望他,好像想在他说出口之前截住他的话头。

“不可以将卡特琳扯进此事。”弗里茨说道。

“当然。”杜勒斯说。

“冯・里宾特洛甫真那么蠢吗?”格蕾塔・斯通问道。

“都是鹦鹉学舌,照搬希特勒对他讲的话。残酷。这人根本没头脑。驻英时,他问候国王就喊‘希特勒万岁’。再没有比他更没礼貌的了。”

“您重视礼貌,是吗?”普里斯特问道。

“我不熟悉别的选择,普里斯特先生。您呢?”

“当然。”

“好吧。”杜勒斯说道。弗里茨觉得,这个小词汇给他们都留下了深刻印象。

“我们正在商量您可以与我们联络的渠道,伍德先生。”杜勒斯接着说道,“我认为,您不可能经常来伯尔尼出差。我们谈谈实质性问题吧。”

“还有一点,伍德先生,”格蕾塔・斯通说道,“英国人现在接触您,可能有利……”

“您别对他们说什么。”普里斯特打断道。

“请您不要命令我,普里斯特先生。”弗里茨尽量让声音保持坚定清楚。这第二次会面，让他感觉更安全了，虽然他之前就知道他偷运出来的材料具有爆炸性，但他越来越明白，杜勒斯认为这些材料有多重要。

“我喜欢您，伍德先生。”格蕾塔·斯通说道。弗里茨感觉脸颊发热。

“我是想说：那样才合适。您不与英国人往来，决不往来。您是我们的人。”普里斯特说道。他那么顽固，弗里茨既厌恶又佩服。这些人是开不得玩笑的——弗里茨也开不得，现在再也开不得，永远开不得。

当天夜里他就给欧根·扎赫尔打电话，告诉扎赫尔不要主动和他联系，也别来酒店或去车站送别。有可能弗里茨又会需要他做联络人，甚至有可能代收伪装的邮局包裹，问他是否同意。

“不会有危险的，弗里茨，对不对？”

“魏兰问起过你。我说我们没有见面，我也不知道你住哪里。有危险。你听我说，欧根，我不想说服你做什么，更别说强迫了。”

“我知道，弗里茨。没事的。战争结束后——人们会在德国将你当作英雄来庆祝。”

“他们可以独自庆祝。”

“继续算上我吧。”

“你妻子知道此事吗？”

“我啥也没说。”

“但她觉察到什么了吗?”

“她当然有所觉察。”

“别告诉她,欧根。什么也别对她讲。等事情过去了再讲。”

“那会是什么时候呢?”

“我不知道。”他拿拳头顶着电话亭的玻璃,“我提供了材料,欧根,我的文件将会缩短战争。事情成功了。”

翌日,他收拾好箱子,徒步穿过老城,在剧院广场向北拐,前往阿勒河。河流从粮仓桥桥柱下流过,在桥的阴影里,深色的河水在阳光下波光粼粼。山上刮来一股清新的微风,弗里茨有一阵子感觉满足、平静。他离开沿岸的长堤,收集了一点土和几块石子,装进随身携带的铁皮罐。他将盖子按紧在罐儿上,在上面写下“伯尔尼”字样,呢喃道:“给你的,卡特琳。”

他必须返回柏林的地狱。

八　玛琳和总部

在家里，在他的被窗帘遮住了光亮的住房里，弗里茨跳起舞来。他独自一人，他蹦跳，抡胳膊。厨房里洋溢着欢快的气氛。弗里茨将地球仪举在脸前，旋转，高高举起。

玛琳，卡特琳——你们的弗里茨在干掉他们！

第二天，部里许多同事都问他是怎么回事，他虽然一如既往地礼貌，亲切，但情绪异常高昂。他说："嗯，做了正确的事情就这样。"他挥着文件。他没说它们被直接送交美国人。

冯·京特预告接下来要派弗里茨去狼穴，他本人也在那里，他需要弗里茨。他们将直接待在元首身旁，感受元首的气息。弗里茨说他不胜荣幸。他当天就从部档案室借了一张拉斯滕堡[1]及

1　原属东普鲁士，"二战"期间希特勒的主要军事指挥部狼穴所在地，现为波兰的肯特申。

其周边地区的地图。狼穴，希特勒的总部。他将把坐标位置非常精确地送出去，标明全部细节。杜勒斯会安排空袭的！弗里茨做到了，他做到了。结束战争。卡特琳会来到他身边。玛琳·维泽呢？

午休时他顺着威廉大道北上，穿过施普雷河。引桥旁的高射炮对准着天空。夏里特医院大门外凉风阵阵，卐字旗飘起，落下，又飘起，好像它们有什么油腻物必须消化似的。当他来到玛琳·维泽的办公室外时，一名魁梧男子宽肩上搭着白大褂，正离开房间。弗里茨只看到了他的后背。这位间谍走进房间，他给玛琳·维泽送巧克力来了。

“真是太好了，”她说道，“而且这么多。”这女人笑起来好美，脸上形成了月牙形皱纹。

“刚才那个人是谁啊？”

“是教授。”她嫣然一笑，“吃醋了？”

“我？没有。”弗里茨说道，“他找您有什么事？”

“聊会儿天，弗里茨。和我聊天。”

弗里茨将义肢清理到一旁，它们在他手里叮当作响。他坐下来，尽量不看玛琳。

“伯尔尼怎么样？没有战争？”

“本来没有，没有。”

“本来？”

弗里茨撸一把光秃的额头和稀疏的头发。在非洲他从来不会不戴帽子就出门，在这里也很少那样做。他们对视一眼，又回避开了。

“伯尔尼的事情全办成了吗？”

弗里茨咳嗽一下。“是的，自然，”他说道，“我出色地处理好了我的工作。”他看看表，嘴里说他现在又得走了，屁股却坐着不动。玛琳递给他巧克力。他那样子像是能吃一整条似的。

“这全是给您的。”

“请您帮我忙。”玛琳说道，将巧克力从桌上推过去，掰下一小块，棕色碎屑从锡纸上滑落。

“要是至少能像样地做做饭该多好啊。”玛琳说道，“然后穿得漂漂亮亮地吃饭，饭后喝杯烈酒，吸支烟。这才叫生活。去游泳。开开心心。一部好小说。一道漂亮风景。实际上这要求并不高。”

“在西班牙，”弗里茨说道，“我们总有新鲜西红柿和茄子，很好吃。”

“那里是不是有种很特别的油？”

“橄榄油。好香啊，与我们的味道截然不同。”

“我从没到过国外。可我有一本大地图。”她举起食指，“还有这个。”

“到过很远的地方吗？”

“整个美丽的世界。假如你丈夫是位制图学家……”她没有往下讲，翘起脚尖，端详她的鞋。

她结婚了，弗里茨想。我的麻烦够多的。另一个男人的妻子。可别再乱上添乱啊。

“我很想更经常地见到你。”他听到自己在说。

玛琳从上装里抽出一块手帕，擦拭鞋尖。

“我也想更经常见到你。”她说。

他想说，我们只活一次——可这话好愚蠢，好陈腐，好苍白，是在向战争致敬。

“我们只活一次。”玛琳说道。这话从她嘴里说出来既不愚蠢也不陈腐。悦耳，简单，正确。她笑了，那银铃般的笑，这是他最先从她身上吸收的东西。他想回答什么，就在这时他看到了伯尔尼艾伦・杜勒斯办公桌上的机密文件、格蕾塔・斯通交叉的双臂，他听到威廉・普里斯特在说，弗里茨这种人永远觉察不到真正的尾随者。他不可以透露给玛琳。他强迫自己去想他几乎不认识这个女人。玛琳一言不发，凝视着他，往嘴里塞进一块巧克力。弗里茨身体往后靠回去。

“给我讲讲你的生活吧，”他说道，“你喜欢什么？”

“烹饪。我是指，真正好好地做菜。另外……”

“你喜欢哪道菜呢？”

“我不知道，在这种时代，几乎所有的菜吃起来多少都有过去的味道。也可能一点都没有。”她望着他。“这一切，都疯了。”

“这是一个美丽的开始。我要出差去狼穴。去希特勒总部。”

“噢，你是个这么重要的人物？”

他忍俊不禁，说道：“那当然。”

拉斯滕堡州燠热难耐，森林里气氛紧张，一片黄色。弗里茨徒劳地想赶走脸上的蚊子。他被安排在狼穴较外围封锁圈之外的一间猎屋里，负责照管冯·京特的文件，时间很多。他被告知要一直守在电话机旁，随时都可能会叫他，尽管如此，他还是来到田野、桦树林中转悠，双脚踩进软软的自然土壤里，感觉既舒服又美妙。他经常遇到巡逻的士兵，其中有一位拿卡宾枪瞄着他，另一位审查他的证件。想到希特勒正在数百米外向他的将军和其他下属解释这个世界，弗里茨心里产生了一股奇怪的空虚感。他的思绪像是想在这里的燠热和森林气味中休养，伯尔尼的激动和他在部里演的戏离开得远远的。他在一棵桦树脚下铺开手帕，坐下，背靠白色树干，脸朝着太阳。他摩挲树皮，感受它的坚硬裂缝。“坐吧，玛琳。”他呢喃道。在战争之外拥有这个女人一回——无法想象。他几乎不能理解这宁静与和平的瞬间。他感觉自己像是孤身一人存活在这世界上，他的心在幸福地微笑。他挖了点土，装进一只铁皮罐，在盖子上写下“狼穴”二字。

他回到猎屋后，同屋的一位保安队员脚后跟并拢，说，自亚历山大和拿破仑以来，世界还没经历过这种事。

“亚历山大是个醉鬼，”弗里茨说道，“拿破仑在俄国失败了。”

“无论是前者还是后者，都与元首无关。”保安队员说，“我们参与了这些事件。”

“当然。”弗里茨说道。

保安队员打开收音机。札瑞·朗德尔[1]在唱：“世界不会因此沉沦……”弗里茨说，这歌是从斯大林格勒传出来的。

“英雄主义，”保安队员说，“神圣。这一定是伟大的感情。男人们。仇恨和狂热。怏怏不乐的表情。直到最后。千年之后人们还会传唱。”

“肯定，”弗里茨说道，“肯定会。”

保安队员双手撑着阳台栏杆，坚定地望着外面的森林。虽然弗里茨对这小伙子一无所知，但他突然忍不住想起玛琳·维泽死去的儿子。

“有人议论，出现了食人行为。在斯大林格勒。”弗里茨说道。

保安队员张嘴瞪着他，满脸震惊和愠怒。“德国国防军士兵？您相信这种话？”

“我？您想哪儿去了？”

“如果民众中有人散布这种想法，根除之。消灭之。”

1　札瑞·朗德尔（Zarah Leander，1907—1981），希特勒时代的著名女星，瑞典人，“二战”期间在德国主演过很多电影。

弗里茨带上几本书，走进猎屋的阴凉处，躺床上阅读索福克勒斯的《安提戈涅》。它帮助他将这一切设想成一出希腊悲剧，或想象成威廉·莎士比亚的一幕戏。确实有用。他不再思考这是不是错误或愚蠢的。为什么他在这种时代就不该抓住支撑，寻找方向呢？他家里没有多少钱可以拿来买书，他父亲和母亲都没读过大学，但他很喜欢回忆母亲晚上给父亲朗读的情形，读的都是与冒险有关的，他们读席勒的《强盗》和《威廉·退尔》。某次弗里茨的母亲谈起一位"苏伏克勒斯"，她觉得这应该是希腊语的正确发音。父亲说，他得先仔细听听才成，可后来他喜欢上了《安提戈涅》。他说，勇敢的女人。弗里茨的母亲说，女性安静时大多比男性更勇敢。男人老需要大叫大嚷。

安提戈涅独自对抗统治者，对抗她的国王。"看看你想不想参与，一同行动。"弗里茨知道，安提戈涅不得不为她的行为付出痛苦的代价，但阅读这剧本还是能带给人安慰。他经常问自己，有诸多恐惧还能让读者感觉舒服，剧作家是如何做到的。安提戈涅，他想道，合上书，做正确的事情。

保安队员坐在平台上，边翻文件边吸烟。"熏蚊子。"他说道。弗里茨递给他书。他不读。就算读，也只读德语书。

"海因里希·曼[1]吗？"

1　海因里希·曼（Heinrich Mann，1871—1950），德国作家、小说家，20世纪上半叶德国最重要的批判现实主义作家之一。他是著名作家托马斯·曼的哥哥。

保安队员做出个表情,他可能以为那是不开心的斯大林格勒人的表情。

“应该将海因里希·曼同他的书一块儿烧掉。”他凑近弗里茨,低头看着他,嘴角深深地耷拉着。

“我会记住您的名字的,科尔贝先生。”

弗里茨听到汽车发动机的声音和车轮碾压林中道路的沙沙声。一辆大轿车驶上前来,太阳照在长长的发动机盖上,森林像投在侧窗上的一幕电影。

“我现在去见冯·里宾特洛甫外长和元首。”弗里茨说道。

“元首?本人?”

“要我代您告诉他点什么吗?”

保安队员伸出右手,行希特勒礼。

“我不知道……希特勒万岁。”

“嗨希特勒。”弗里茨将书送回房间,锁上门,从司机旁边钻进了热乎乎的汽车。年轻司机掉转车头,保安队员还举着胳膊站在那里。弗里茨装出兴奋的样子,问这是通向哪里,谁又下榻何处。肯定有人禁止过小伙子回答这些问题,但在弗里茨的热情和快乐的感染下,他说起铁丝网走向,电线,哨兵站,希姆莱、戈林及其他人的豪华轿车。冯·里宾特洛甫外长住在狼穴东边的伦多夫宫殿。弗里茨在脑海里往他的地图上画十字,记住每条岔路,用掩护网罩住的高射炮阵地,地堡的灰色圆顶和废弃轨道上的深绿色车厢。他看到了炮声隆隆的未来——爆炸灼热、迅速、生机勃勃的美和车厢的剧烈跳跃。为他开车的这个胡子都没长的小伙子，或许也会躺在血泊中。这种想法头一回让他感觉压抑。他任它掠过，没再往下想。

弗里茨坐在一节等候包厢里，透过绿色窗帘的一条缝张望外面的设施。冯·京特告诫过他，不可以穿便装现身狼穴。他的制服胳膊下面太紧了，腋窝里被汗浸得火辣辣的。某处有条狗在吠，两辆军用卡车从车厢旁驶过，驶远了。透过树丛间的一个缺口，他相信看到了一眼身穿褐色制服的戈培尔，那个大嗓门、传声筒。然后冯·里宾特洛甫和冯·京特走近车厢，弗里茨听到哨兵敬礼，打开车门。冯·里宾特洛甫和冯·京特在会议室里就座。冯·里宾特洛甫谈起日本外交官大岛浩[1]和太平洋的军事挫折。反间谍机关在琢磨，英国人怎么突然就知道了日本和德国潜艇在南非近海的相会，另外，外交部犹太处也必须提高效率，消灭犹太人一事推进得不够快。希姆莱本人表明了他的不满，他这是在替元首讲话。冯·京特一口一句“是，外长先生”，“完全同意您的意见，帝国外长先生”，“遵命”。弗里茨边听边计数，将全部手指伸了三轮之后，他停止了。冯·京特向一位传令官询问弗里茨在哪

1 大岛浩（1886—1975），日本外交官、陆军中将，曾两次担任日本驻德大使。

里，片刻后他拉开了弗里茨包厢的门。

“您已经到这里了啊。”他低语道，“那就跟我走吧，科尔贝。部长先生不喜欢等。”弗里茨拉正制服，冯·京特抓住他的胳膊。

“科尔贝，请您千万不要忘记‘冯’字。那个人姓冯·里宾特洛甫，嗯，您听明白了吗？”弗里茨跟着冯·京特进入另一个包厢。一只银色冰桶里放着滴水的瓶子，空气中飘荡着冷却的烟味。弗里茨寻思，他是不是应该脚后跟并拢，但他不知道怎么做。冯·里宾特洛甫凝视着他，高高的额头紧锁着，脸像平时一样严肃，皮肤苍白如纸。除了冷漠，弗里茨从未见过这男人有其他表情。即使坐着，冯·里宾特洛甫也是居高临下，俯视一切。

“嗨希特勒。”弗里茨说道。

“您是？”

“科尔贝，弗里茨。我是……”

“好了好了，知道了。您有文件吗？”

“遵命，帝国外长先生。”

弗里茨解开包的搭扣，取出文件，他感觉冯·里宾特洛甫一直盯着他，像在等他出错似的。

“冯·京特，这是个勤勉的官员吗？”

“是，帝国外长先生。”

“我希望您清楚您的特权，科尔贝先生。诸位，外交部无疑是帝国最重要的政府部门。也许希姆莱或戈培尔这些人看法迥异——然而是我们在全球行动，相应地了解全局。是我在掌控。您明白不？我们外交部更强大。一旦战胜了危机，我们将促成对新地区的管理。是我们，不是别人。我认识他们所有人，我到过美国、英国、俄国。我至今还惊讶，谁也不能真正理解或预见我们民族的意志。英国人认为他们的丘吉尔是个伟人。诸位，我可不答应，丘吉尔是个抽雪茄的胖酒鬼，美国的罗斯福是国际犹太组织的一只木偶，斯大林是个怪物，是布尔什维克分子。正如元首所预言的，我们敌人的联盟将会瓦解——我也参与促成了此事。下面我向你们解释……"

弗里茨侍立冯·京特身旁，冯·京特一动不动，着魔似的聆听冯·里宾特洛甫的独白。冯·京特汗水淋漓，但又不敢拭汗。弗里茨掏出手帕轻轻擦脸。冯·里宾特洛甫每停顿一下，冯·京特就说声"是"。当外长下令叫他的车时，冯·京特赶紧离开房间，喊叫一名司机。

"科尔贝，您可以走了。"

"嗨希特勒。"弗里茨说。他正视着冯·里宾特洛甫的脸。这人眼睛下方一直有淡淡的黑眼圈。

"还有什么事吗？"

"没有，帝国外长先生。"弗里茨说，"只是，嗯，我在部里很少见到帝国外长先生。我想说，我为可以替您工作感到骄傲。"他感觉汗水汇集在眉毛里。"我工作很出色，帝国外长先生。"

"您当然感到骄傲。您当然工作很出色——不然您不会在我的部里。请您慢慢养成另一种举止,科尔贝。"

"当然,帝国外长先生。嗨希特勒。"

在燠热的车厢外他碰见了冯·京特,对方正在吸烟,嘴前的烟在阳光下发出浅灰色亮光。

"这个自以为了不起的兜售小贩。科尔贝,我姓冯·京特。就姓这个,家族,您理解的。即使过上千年,这姓也还是冯·京特。冯·里宾特洛甫的'冯'是入赘得来的。这是他买来的。一位可笑的香槟厂主。我告诉您一件……"

冯·里宾特洛甫跨出车厢,拉正制服衣领。"京特,我的车在哪儿?"

"马上来,冯·里宾特洛甫先生。很可惜,我们的会面又结束了。"

"是啊是啊。我现在坐车回宫。您知道该做什么。请您让科尔贝带着文件回部里。"

"是,帝国外长先生。"

"请您教会您的下属举止更得体。"

"是。"冯·京特转向弗里茨。

"科尔贝,这又是怎么回事?您对帝国外长先生失礼了吗?我老是得听到这种事情。下不为例,明白吗?"

一辆漆光锃亮的黑色大轿车插着卐字旗,驶上前来,司机慌张地钻出，打开车门。就是那个接弗里茨的小伙子。冯·里宾特洛甫拿手指甲敲敲他的手表。

“您也可能是在俄国前线开车，明白吗？”

“是。”

“诸位。”冯·里宾特洛甫钻进车，下巴专横地前伸。“多保重。”弗里茨对躬身快步绕过车子的小伙子说道。弗里茨和冯·京特目送大轿车在包有钢甲的棚屋前左拐，消失在森林的雾霭里。

“这个傀儡。”冯·京特说道，将一只手搁到弗里茨的肩上。

“科尔贝，一出小戏罢了。好了，别见怪。”

“明白，一出小戏罢了。”弗里茨说道，“十分理解。”

“您听我说，这家伙给了我一些档案材料，必须立马送回部里。您乘坐傍晚五点的飞机。请您在柏林做好下列准备……”弗里茨的一部分精确地感觉到他在办公室里要准备什么——他的另一部分极其开心，甚至在笑，因为是他弗里茨·科尔贝掌控着这里的所有人，他能将一张希特勒总部的精确地图转交战略情报局。西格蒙德·弗洛伊德离开维也纳之后，弗里茨在国际媒体上读到过有关此人的一些报道，发现了其中一篇关于精神疾病的文章。他记不得那叫什么，但大概有一种类似人格分裂的东西，病态的。弗里茨·科尔贝和乔治·伍德同时存在，一位弗里茨·科尔贝在伯尔尼的办公室里甚至已经被宣布死亡。只有希特勒这个长着髭须、身材佝偻的人死了或被捕了，活着的科尔贝、死去的科尔贝和乔治·伍德才会合而为一。弗里茨听到冯·京特在讲话，目光越过他望向狼穴伪装的中央设施。在棚屋和掩体间的一条沥青道上，一队穿制服的人走在一个穿褐色上装的矮胖的人身后，相隔约一米远。那个人头戴军帽，撑着闪光的伞，他躬腰走着，一只手别在背上。弗里茨盯着那个人，他离得很远，时而走在阴影里，时而走在阳光下。那个人将苍白的脸转向弗里茨的方向，那张脸似乎变大了，飘过来贴近弗里茨，有那么一刹那，他感觉希特勒在和他面对面直视。然后那身体又将那张脸拉了回去，转过去了。弗里茨看到自己从皮套里拔出手枪，伸直胳膊奔向那个人，他不停地射击，总是瞄准那张脸，直到它消失不见了，他继续奔跑，跑上田野，跑进阳光下的湖泊和森林。

那个人连同随从一起消失在一片斑驳树荫里。

"科尔贝，您在听我说吗？"

"什么？"

"科尔贝？"

"对不起。元首刚从那前面走过。"

"噢，明白了。见到他本人，完全能让一个人惊讶得说不出话来——与平时的喧闹拉开距离。嗯，请您抖擞起精神来，科尔贝。他会搞定的。"

"还有我们。"

“您说什么？”

“还有我们，大使先生，我们也会。”

在JU 52型飞机里，他坐到窗旁，望着窗外。发动机轰隆隆，机舱里到处“吧嗒”响，有点颠簸。弗里茨身下就是森林，他看到湖泊倒映着绿色太阳，有时看到飞机的影子拂过树梢，落向一块黄色田畴，穿越一条河流。乘这么一架飞机飞越南非上空，身旁坐着卡特琳、布劳恩魏因夫妇和玛琳·维泽，将是多么美好啊。一条道路奇怪地白光闪闪，坦克和卡车驶向东方——全是死神和灭亡。距离柏林越近，风景就越灰暗，就越是满目疮痍。然后他头一回从空中看到了城市遭受破坏的程度。真可怕，他想。面对这残破的废墟、消失的街道和碎石瓦砾，他想不起别的词来形容，那里曾经是居住区，底层百姓曾经住在那里面，腰身佝偻，生活贫困，现在再也找不到属于他们的东西了。一只罐子，家庭照片，图书，一只简单的炉子，服装，统统没了，不管望向哪里，都冒着冷烟，一片荒凉。年轻的容克们钻进这座不再需要人类的地狱城市。指挥塔断折了，飞机在塔旁被炸毁的跑道上颠簸，唯一的颜色是绘有卐字的红色纳粹标志。灰色和红色，弗里茨想道，这是柏林城曾经的颜色，它曾经那么光彩迷人，在他从国外看到的图片上那么生动活泼。这座城市被蚕食的残骸，就是他将再见到玛琳的地方。

走廊上的脚步听起来像在擂鼓，许多硬鞋底有节奏地敲击着外交部锃亮的地板。弗里茨呆立在办公桌旁。士兵。他被发现了？魏兰在伯尔尼察觉到什么了？他望望冯·京特办公室关闭的门，那里听不出有什么动静。脚步越来越近。弗里茨蹑脚走近窗户，阳光照耀着威廉大街，一辆军方运输车停在外交部大门外，街对面宣传部的窗户总是黑洞洞的。人们在那里的地下室遭受迫害。他该逃去哪里呢？我的天。卡特琳。玛琳。他们现在是来抓我的吗？他攥紧双手，侧耳倾听。"鼓声"变沉闷了，像是用被子裹住了似的。弗里茨打开办公室门。他看到走廊尽头一队士兵肩挎卡宾枪，正步调一致地跟随一位军官。越来越多的门被打开来，惊慌的目光，满是疑惑。弗里茨跟着那些士兵。军官指示两人打开一扇门，跟在他们身后冲进办公室，弗里茨听到他大声下命令。什么东西叮当作响。然后一片沉寂，仿佛时间突然停止了。士兵们端起卡宾枪，守在门外。米勒双臂交叉，站在走廊上冷笑。弗里茨又听到整齐的步伐，军官走出来，两名士兵，然后是官员弗朗茨·哈弗曼，他身后跟着其他士兵。哈弗曼面如死灰。他试图与围观者交换目光，但他们都望着地面或背转过身去。当队伍大步经过弗里茨身旁时，他听到哈弗曼在嘀咕，他们的目光相遇，哈弗曼眼睛湿润。"我就听音乐来着，科尔贝先生。音乐。"军官呵斥哈弗曼，让他闭嘴。

“立定!”命令在走廊上回响。军官让他的手下立正。冯·里宾特洛甫从楼上他的办公室走下来,身后跟着他的秘书。他停在被捕者身旁,盯着哈弗曼,军官一声不吭,哈弗曼浑身哆嗦。可怜的家伙,弗里茨想道。冯·里宾特洛甫抡起胳膊,一巴掌抽在哈弗曼脸上。哈弗曼泪如泉涌。

“脏货。”冯·里宾特洛甫说道,“中尉先生,请带走。”队伍继续阔步前行,哈弗曼被夹在中间,他双手交叉在腹前,像被绑在一起似的。抓你比抓我好,哈弗曼,弗里茨想道。他羞愧,但他真是这么想的。

“他还号起来了。”米勒说道。他交叉着细瘦的胳膊,向弗里茨望过来。“路易丝安娜号”轮船上的那些人,其中有一位就是这个败坏了的小伙子吗?当那些人强迫弗里茨说“希特勒万岁”时他也在场吗?

冯·里宾特洛甫踮着脚尖,晃晃悠悠:“你们全都无事可做吗?”围观人群霎时间散去,在身后关上门。弗里茨默默地返回办公室。可怜的哈弗曼,有可能收听了敌台,他想。音乐,只不过是听音乐而已。

傍晚时分,瓦尔特·布劳恩魏因轻轻“嗨哟”一声,走进弗里茨的办公室。瓦尔特指指冯·京特房间的门。弗里茨说他已经走了。

“哈弗曼的事真扯谈。”瓦尔特说道,撸撸蓬乱的头发。“真该死，”他说，“我们能为他做点什么吗，弗里茨？”

“绝对不行。”

“绝对不行？”

“不行，瓦尔特。我不能。这不行。我必须……”

布劳恩魏因抱起双臂，望着弗里茨，满眼狐疑和问题。

“你必须什么？你有点不对头。”

“没有。我一切正常。”弗里茨声音里透着傲慢，这是心里不踏实和寻找藏身所的人的保护墙。他不想这样，更别说对瓦尔特·布劳恩魏因了。如果他之前冒险讲过自负的话（只是源自一种深不见底的“别打扰我”的情绪，而非别的），那是另一回事。可是现在，由于不知道该做什么，就这么顶撞老友——这让他难过。

“凯特怎么样？”

瓦尔特没回答。

上特劳布灵的梅塞施密特厂遭到美国人的狂轰滥炸。弗里茨望着办公室盥洗盆上方的镜子里，眯起一只眼睛。梅塞施密特厂的准确坐标是他交给伯尔尼的艾伦·杜勒斯的。

外交部里出现的盖世太保人员越来越多，许多穿着硬邦邦的皮大衣。凡是掌握上特劳布灵信息的政府机构都遭到审查。那家厂是属于绝密级别的。在那之前，沿海的 V2 工程就已经成了飞机袭击的目标，冯·京特告诉弗里茨，至少上次袭击显得更精准。

弗里茨没说是我干的。

“或许也是哈弗曼干的。”冯·京特说。

“可是，大使先生，一个人如何能将这种信息弄出我们部，交给敌人呢？根本不行啊。”

“您说得对，科尔贝。这不可能是从外交部传出去的。嗯，您去对那些人说吧。好吧，我们需要他们——可我们私下说说，这些家伙病态多疑。我们必须理解元首的伟大，承认一些事情。他做什么都是运筹帷幄。可他手下有些人真是卑鄙。这是随便说说的。”冯·京特站到办公室窗前，一只手插在裤兜里，另一只手撑着窗框。他对着玻璃讲话，他自认为有什么要事要讲时，常这么做。

“委托您在我们处里销毁机密文件的事有点变动。从现在起，您将文件拿去地下室时必须联署。”

“是，大使先生。”弗里茨说道。他走回自己的办公室，将阿尔高风景画放到地面，望望保险箱里。给杜勒斯的文件。他没有踟蹰。拿回家，抄下来，再拿去焚烧炉，在那里联署。数百页。他必须遴选，归纳。这些一个人做不到。办公室门猛地被推开来，吓了弗里茨一跳。一名盖世太保人员走进来。他个子矮小，不起眼。

“弗里茨·科尔贝？”

“请讲。”

“您最近去过瑞士。”

“去了伯尔尼的领事馆，对。我能帮您什么吗？”

“您的任务是？”

“我负责监督资料运输，在领事馆将它们交给了冯·吕佐夫先生。”

“除了领事馆员工，您还与别的人有联系吗？”

镇定，现在要想办法保持镇定。他没有时间思考。

“不，没有。”

那个人盯着他，他的左眼皮在跳。那个人问都没问，就在弗里茨办公桌对面坐了下来，将一份文件掉转过去。

“这是绝密材料，科尔贝先生。”

要主动，这念头闪过他脑际。他抓起文件，将它转回自己的方向。矮个子交叉起双手。

“谁是欧根·扎赫尔？”他干吗要向魏兰提起扎赫尔？是因为他以为这一坦率会防止怀疑吗？

“马德里，1935 年。”那位盖世太保人员说，“事关放弃德国国籍。”

“既然您都说出来了。”

冯·京特从他的办公室里走出来。见到坐在弗里茨办公桌旁的陌生人时，他双手撑住臀部。

“这是怎么回事？”

“我在讯问您的秘书。”

“如果您要在这里讯问我的哪位下属，请事先联系我。”

这教训让小个子显得既吃惊又恼怒。这些人可不习惯这样，弗里茨想。这一刻他对冯·京特的敬意油然而生。

“科尔贝先生是我最忠诚的员工之一。勤奋，忠诚，不怕加班加点。”

“这与眼下的事情无关。”

“您愿跟我一道去楼上冯·里宾特洛甫外长的办公室吗？我的请求帝国外长先生总会认真聆听的。”

小个子站起来，打量起冯·京特。你们互相残杀吧，弗里茨想。

“我和冯·里宾特洛甫先生很熟。”冯·京特说，“我无法设想他会喜欢这事。您来这里到底有什么事？”

“真新鲜，难道我还有义务向您汇报？哈弗曼。他可也是在这里工作的。不是吗，大使先生？”

“那您就审讯他去吧。反正他不在我处里。”冯·京特回答。

“我们已经审讯过他了。”

“他怎么样了？”弗里茨问道。两个怒红了脸的男人望着他，好像他们忘记了，他还一直坐在办公桌旁。

“死了。”

“那他家人呢？”

“女儿没事。妻子在受审。”

“科尔贝!”

“大使先生?”

“要销毁的文件。请您演示一下这里怎么做的。”

弗里茨打开保险箱,取出堆放在里面的一叠文件。再也回不了家了。这一切都是什么?犹太人运输,船厂报告,东线补给途径,消灭游击队的资料,与日本人大岛浩的会谈,对罗斯福的状态的评价,西班牙的间谍人员。全都付之一炬。全部无法交给艾伦·杜勒斯。

小个子说了声“您等等”,对着走廊吼道:“二等兵舒尔茨!”一名年轻士兵身前斜挎着枪,跑向门来。小个子指示他陪弗里茨去。

十分钟后弗里茨返回到办公室。他不知道冯·京特和那个盖世太保人员都做了什么,反正他们仍然面对面地站着。冯·京特伸出手。弗里茨将登记有文件编号和在地下室监督焚烧的那个人签名的纸递给他。他将那张纸举到盖世太保人员眼前。

“我们不会就此结束的,冯·京特先生。”小个子说道。“希特勒万岁。”他行个军礼,走了,都没在身后随手关上门。冯·京特轻拍一下门,门合上了,但没有关紧。他再按一下,门“咔嗒”一声关紧了。

“科尔贝,如果您遇到谍报人员,请您离开。献身这个职业的人一定有精神病，没错。您知道，他们那里什么都是独立的。他们看见鬼，名副其实的鬼。好吧，科尔贝，接下来……您怎么了？您脸色苍白。”

弗里茨又看见了细细的火焰，它们绕着文件起舞，让边缘变色，然后熊熊燃烧。死刑宣判。刚刚的审讯时间如此短暂，绞索似乎正在变紧。弗里茨必须去伯尔尼。他必须请杜勒斯、斯通和普里斯特给他更多应对危险处境的指示。另外他想有件武器。他在纳粹监狱里会受不了迫害的。他感觉不舒服。冯·京特递给他一杯水。

他该回家去，休息休息。他工作得的确够久了。“您这回就早点结束吧。科尔贝先生，这是命令。我是您上司。”当弗里茨来到门口时，冯·京特在他身后喊道：“科尔贝，您不会是害怕吧，嗯？您看看我。我不怕。您还得慢慢学。”他友善地笑笑。“喏，您走吧。希特勒万岁。”

弗里茨立即接受了这个提议。走时他将办公桌对面的椅子夹到胳膊下，扔到了外面的一堆废墟上。这下科尔贝的办公室里只剩一张椅子了。谁也不能再在他那里坐下了。

他检查他住处的遮光硬纸板和窗帘，将它们按紧。这样就好了，他想。

他在一张地图上精确标注狼穴的营地，将希特勒的地下室和冯·里宾特洛甫居住的宫殿画上圈。他老想着杜勒斯、格蕾塔·斯通和普里斯特,他担心欧根·扎赫尔。扎赫尔极有可能被监视了。他犯错了。他无论如何不可以再通过扎赫尔联络伯尔尼,他必须与战略情报局的人员找到新的途径。杜勒斯会有办法的。

他吃了一片涂有少许黄油和一点盐的黑面包。供给形势越来越糟,他回忆起桌上盛满西班牙餐前小吃或波兰酸白菜炖肉的盘子,酸白菜炖肉散发出月桂和酸白菜的味道,法国奶酪配白面包,开普敦大道旁一家店里的牛排和他母亲做的包满香草的烤猪肉。玛琳·维泽怎么说来着?真正地烹饪一回,穿得漂漂亮亮,饭后吸支烟?他要是能有个可以交谈的人就好了。唯一一个能告知他自己所做事情的人。

他听见了楼梯间的脚步声,慌忙折起地图,放到他床上被睡坏了的床垫下面。有人敲门。弗里茨走进门厅,瞪着被蹭刮掉了的木头。盖世太保?又在敲。他可以假装不在家。

“弗里茨?是我,玛琳。”

她来看他了。事先没约。太好了。多危险啊。他打开门。

“我在夏里特医院弄到了饼干。现在你一定非常吃惊!它们有巧克力涂层。”她将头侧过一点,“弗里茨?你能不能说句‘请进’?”他多么渴望她啊,他现在多么贪婪地想将她拥抱住啊。可今天部里发生的事情让他不开心,他看不透的审讯,焚烧文件。恐惧。

“现在不行。”他说。他没说:进来吧,坐我身旁来,让我们来吃这些饼干,吻我。

“我不理解。”玛琳说。他沉默不语,低垂着头。他有满肚子话想对她说,他什么也不想对她说。她的鞋是旧的,但很干净,她的衣服穿旧了,但很有风度。他听到她俏丽的鼻孔在呼哧喘气。

“怎么回事,弗里茨?我本来好开心。我来趟这儿可不容易。”

他不吱声。

“要不我们去别的地方?”

他紧握双手,咬紧嘴唇——他将一切闷在心里,不说出来,他扼杀反抗的念头,拼命坚守。

“不行。”他用生疏的声音说道,“你……你已婚了。”玛琳绷紧肩。“这应该是我要处理的事情。”

“大概是我误会了。”她说完就走了。

他摔上门,他诅咒,他捶墙。见鬼。他跑下楼梯,跑到被炸毁的选帝侯大街上。天空像满目疮痍的城市一样灰暗。弗里茨看见了玛琳的蓝衣服,他从她的背影看出了愤懑和失望。他追上她,抓起她的胳膊。她甩开他。

“干吗?”

“玛琳。”他等一个带着孩子的女人走过他们身旁。

“干吗?”

“很难。”

“这种事总是很难的。”

“要难得多。”

“你听着,科尔贝先生,我没兴趣听这种废话。我不喜欢这样,一点也不喜欢。”

“有时候我想象跟你待在非洲。”他说,“那里是如此美丽。现捕的鱼。”

“我一句也听不懂。”

“去我那儿吧。我们去吃你的饼干。”

“现在不去了。”她往前走。他目送着她的背影,她避开一堆废墟,经过一辆焚毁的汽车。玛琳在废墟间显得更娇小。这女子穿过正在死亡的城市,抬头望了望一面风化、发红的卐字旗,它软塌塌地挂在一堵被烧焦的墙上,她一副伤心的样子。

回来吧。

玛琳。

来吧。

他从过道里拖出自行车,埋头骑去布劳恩魏因家。瓦尔特骂骂咧咧,他们现在睡觉的地方新鲜空气太多了点。他让弗里茨看卧室。外墙有个差不多圆形的窟窿,瓦尔特钉上了木板,又将一条灰被子固定在木板上。

“你面色不好，弗里茨。你怎么回事？”我的朋友，弗里茨想道，我的老朋友瓦尔特。可我什么都不能对他说。连他我都不能告诉。布劳恩魏因从未提起过他们在弗里茨办公室里的紧张相遇。瓦尔特总是知道如何处理这些事，他善于放手。

“盖世太保去过你办公室，对吗？”瓦尔特将一只手搁到他肩上，“这些家伙真能唬人。可是，嗨哟，弗里茨，你又没啥可隐瞒的。”

弗里茨诅咒自己竟然来了这里。毫无用处。

“我很快就得去国外几礼拜。”瓦尔特说道，“你来照顾凯特？”

“去哪儿？”

“弗里茨，不要问。情报部门那些人找到了一个途径——十分冒险。”

“瓦尔特——去哪儿？至少告诉我一下方向。”

“北。东。南。西。”

“部里有文件登记吗？”

瓦尔特·布劳恩魏因眉头皱起，抚平被子。瓦尔特察觉了他什么吗？瓦尔特看穿他了吗？

“你执行的任务是以你的名字标记的吗？”

“别问那么多，弗里茨。”

凯特推开移动门，说她煮了壶咖啡。他们在桌旁坐下来，人民电台在播放弗朗茨·李斯特的音乐。

弗里茨请凯特关掉收音机。凯特望着他，面无表情，她的眼睛空洞无神。我的天哪，弗里茨想道。他转动旋钮，"嘀嗒"一声，李斯特的音乐停止了。

"拒绝这个任务，瓦尔特。而你，凯特，快离开柏林。离开这里。"他站在桌旁，望着他的朋友们，大家都不说什么。挂钟自顾自地嘀嗒。弗里茨忍受不了啦。要是他们都能回归一种没有希特勒的生活，那该多好啊。

"离开吧，凯特。你丈夫要撇下你一个人。"

"弗里茨，你疯了吗?"瓦尔特摇摇头。

"那是他的职业，"凯特低声说，"他不能带上我，就像从前一样。他返回时我会守在这里。等霍斯特又有空了，我就在这里。"

"你们跟我一样清楚，战争输掉了。"

"该死的，弗里茨。你这是玩火自焚。说这种话的人会被害死的。"瓦尔特说道。

"你要出卖我?"

瓦尔特走到他面前，他们面面相觑，彼此闻得到对方的呼吸。

"我永远不会出卖你，弗里茨。出卖是令人厌恶的。"他一只手放到弗里茨的上臂上。"我们大家都很紧张。谁会觉得奇怪呢？我建议我们喝杯烈酒吧。"

几分钟的安宁，弗里茨想。放松一点，一杯烈酒。

"我去取好杯子。"凯特说。

“你坐着别动，我去拿。”瓦尔特说。杯子很小，厚壁，落地灯的灯光像冰水晶似的在它们的玻璃里闪烁，握在手里很舒服。烈酒就像水色的油。

“去哪儿，瓦尔特?”弗里茨问道。

“我不告诉你。你知道有些事我不能说。”

“再来点酒。”弗里茨太鲁莽了。他似乎活动于两个世界之间，亟须熟悉它们。眼下他在做劈叉动作，有被撕裂的危险。

“再来一杯。”他说。

瓦尔特笑了。“你肯定?”

“对对，来吧。凯特也来一杯。”

“我不想喝了。”

“要喝的，凯特，来吧。”

次日，在上班几小时后，他拉正领带，出门来到威廉大街。他得去夏里特医院，他得去找玛琳。

她办公室的门关着。他想敲门，但做不到。他沿着灰暗的走廊往前走，经过担架，经过穿旧大褂的护士们身旁，转身，回头，那扇褐色的门像堵围墙耸立在他面前。他将拳头举到头的高度，伸出，拳头停在距门板一厘米远的地方。他诅咒着，叩了叩门。

“进来。”

他推开门。

“出去!”

他关上门。他完全无法相信玛琳·维泽会发出这么严厉的声调。它深深击中了他,碾碎了他的反抗精神。他推开门:“我会再来的。”玛琳背对着他。

弗里茨返回他的办公室。冯·京特与另一个人一起站在弗里茨的办公桌旁,问他去哪儿了。工作,工作,弗里茨说道。

“另一张椅子哪儿去了?”冯·京特问道。他摊开手,指指弗里茨办公桌旁的空位置。地毯上还能看到椅脚留下的硬币大的坑。

“坏了。对不起,大使先生。”

“这是?”陌生人的问题听起来像是一句“坐下!”他个子矮小,身穿将军制服,扁平腹部上的制服有许多折痕。

“我秘书,弗里茨·科尔贝,将军先生。科尔贝先生,我介绍一下,盖伦将军,东线外军处。我们最优秀的人才之一。”盖伦从上到下打量弗里茨。那个人瘦小,尖脸,头发像弗里茨一样稀疏。

“这么说是弗里茨·科尔贝?”盖伦敲敲前额。“人类发明出的最好的笔记本,”他说道,“只不过必须对它掌控自如。您知道吗?可以像锻炼肌肉一样锻炼一个人的记忆。”

“我和冯·京特刚刚审阅了一些文件。”盖伦说道,“我们想将一些资料运去伯尔尼领事馆——至于为什么,不关您事。冯·京特说，您绝对可靠，也已经去过瑞士一回，完全让人满意。”

“是，将军先生。”

“我永远不会忘记一张脸。”盖伦说道，“我器重忠诚的工作人员。冯·京特这里是外交部和国防部之间的分支机构，对我们至关重要。您清楚您的位置吧，科尔贝？”

“当然，将军先生。”

“冯·京特？”

“我会将我的孩子们托付给他。”

“时时小心，科尔贝。一定要环顾四周。保持警惕，注意小事。人在紧张时就会软弱——不可原谅。可是，如果您能认出别人的弱点，您就已经胜利一半了。就像我这样。弱点，科尔贝，各方面的。所有人。好了，我今天还要飞回俄国。由冯·京特给您指示，您要保守秘密。”

“是，将军先生。”

“先生们，再见。”

“希特勒万岁。”

“希特勒万岁。”

盖伦走后，冯·京特搓着下巴，显得很紧张。

“也许，科尔贝，也许这个人拥有制度和元首需要的伟大。是的，我有时候这么寻思。我是指——如果——我该怎么说呢，如果您作为个体置身其中，那您就无法纵览全局。群众运动，科尔贝。伟大群众，群众伟大。作为个体您什么也不是。”

“可现在，您听着，科尔贝，这儿的其他一些科室可不像我领导下的这样——更别提争权夺利了。请您按这儿的这个格式整理下列文件。”冯·京特向弗里茨解释怎么做。他像平时一样给这些文件盖了章，这些材料弗里茨是无法接触的。他们又交谈了几分钟，然后冯·京特回他的办公室，走到门口又停下了脚步。“盖伦有远见，”他说，用食指做着画圈的动作，像是在转动一根指针，“我们要好好听此人指挥。实际上是个十分随和的人，总体说来。您说说，科尔贝，您认为比起冯·吕佐夫，可以更信任魏兰吗？在瑞士那边？”

“不能。”

“不能？”

“不能。”

“嗯，那好吧。还有：下礼拜末去伯尔尼。您安排一下。”

“大使先生，也许还有一个问题。您知道，瓦尔特·布劳恩魏因将被派去哪儿吗？”

冯·京特双手撑在臀部。“怎么回事？”

“他告诉我有什么国外新任务。我只是想，嗯，也许我可以请他帮个小忙。让他给我带……”

“您疯了吗，科尔贝？一个小忙？带点东西？难道这是去疗养浴场吗？”

“对不起，大使先生。问问而已。”

“我们生活在一个注重回报的时代，科尔贝。”

他一直工作到冯·京特离去。他打开保险箱，将尽可能多的要焚毁的文件塞进包里，骑车穿行在柏林军舰色的废墟街道。回到家里后他检查一遍窗前的硬纸板和窗帘，在桌旁坐下来，查看那些文件。他从部里偷拿出了厚厚一叠纸，寻找能暗示瓦尔特出差去哪里的说明，但什么也找不到。他开始抄写文件内容：通往奥斯维辛、特雷布林卡和其他集中营的轨道网络；东方的秘密军火库；对梵蒂冈的渗透；都柏林附近的一个秘密电台，在那里支持反英的爱尔兰纳粹同情者，给潜艇下达指标；鲁尔区船只部件的生产；法国战斗师的改编；意大利谍报人员；佛朗哥统治下的西班牙持续的外交努力；日本顾问；盖伦将军手里掌握的对斯大林情报机构的认识。他抄写了一整夜，直到南瓜色太阳冉冉升起在由废墟和完好建筑组成的混乱城市的上空。

九　秘密的玛琳

他们或站或蹲，肩靠肩，头挨臀，相互搂紧，面对某种吞噬城市和人们的东西，他们试图保护自己。在阿德隆酒店地下的防空洞里，他们盯着地下掩体的天花板，好像他们的目光能保护天花板不塌下来似的。地下掩体里乱哄哄的，弗里茨感觉恐惧触手可及。一位老翁举着食指在骂。他早就说过。一旦磷燃烧弹落下来，空气就会燃烧。灯光颤动，几米开外，弗里茨看到玛琳被挤在墙上。她双手抱脸，臂肘被绑住了似的贴着上身。冯·京特跪在他妻子和两个女儿身旁。她们是来办公室看他的，冯·京特是少数有权这么做的人之一。他轻抚两个女孩晦暗的头发，不时地望望妻子，宽脸膛上满是恐惧。弗里茨闻到尿骚味和烂苹果味，几名士兵在吸烟，在这下面灰头土脸的人群当中，烟的火光是唯一发亮的颜色。他向玛琳挤过去。她像簌簌掉落的水泥粉末一样苍白。

“对不起。”他迎着炸弹撞击的威力说。一颗炸弹无情地砸落在附近，掩体嗡嗡震动，炽热的火舌钻进墙壁。喊叫声此起彼伏。有人在哭哭啼啼，说他们都会被活埋在这里。弗里茨双手搁在玛琳的脸左右两侧颤动的水泥上。玛琳的鼻梁发亮，她的嘴唇干燥、皴裂了。脏物让她眼里的泪水发灰发暗。

“他们应该停下来。”她的声音在颤抖。他弯身贴紧她的脸。

“你想纳粹打赢这场战争吗，玛琳?”地下掩体左右摇晃，像风暴中的一艘船，将弗里茨压向女人，他感觉到她汗湿的身体和头发。他将头搁在她肩上。如果他在这么一个轰炸之夜死去，一切就都白忙了。谁也不会知道他的情况，卡特琳余生都将不知情。他必须活下来。他的故事必须活下来，玛琳必须活下来。地下掩体深处“咔嚓嚓”一阵响，周遭顿时陷进一片黑暗，有细微的声音在喊叫求助，火柴忽闪，烛光胆怯地亮起。玛琳双臂搁在弗里茨肩头，他感觉到她交叉起双臂，搂紧他。他们所有人多久没被拥抱过了？他将一只手放到她颈背上，抚摸她脖子上两块肌肉上方的皮肤和发根。

“我得告诉你一些事情，玛琳。一些重要的事情。一些危险的事情。”她的胳膊搂得更紧了。他又犯了个错误。他不会对玛琳说什么。什么也不会说。

炸弹砸落的声音变小了。地下掩体里安静下来，粪便的臭味穿过尘土、汗和呼吸悄悄钻过来，什么地方有人在争抢一只水桶。老头刺耳的话语透过混乱传过来："我们都被出卖了。"弗里茨听到黑暗中传来一声异响，像是有只袋子倒了。他无法准确看清，但他觉得看到有人往那老头胃部捅了一拳。

他们还得留下来，等待，要等到拉开钢门的门闩时，火焰不会吞食他们。每个人都知道洞外等待他们的是什么。

冯·京特走到他们身旁，拭去被汗水粘在额上的污垢。

"我一直就讲，这个部有很多好处，嗯。您就是那位教授的女助手，对不对？在防空掩体里，科尔贝，敬佩之至。"两女孩抱着冯·京特的腿，弗里茨向她们蹲下身去，问她们叫啥，他说这一切终有一天会结束的。

"可游乐场所都没了。"一个女孩说。

"我们再建许多新的。"弗里茨说。

"希特勒万岁。"女孩们说。

冯·京特搓去脸上的恐惧。对孩子们来说总是很糟糕，他对弗里茨耳语道，弗里茨应该庆幸自己没孩子。

人群战战兢兢，满身臭味，缓步移向地下掩体出口，想冒险上去。玛琳拉起弗里茨的手。他们没像冯·京特和其他的官员、职员那样走地下通道返回部里。

弗里茨只瞟了一眼那些尸体、碎片、母子间最后的拥抱。他阅读玛琳的眼睛，那里面映射着起伏的火光。消防车试图在冒烟的废墟间找到一条通道，碾碎锅、椅和其他所有从冒烟的房子里被抛出来的日常用品。勃兰登堡大门黑乎乎的，被炸碎了，北边很远的地方，火焰在天地之间熊熊燃烧，空气中一股焦味。一个炱灰一样黑的男子向他们走来，头发被烧焦了，他抱着个孩子，那孩子已经没有了生命，胳膊和小腿肚晃动着。“晚上好，耶什卡，这是我女儿。”他继续往前走，逢人便讲。“耶什卡，晚上好。请您原谅，这是我女儿。”一根绳子套上弗里茨的喉咙，他的心枯竭了，无法从事它的造血工作。那个人穿过火光和臭烘烘的垃圾，继续走远，消失在黑暗中。“哎呀，天哪！”弗里茨抓住玛琳的上臂。

“我将部里的秘密文件偷运给伯尔尼的美国情报机构。”

“什么？”

“我为美国人当间谍。”

玛琳推开他。城里的大火“噼啪”作响，借着风势越烧越旺，一阵热风刮过阿德隆酒店前的黑暗广场。

“你在讲什么呀？”

玛琳望向北方和东方燃烧的天空，她望着被掀翻的战争舞台，它的脏污、垃圾和被夺走的生命。她举拳擂打弗里茨的胸膛。

“我知道。”他说道。百米开外，有座房屋倒塌了，尘雾腾空而起，被火光映黄，翻卷，飘进被掩埋的街道的峡谷。邻屋的断垣残壁里烈焰肆虐，冲出门窗。

消防车和救护车陆陆续续颠簸赶来，斜停在洞窟里、废墟上，士兵们身背作战工具，哐里哐当地奔跑，冲进烟雾。

“我送你回家。”弗里茨说道。每当火苗蹿起、点燃肮脏的天空时，玛琳的左半边脸就会发亮。烟雾后面，初升的太阳在乞讨。

“别碰我。”玛琳说道。“你彻底疯了。你怎么能告诉我这事？他们会杀死我俩的。”

她走了，弗里茨知道，此刻，在这火光冲天、噼啪作响的夜里，最好不要跟着她。几米后她就被呛人的空气吞噬了。他最后见到的她的东西是一块手帕颤动的轮廓，她用它捂着脸。玛琳消失在一座食人的城市里。弗里茨无精打采地回家。经过那些沥青融化又变硬、里面扭曲着肢体的街道时，他闭上眼睛；人们试图徒手搬走一米高的瓦砾堆，呼喊被埋在某处的人时，他捂住耳朵。他经过那些树木，它们曾经一次次沦为火炬，现在细如胳膊，像石头一样干巴巴的。他不去看脚下绊到的断臂残躯，不去看地狱之火将躯体烧成了什么样。他试图哼首歌，贝多芬，欢迎女神圣洁美丽，灿烂光芒照大地。我们怎么会对彼此做出这种事呢？

他一个多礼拜没见玛琳。有几名同事再没在部里露面，有许多人，大家都不知道最后一次空袭在哪里吞没了他们。米勒说，德国空军将会进行可怕的报复，希特勒万岁。冯·京特在弗里茨办公室里三指撑额，思考这么一场袭击是不是某种“大事”。得进行抽象，他要弗里茨理解，进行抽象——这是民族运动的根源之一。首要的不是具体的个人。这是一件复杂、有趣的事。

弗里茨没说出来：你真的神经错乱了。他什么也没讲。

当他再见到玛琳时，她不打招呼走过他身旁，匆匆点点头，绕过靠在走廊墙上的梯子。一位雇员在往墙上旋螺丝，想将掉落的希特勒像重新挂起来。弗里茨内心的一切都跟随着玛琳，他想拥抱她。他等在汉森夫人办公室门外，一直等到玛琳出来。

"我可以和你谈谈吗？拜托。"

她从他身旁挤过，肩都碰到墙了。弗里茨跟上她，抓住她的胳膊。

"玛琳，拜托。"

"你想害死我吗？"她"嘘"了一声，两名穿制服的回头望着她。

"今天晚上，玛琳。在我们头回并排坐一起的咖啡馆里。八点，拜托。"

"如果他们已经在跟踪你，我马上也会被捕。"

弗里茨望望走廊里，向犹太人处的一位同事挥挥手，设法直视玛琳的眼睛。他做不到。

"今天晚上，拜托，玛琳。"她不在意是否有人在监视她，往他胸脯捅一拳，走了。

"科尔贝先生，您能将元首像递给我吗？"梯子上的那个人问道。弗里茨抬头看看他。那个人上身转了过来，双手伸向他。

“科尔贝先生?”弗里茨走进他的办公室。

莫姆森街咖啡馆的正墙不见了，一根烧焦的梁上挂着块牌子:“小酒馆照常营业。”弗里茨在一张桌子旁坐下来，地面瓦砾沙沙响，他点了瓶红葡萄酒。“如果您还有这种东西的话。”他说。独臂服务员端上酒和两只不同的杯子。弗里茨来早了半小时。他抱着希望。

玛琳从废墟间手推车那么宽的小道走过来，一声不吭地在桌旁坐下。弗里茨倒上酒——在这座被夺去了色彩的城市里，细微的建筑灰尘让每个角落都暗淡无光——那起泡的红色让他觉得神秘。

“瑞士美国情报局的负责人叫艾伦·杜勒斯。他有两位亲信同事:威廉·普里斯特和格蕾塔·斯通。掩护地址是伯尔尼赫伦巷23号，市中心。”

玛琳点燃一支烟，别转过脸去，眼睛却一直斜乜着弗里茨。

“你知道他们怎么处理你这样的人吗?”

“我得跟谁说说。跟你。还能跟谁?”

“希姆莱，卡尔滕布鲁纳，武装党卫军，盖世太保，不管他们叫什么。残酷的大屠杀罪犯。你疯了吗?”

“我没疯，没有。”

玛琳苦笑着。她看看服务员，他用一只胳膊翻看着柜台上的报纸。

“而你呢？你从部里偷文件？你认识美国情报局的人？真的？”

“是的。”

“我的天，弗里茨。”玛琳用一只手捂住眼睛，轻轻摇摇头。弗里茨想抚摸她的头发，或将食指放到她鼻尖上。他抓紧葡萄酒杯。

“他同意了。”她说道。

“谁同意什么了？”

“教授。他们做试验。拿集中营里的犹太人。人体试验。他给我讲的。他不参与。但他在一封文件上签了字。这是为了科学。”

“我搜集有关罪行的资料。等他们什么时候站在了法庭上，就有过硬的材料指控他们了。”

“这不滑稽吗？现在我们坐在这里，没有人偷听我们讲话，我们可以想说什么说什么，我们手里端着一小杯葡萄酒。这小小的幸福。我的天，弗里茨，这一切多不真实啊。”

“你鼻子真好看。”

她笑了。听起来就像他第一次听到的笑声。清脆爽朗，非常真诚。她嘴绷紧，这让她的唇显得十分光滑。

“弗里茨·科尔贝，我到底该拿你怎么办？”

“随你所欲。”

她扬起眉毛凝视着他。

“我得想想。关于你。关于我们。谢谢你的邀请。”她望向外面的街道。“柏林真美啊。真了不起。”

“会恢复的。”弗里茨说。

“我们是在怎样的苦难中相识啊。”

“可我们在了解对方。”

玛琳垂下头，侧转过去，从眼角瞥着他。“对，这是这里唯一美好的事。如果我与吉泽拉……”

“谁是吉泽拉？”

“一位女友。当我和她谈起我们时……”

“你谈我们？”

“弗里茨，你说说，你什么时候开始老打断我了？当我与吉泽拉谈我们时，然后……总是这么滑稽：在瓦砾里约会，在废墟前争吵。这可一点不浪漫。”

“她是纳粹吗？”

“她在一家弹药厂工作。她游泳总是第二名。因此她在莲蓬头下拍我的屁股。吉泽拉理解我。”

“不要谈论我们，玛琳。”

“你直接说吧——喋喋不休的家伙。”

“我十分重视守口如瓶，已经有点病态了。”

“你自己说的，弗里茨。”

他很久没见她。然后偏偏是一场空袭将她推到他身边。早晨，在空气渐冷、火堆渐熄、污物和灰尘覆盖了被踩躏的城市的那一刻，有人敲他的门。他将文件推拢在一起，藏到地毯下面。疲倦挤走了有人突然找来时他都会感觉到的恐惧。他打开门。

她就站在那里，弗里茨说道。在这奇怪的光线里，这些日子某种程度上总是黑黑的。她身旁的地面，一条旧床单被扎成一只袋子。里面是她剩下的全部家当。

我们可不是为这段恋情来这里的，韦格纳说道。

韦格纳先生，请您讲一段没有爱情的故事吧。那毫无意义。

说得对，薇罗妮卡·许格尔说。

我想写间谍弗里茨·科尔贝，韦格纳说。

这样将人简化是不行的，弗里茨说道，绝对不行。谁也不是孤立的一个人。我更加不是。也许会有那么个无聊的大师终日蹲在沙漠里。可一个真正的人呢？一个完整的人？我名叫群，因为我们多的缘故[1]——差不多是这样说的吧，是不是？

是的，薇罗妮卡·许格尔说道，我喜欢这样。

1　语出《圣经·马可福音》第五章第九节。

事实，科尔贝先生，韦格纳说。

事实曾经是，仍然是：我们相爱。我们渴慕对方。这不是年轻人的特权。我们缠绵起来。我们用性爱抵抗战争的灭绝和恐惧。弗里茨犹豫不决。他很重视性的自由，但不喜欢公开谈论。公开谈论就失去魅力了。他的间谍故事不该有魅力，但他关于玛琳的故事无论如何应该有。

弗里茨说，他去用平底锅煎他承诺的肉排。他还听到韦格纳嘀咕了一句"不出所料"。他在厨房里忙碌数分钟后，薇罗妮卡·许格尔倚在门框上，问要不要她帮忙。

您陪陪我吧，弗里茨说，我在这山上几乎与外界隔绝了。这恐怕还得持续一段时间。

除了玛琳？

当然，除了玛琳。

听到爱情仍那么激动，真是太好了，在两人——我该怎么说？多活了几年之后吗？

是的，对不起。

没关系，弗里茨说道。

弗里茨将木勺的柄伸进煎肉，形成小泡泡，脂肪够热了。他将粉红色肉排在自制面糊糊里翻转一下，小心地放进平底锅。锅里发出"嗞嗞"声，很快就升起辛辣的气味。

科尔贝先生？您在隐瞒什么？

您为什么来这里，许格尔小姐？

我吗？噢，我想有所成就。在新闻界几乎没有一个女性，不仅瑞士没有，在您的德国也没有。我是那非常、非常少的人之一。我不否认，有人支持我。我父亲，他暗中帮了点忙。马丁——韦格纳先生——跟扎赫尔先生谈过后，他同我们的主编谈，后来同我谈了。他将他了解的有关您的一切都告诉了我，一方面是通过扎赫尔先生了解的，另一方面通过这篇从前发表的有关您的文章，以及他自己的深入调查。我该怎么说呢，科尔贝先生，我十分激动。一名反对纳粹的间谍。我被感动了。我来自一座村庄。我的童年，那是奶牛和狭隘的气味。我想结识有意思的人……她用手指比画一只相机，说了声“咔嚓”。

只要倾听够久，许多人都很有意思，弗里茨说道，您同事怎么回事？

马丁吗？他喜欢传记。他说，历史是人创造的，而不是由历史学家事后想发现的某种联系创造的。是人，一个个的人。他博览群书。可您知道吗？只读传记。别的啥也不读，几乎啥也不读。

读小说是好事，弗里茨说，生活会因此更好。在糟糕的时代也是。

可您回避了我的问题，科尔贝先生。

弗里茨翻转肉排，肉排一面呈金褐色，有小颗粒脱落。再配上沙拉，他说。他看中您了，您知道吗？

他结婚了。

弗里茨笑了，一半心酸，一半开心。不碍事，他说，您问什么了？

您在隐瞒什么？向我们？向您自己？

他望着这个女人。不管是什么原因，他的脑际掠过一个念头：他看上去比实际年龄苍老。她现在看见的是谁？她的目光在重复那个问题。他想告诉她。他想告诉。但他做不到。

“我没地方住了，”玛琳指着脏床单，“这是剩下的全部家当。几只罐子，弗里茨。没有书了，没有画，我心爱的花瓶，餐具。我儿子的信件。”她一只手捂着嘴：“只有几只罐子。”

“罐子好，玛琳。”他拥抱她，她哭起来。他带她进客厅，替她倒茶，将瑞士带回的巧克力放进一只小碟子，端给她。

“你从瑞士给我带回的那两本漂亮的书，也没了。”她哽咽，不再讲什么，低头坐在那里。他不再理她，取回文件，继续抄写。待她镇定一点之后，他询问她的母亲。她转移去了德国南部。

“我是慕尼黑人，”她说道，“在那里出生的。父母开了一家男装成衣店。实际上主要是母亲在做。我父亲是个梦想家。他想写小说。我喜欢这样。”

“那么，他写了吗？”

玛琳莞尔一笑，摇摇头。她呷口茶，吃巧克力，慢慢转头打量起房间。弗里茨从橱里取出一摞照片。“非洲。”玛琳欣赏照片，不时发会儿呆，掉转图片。她拍拍桌上的那一摞，拍成整齐的正方形。慢慢地她手指伸向其中一个文件，拉近来，弗里茨看到结婚戒指在闪烁。他推给她纸笔。

“我的天哪，弗里茨。”她的声音里透出赞许和绝望。

“这是正确的事情。”他说。

“法国抵抗运动。”玛琳呢喃道。

“只概括最重要的。”

“党卫军和国防军在俄国的行动。国防军也一样？”

“1941年9月，玛琳，娘子谷，基辅附近的一条峡谷，我相信是。有三万多犹太儿童、妇女和男子在那里被枪杀了。了不起的德国国防军的队伍也参与了。陆军元帅冯·赖歇瑙[1]。他欢迎这些措施，请求批准激进行动。这样做消耗的弹药太多了，对此的争论持续至今。”

“措施？激进行动？”

“对。”

“可是，弗里茨，如果你……如果你现在将潜艇路线交出去，美国人或英国人炸沉这么一艘船呢？”

1　瓦尔特·冯·赖歇瑙（Walter von Reichenau，1884—1942），陆军元帅，病逝前任纳粹南方集团军总司令。

“是的，”他说，“是的，事情正是这样。”

他至今大多时候都回避了这个想法。他眼前又浮现出了接他去狼穴的那个小伙子，弗里茨曾在他身后喊了句无意义的“您保重”，小伙子没有胡须，像个孩子。弗里茨将自己所做之事的后果驱逐进了心灵的黑暗地牢里，他知道它们有一天会钻出来，但不知道那时候它们会怎么对他。

“这事你想清楚了？”

“没有。”

“可你在这么做？”

“是。”他抓紧这个简短的单词，坚持该怎么样就怎么样。

“千万别说任何一句有关绘图部队的话，弗里茨。一句也别说！我丈夫就是地图绘制员。”

他推开纸笔，望着玛琳。但愿她丈夫多年前就丧生了，就像这场战争中数十万其他人那样。他将手搁到她的手上。

“我保证。”他说。

“当真？”

“是的。”

“没有关于……”

“是的，天哪。”

“他是我丈夫，弗里茨。”

“你的另一个男人。”

他们对视。玛琳转动她的结婚戒指。她是因为战争才来这里的吗？玛琳·维泽这样妩媚迷人、精力充沛的女人想从他这个矮小、单纯的男人这里得到什么呢？他们的时间太少，空间太少。

“你来这里真是太好了，玛琳。”

她笑笑，双手交织，藏起了结婚戒指的闪光。

“你在做什么？”

“什么我在做什么？”

玛琳敲敲纸。“书法可不是你的强项。”

半小时后她合上眼睛。她没衣服可穿了，她呢喃道，也没有夜里穿的。他取出一件他的衬衫。玛琳脱衣。他头一次看到她裸着。他的渴望谨慎温柔。她从头顶套上衬衫，他走到她面前，扣上她胸前和腹部的纽扣，扣最后一颗纽扣时他感觉到了她的阴毛。当她刷完牙，俯在破裂的盥洗盆上时，她臀部的皮肤亮晶晶的。他将她领进卧室。她说：“你这里好舒服。”弗里茨帮她盖好，拂去她脸上的一缕缕头发。

“你等会儿来的话，要抱紧我。”

“肯定。”他说道。

她侧睡，腿收在腹部。弗里茨脱衣，小心翼翼地钻进被窝。他偎依在她白皙的背上，不知怎么对付他的兴奋。他虽然强烈渴望过性爱那么久，但不想用他的勃起打扰这个胆怯的女人。他谨慎地用一只胳膊抱住她的胸部,头贴着她的脖子,将他的下体从她身边移开。不可能就这样睡。他拿起他的阳具,将它塞进玛琳温热的大腿之间。她动了动,嘀咕了句什么,将脸更深地埋进枕头。弗里茨将身体紧贴着她。他感觉到他的心脏和他左手下面乳房与肋骨间褶皱里玛琳·维泽的心脏。

他睡过头了,一个多小时前他就必须赶到部里了。他跑进厨房,突然止步了。玛琳裸身站在壁炉旁,穿着他的毛拖鞋。她头发蓬乱,睡眼惺忪,橙红色乳头凉凉的小小的。弗里茨凝视着她。他的眼睛充满渴望,男人所特有的那种目光。他想留住这个画面,它不该消失。

"我可以在这里一站数小时,"他说道,"数天。"

她微笑,平静,满足,甚至有可能是幸福。她说她找到点咖啡,递给他一只杯子。端着瓷杯的手指上侧发亮,她皮肤的光泽顺着绷紧的胳膊向上延伸,抵达肩部、锁骨和她的乳房外侧,沿肋骨到达臀部和大腿。

"你能晚点出去吗?"她问。

她眼角有细小的鱼尾纹,一笑起来宽脸上会形成月牙形深褶,她的颌骨生硬,锁骨上的皮肤紧绷。当他吻她时,她的乳头向他挺起。她有小肚子,肚脐深而黑,内部有个小孔。她的私处散发出肉和欲的气味。她左膝有块粗糙的长伤疤，脚趾很大。“它们可怕不?”她问道。

“在你身上一点也不可怕。”他说道。他亲她的嘴，两人的眼睛贴得很近。玛琳的蓝眼睛里满是黑色小点点。“我要成为穿过你俏丽鼻子的呼吸。”他说。

“我的鼻子俏丽?”她问道。

“是的。”他回答道。她请他去帮她取香烟。她今天要处理行政事务。她要将夏里特医院当作她的新住址，教授不会反对，那里有她需要的一切。她不想住到别人家去——住他这里也不行。“因为你结婚了?”弗里茨问道。她吐出烟。

“我欺骗了他。我们彼此承诺过永不发生这种事。我不想这样的。”

“你想这样对我。”

她推开他，直到胳膊僵直。他用力顶着她，眯起眼睛，因为他无法忍受她的目光，他感觉她的臂肘在让步，胳膊变软。他倒向她，他们就这样待着，静静地，呼吸着。

几分钟后他们将对方拉向自己。弗里茨看着玛琳将胸罩翻过来罩在胸部，扣上钩子，转动胸罩，胳膊穿过背带伸进去，她的乳房被托起，然后又消失在白布料后面。

“我不想做任何对你不好的事情。永远不会。”他说。

“你已经做了，弗里茨。”

冯·京特站在弗里茨的办公室里，手里拿着一堆文件。

“您迟到了，科尔贝。”

“真对不起。”弗里茨说道。

“打住。”冯·京特将文件“啪”一声扔到办公桌上，一阵微风吹起纸张。

“我们的元首阿道夫·希特勒，”冯·京特开口道，然后大谈了一通伟大、意志、巨大的具体-抽象的现代机器，“您是这个强大机器里一只忠诚的小齿轮。这您必须理解。”

“是，大使先生。”他多么痛恨这样啊。他的心在沸腾。冯·京特踮起脚尖晃悠着。他大声呼气，重要人物粗重、担责的呼气。

“您只要告诉我一点就行了，科尔贝，会不会与那位夫人有关?”冯·京特在胸前比画出两只球。你个浑蛋，弗里茨想道。冯·京特在防空掩体里看到过他和她在一起，玛琳的事反正瞒不住啦。

“维泽夫人家被炸毁了。”

“她住您那儿？暂时?”

“是的。”

冯·京特笑了。“可是，下不为例，科尔贝。行吗？我不会对任何人讲的。”

“多谢。”

“女人，是啊。好，您听着。这里的这些文件是给冯·吕佐夫的秘书魏兰的。只交给他。他将在伯尔尼火车站接您，您将这些资料交给他——其他的照旧。对冯·吕佐夫只字别提，明白吗？”

“是。有什么异常的吗？”

“我不能对您讲，科尔贝。我根本不可以讲。我也不想。”

“是的，当然。顺便问一下，知道哈弗曼为什么被捕吗，大使先生？”

“偷听敌台。他女儿举报的。”

“亲生女儿？”

“这女孩已经懂什么是伟大了。她是照此行事的。这样很好。”

“哈弗曼听的是音乐。”

“敌台。”

“音乐无国籍。”

“您说什么？科尔贝，您疯了吗？就当我没听到，伙计。您怎么回事？”

独自在这房子里住了这么多年后，打开门就知道玛琳正坐在沙发上读着什么，或在厨房里做一顿简餐，这感觉怪怪的。玛琳在宪兵市场捐赠活动中弄到几件衣服——从前她曾经将针线活儿委托给一位犹太裁缝，可他早带着家人离开了，因此她自己动手缝裤子、上装和胸衣。她说那个犹太家庭姓李勃林[1]。夫妻俩带两个孩子。“弗里茨,我一点也帮不了他们。”

那是他第二次出差去伯尔尼的前一晚,当他来到客厅时,她伸出手来。每天都可能是最后一天,每个夜晚、每次接触都可能是最后一次。战争年代这想法不是什么新鲜东西,尽管很陈旧,常被人讲起,但它的现实意义一点都不少。也许这是他们所有生活的总标题。在他们同床共枕过之后,他向她讲了卡特琳,她向他讲了她死去的儿子。

“他是个十分帅气的小伙子。他应该活着。”

弗里茨抱住她。

“孩子不得不死在父母前面,真可怕。”玛琳说道。弗里茨真想对她说点什么好听的,让她快乐起来。可又怎么能做到呢?

“我们要干掉那些对此负有责任的人,玛琳。我们尽可能地毁掉他们。”

次日清晨,她帮他将那些薄纸绑到小腿肚上。她的手在哆嗦。会不会夹着他那浓密的腿毛弄痛他?她没有把握地笑着。

“如果他们逮住你……”她说道,“我不想落进他们手里,弗里茨。我不想。我想活着。”

玛琳拉开一只抽屉,拿出一把切肉刀。她站在那里,高大,健

1 Liebling,德语里有宝贝的意思。

壮，浓密的头发披散着，鼻子微红，弗里茨不知道说什么好。他抓起她持刀的手，轻轻抚摸。

“我现在马上按命令将文件拿去销毁，让人签字，一切都很正常，符合规定。”

“你在做梦。”

“是的，梦想一个更好的世界。”

她拥抱他，他感觉到背部的刀，感觉到她的乳房贴着他的胸。

“你还带巧克力吗？”

他笑了。“是的，”他说道，“我会带的。”

“我不去火车站，弗里茨。我们在这里告别。”

他们再次拥抱，刀子掉落，弗里茨听到它插进地板里。

“还有火腿，弗里茨？你觉得呢？或者带点奶酪？”

“我爱你。”他说道。他在门口转过头来望她。她站在厨房里，冷光从左侧射落，刀插在玛琳身旁的地板上，灰色刀刃闪闪发光。他放下箱子，走回去，亲她的唇。

“这下去伯尔尼就更难了，”他说，“也更好。”

“两者兼具？”

“是的。”弗里茨说道，“生活中似乎是这样的。”

他从部里的办公室给凯特·布劳恩魏因打电话。她接电话的声音轻细疲惫。

“凯特，瓦尔特要被派去哪里?”

“你还记得我们远足的时候吗?在阿尔高?当时是春天，阿尔高大草地开满鲜花和……”

“凯特!凯特——去哪里?”

“唉，弗里茨。”

弗里茨骂了句粗话。他真想喊。

“凯特，听我说，我……”就在这一刻，有人敲门。“我在，我在，进来。”弗里茨叫道。是制服松松垮垮的海因里希·米勒。弗里茨一只手捂住听筒。

“什么事，米勒?”

“希特勒万岁。我这里有几封给冯·京特的电报。”

“嗯，好的，请您放那儿。我会处理的。”

小伙子将那些纸放到弗里茨的办公桌上，敬个礼，又走了。弗里茨等他关上门。

“凯特，瓦尔特去哪儿?”他嚷道。门又被推开来，米勒瞪着他。

“又有什么事，米勒?请您最好先敲门。”

“我听到您在喊叫，科尔贝先生。您这是在跟谁讲话呀?”

“出去!”他将听筒贴近耳朵，又感觉到了“路易丝安娜号”轮船上那些人的手。他仍不知道米勒是不是其中的一人。弗里茨挠挠绑有文件的小腿肚。有瓦尔特·布劳恩魏因的什么线索吗?

“凯特，求求……”

她挂掉了。

弗里茨用假名打电话到瓦尔特办公室所在的分部。他直接打听布劳恩魏因先生，被毫不客气地拒绝了。

死亡判决在他的小腿肚上弯曲。

巴塞尔火车站的哨兵与弗里茨头回过境时是同一人。今天那个人眼下方有黑眼圈，整个人变瘦了。另外，弗里茨还感觉火车站黑暗屋顶下巡逻的士兵比上回多了。排他前面的那个人回头看看他，再看看他手里的外交护照。他也是外交部的吗？真是巧了，两人在柏林的同一个部工作，却从未遇见过。他去苏黎世两天，去瑞士休息休养，这难道不是很幸福吗？他递给哨兵他的材料，又向弗里茨转过身来，笑笑。弗里茨认为笑得太响了。哨兵拿材料拍拍手掌，示意两名士兵过来。

“请您跟这些人走。”那位陌生同事困惑地回头看看弗里茨，吓得眼睛瞪大了。你被抓好过我被抓，弗里茨想道。哨兵接过弗里茨的护照和签证，翻看一份名单。

“科尔贝先生，您已经出境过一回？”

“是的。”

哨兵指指弗里茨的公文包。弗里茨将包放到桌上，抽出文件。哨兵将一个印戳贴近眼前，推开其他文件，再次阅读运送箱子去伯尔尼的说明。弗里茨感觉自己的左膝在颤抖，希望宽松的裤子能够掩饰。一阵冷风吹过火车站大厅，但他还是开始淌汗了，感觉衣服上有火车头油腻的臭味。要是他现在也被带进那间小屋就完蛋了。在与布劳恩魏因一起狩猎旅行时，他从狩猎向导那儿学会了，千万不要直视一只野兽的眼睛。那么，遇到一个野蛮人怎么办呢？反抗，他想，一旦出事，就反抗。这是你唯一能做的事情。

“行了。”哨兵还给他证件，当弗里茨想拿时，哨兵又将证件扣住了。

“请您千万别存什么幻想，科尔贝先生。”

弗里茨忍住了。老听到这种话，老得忍气吞声，让他感到厌恶。他想，我真想吐。这沉默行将害死他。

伯尔尼站台上，魏兰站在一根钢架旁。他身穿制服，靴子擦得锃亮。两个男人身穿僵硬的皮大衣，紧跟在他身后张望着。一见弗里茨下火车，他立即走过来，张开手。

“给我的文件！”

弗里茨将盖伦和冯·京特所说只交给魏兰的材料给了他。魏兰显然感到满意，即使是短暂碰头，那个人也显得自信多了。

“千万保密。”魏兰说，示意另两人跟着他。走了几米后他又向弗里茨转过身来。“科尔贝先生，啥也别说。”弗里茨没回答，双手插进裤兜，想着冯·吕佐夫夫人掐魏兰胸的情形。他与自己打赌，那位夫人喜欢魏兰现在穿制服的样子。

弗里茨与领事馆的司机一起，负责将箱子送去威尔拉丁路，之后他要求在布本贝格广场旁的正义酒店下车。他和上次住同一个房间。他锁好门，拉上朝向广场和纪念碑的窗帘。头回来伯尔尼时他是那么神经质，根本没有注意到广场中央那个面无表情、全副武装的人。弗里茨坐到床上，往上推起裤管，解开绳子。他检查了所有笔记，没发现任何能与瓦尔特联系起来的内容。他将抄有记录的薄纸叠放整齐，折两下，插进上装内袋。他将狼穴地形图塞进外袋。粗大的雨点打在窗户上，纪念碑所在的布本贝格广场灰暗潮湿，像铅铸的一样。

他坐在酒店餐厅里吃煎肉饼。配菜有油炸丸子、蘸汁和沙拉。我的天哪，玛琳，他想道，设想她也在这里坐在他身边，他可以看着她如何津津有味地吃完这么一餐。她最后一次闻到，甚或吃到、感觉到刀子划过一块肉是在什么时候呢？

他从一间电话亭打通杜勒斯给他的一个号码。

“喂？”

“我不吸烟。”

“我也不会有火给您。”

“罗马有永恒燃烧的圣火。”

“您要什么？”

“我是伍德。我必须和杜勒斯讲话。”

“等等……今天晚上九点，上回那个入口。”

弗里茨挂断电话。他走回酒店，洗个澡，然后让人叫来领事馆的车。他很想知道那里发生了什么，为什么要绕过冯·吕佐夫。

他与冯·吕佐夫和魏兰坐在大办公室里，不停地直视希特勒的眼睛。我找到你了，他想，摸摸上装里的狼穴草图。魏兰在谈消灭国际犹太民族和布尔什维主义。弗里茨又想，这些家伙说来说去都是同样的内容，彼此雷同。他们鹦鹉学舌，照搬希特勒教他们讲的话。让一个人成为人的东西，死了，被烧光了：自己的思想。弗里茨不是个聪明人，他只接受过中等教育，但他细致，好奇，记忆力超常。当他与比尔曼领事谈文学或音乐时，对方的渊博学识总是深深打动他，他认真聆听，学习。有一回，在马德里的一家咖啡店，比尔曼跟他谈希腊戏剧，谈《安提戈涅》，弗里茨父亲很喜欢听人朗读的那部戏剧。比尔曼讲到道德净化（Katharsis），弗里茨感觉惭愧，他不认识这个词。晚上他打开他的单本词典查阅：在痛苦和极端困难之后，或者尽管有痛苦和极端困难，心灵的净化和澄清——一个道德标志，有时要付出生命。道德净化——做正确的事情，别害怕。

弗里茨觉得，魏兰的攻击性行为和滔滔不绝让冯·吕佐夫困惑不解。冯·吕佐夫友善地笑望着魏兰，说：“元首重视长期和平。这是他真正想要的。1942 年 3 月英雄纪念日演讲时他就讲得一清二楚。”

“还远远没到这一步。”魏兰说道。

傍晚，弗里茨返回酒店，套上外套，让人替他搬张椅子到门外的布本贝格广场。雨停了，一阵冷风刮过石块路面，不管弗里茨望向哪里，到处都不见纳粹旗帜。他心想也许还是吸支烟试试吧，忍不住笑起来。玛琳说，吸烟是享受。享受总是好的——原则上与健康不一定就有什么关系。弗里茨从服务台要了支烟。卡特琳肯定会骂他。

他做不到将烟吸进去。他使劲吸，这没那么糟糕，烟叶味道好，有点咖啡的意思。然后他见到广场另一侧有个男人在望他。弗里茨盯住他，那个人向右走过广场，消失在最近的巷子里，与此同时，弗里茨左边的屋角钻出来另一名男子，头戴帽子，衣领高竖。他不想躲躲藏藏。杜勒斯的人吗？想检查是不是还有其他人在监视他？弗里茨摁灭香烟。普里斯特说什么来着？总有一支他会察觉的团队和另一支他发现不了的团队？一辆黑色大轿车从劳彭路驶上广场，后窗被摇了下来。魏兰注视着弗里茨，和他一块儿去火车站的两人随后钻出车来。他们在石板路上走向不同的方向，四下张望，走进侧巷，又从别的巷子出来，坐进汽车，驱车离去。

弗里茨趁着黑暗离开酒店，往北走向阿勒河方向。河水哗哗，水势比夏天还大。弗里茨沿河岸一直走到议院的高度，拐进市中心，一次次停下来左右环顾。有时他改变方向，缩身一个门洞里几分钟。男士巷灯光昏暗,黄色,多荫。他拐弯走向秘密战略情报局总部的后门,在园门外站了几分钟,直到确定没人在监视他后才走进去。

普里斯特站在门后。

杜勒斯和格蕾塔·斯通坐在杜勒斯的办公室里,壁炉里跳跃着低矮的火苗,蓝里泛红,纸张的灰烬像影子一样铺在炉底。杜勒斯像上回一样身穿灰色西服,抽着烟斗。格蕾塔·斯通的胸衣颜色有如新雪,这女人显得无比自信。弗里茨一声不吭,直接从口袋里掏出狼穴地图,展开,放到杜勒斯面前的办公桌上。

"这是希特勒总部。狼穴。你们轰炸吧,杜勒斯先生。你们杀死他吧。请您快打电话。"弗里茨将坐标记在一张纸上,从桌面推过去。

杜勒斯抬头望向格蕾塔·斯通,斯通望着图纸。普里斯特走到办公桌后,俯身弗里茨画有曲线和箭头、标注有名字的纸上。

"柏林真诚地问候您。"弗里茨说道。他感觉良好。

"这事麻烦,伍德先生。"杜勒斯说。

"在华盛顿,仅有极其、极其少的人知道您。您的情报,伍德先生,被归为绝密级别——比秘密还秘密。"格蕾塔·斯通说,"这已经不简单了。"

他们将他围在中间。他十分清楚,他们团结,聪明,他们之间会不会也存在不信任呢?

“你们让人轰炸了 V2 工程，轰炸成功了。你们也同样准确地击中了梅塞施密特厂。通过我的情报。”

“您从哪里知道轰炸成功的呢？”普里斯特问道。

“直接从部里。”

“这不可能。”普里斯特说道。

“您听着，反正你们向德国投下了成吨成吨的炸弹。为什么现在不投向那里呢？”他用食指点着地图，“我在那儿见过这头猪。该死的，你们快干掉他吧。”

杜勒斯搓着髭须，格蕾塔·斯通给大家倒上威士忌。

“怎么才能说服您相信我的正直呢？”弗里茨问道。

“您这样的人偏偏想说服我们相信您的正直，这是荒谬的，您不觉得吗？”普里斯特问道。

“你个混蛋。”

“小心点。”普里斯特说道。

“说谁呢？一个坐在伯尔尼的美国人，想攻击我？普里斯特先生，一旦被抓，我就死定了。你们在这里要是暴露了，还可以回美国去。您想怎样？”

杜勒斯一只手抓住普里斯特的前臂。

“请先干掉这杯威士忌吧。”格蕾塔·斯通说。弗里茨设想的可不是这样。他一口喝下威士忌，将杯子举向格蕾塔·斯通。她笑起来，耸耸肩，重新给他倒上。

“我想要把手枪。”弗里茨说道。

“干吗用?”普里斯特问。

“威廉。”杜勒斯平静地说道。普里斯特离开办公室,旋即又返了回来。他将一把短膛左轮手枪放到办公桌上,再放上三盒灰色包装的子弹。

“您知道怎么使用枪吗,伍德先生?”

“您不用担心,普里斯特先生。”弗里茨说道,“战前几年我与瓦尔特 ·布劳恩魏因一道狩过猎。我开枪打死过一头牛和一只狮子。”讲假故事多容易啊,如今他能讲得多流利啊。有那么几秒他自己都相信了他刚刚讲的话。他闻到野兽头颅里弹孔的气味。

“一只狮子,肯定是了。”普里斯特说道。

“好了好了,绅士们。”杜勒斯说,“伍德先生,您还有什么要交给我们的吗?”

弗里茨从内袋里掏出材料。

“柏林的工业小镇。一个名叫艾希曼[1]的人继续杀害更多犹太人的计划。还有这个,都柏林附近的一个秘密电台。日本人对太平洋美军舰队的分析。”

“有意思。”杜勒斯说道,“华盛顿问您能否提供更多有关太平

---

1 阿道夫·艾希曼(Adolf Eichmann,1906—1962),纳粹德国的高官,犹太人大屠杀中“最终方案”的主要负责人。战争结束时艾希曼逃去阿根廷,后被以色列情报部门抓捕,并秘密运回以色列。1962 年被处以绞刑。政治学家汉娜·阿伦特曾以艾希曼在耶路撒冷的受审创作出著名的《艾希曼在耶路撒冷》。

洋地区的情报。”

“我以为他们不相信我。”

杜勒斯微微一笑，给烟斗装烟丝。“相信。不相信。英国的军情六处在珍珠港之前将一队人偷运往美国，去散布假情报。要让美国更快地加入战争。一个针对合作伙伴的盟友——就是这么回事，伍德先生。这是出卖吗？这是欺骗，还是正直的一种形式呢？”

“这些事很复杂。”格蕾塔·斯通说。

他们对弗里茨偷运来伯尔尼的材料核实了差不多两小时。普里斯特和斯通做笔记，不时有一位离开办公室去打电话。他们讨论弗里茨上回情报的成果，受到威胁的无线电密码，安卡拉的间谍。

“那个人怎么样了？”弗里茨问道。

“我们让人干掉他了。”普里斯特说，头埋在地图上，没有抬起来。

“怎么干掉的？”弗里茨问道。

“不清楚。”普里斯特说道。

“如果我想将某人弄出柏林，那个人能在这里找到藏身地吗？”

“不能。”普里斯特说。

“我们没有资源做这事，伍德先生。眼下没有。”杜勒斯说，

“您在部里形势如何？”

弗里茨讲了哈弗曼的被捕和审讯。

“如果受到讯问，”杜勒斯说，“您就直视审讯者的眼睛，或望向地面。但不要左顾右盼。不要望旁边。那是逃避。直视眼睛是进攻性的，能唤起信任，下望可能意味着镇静。但切勿看两边。”

“柏林情况怎么样？”格蕾塔·斯通问道。弗里茨看到那个烟灰色男人抱着他死去的女儿向他走来。耶什卡，这是我女儿。

“空袭挫败民众意志吗？”普里斯特问。

“人们厌倦了。他们都不想再要这一切了。但德国人距离一场反对政权的群众起义还很远。他们有别的烦恼，截然不同的。必须由外部来消灭希特勒，通过军事打击。”

“如果您距离希特勒够近的话，您会开枪打死他吗？”普里斯特问。

“不会。”

“为什么不会，伍德先生？”

“因为开枪后我也会死去。”

“还没到那地步吧，嗯？”

“那您开枪打死他吧，普里斯特先生。”

弗里茨和普里斯特对视一眼。弗里茨的干脆回答（令他自己吃惊，让他开心）给对方留下了印象。普里斯特点点头。

“你们别玩这小男孩游戏了。”格蕾塔·斯通说道，“我现在去煮咖啡，弄点巧克力。伍德先生，您咖啡里加奶和糖的，对吗？”没等弗里茨回答，杜勒斯就用一个头部动作让普里斯特和格蕾塔·斯通出去了。

“还是相同的问题，伍德先生。”杜勒斯说道，“您的情报十分重要，十分机密，引起了几乎荒诞的怀疑。我设法只让一个极小的圈子接触您的事情。罗斯福总统知道您。”

“总统？”

“他持怀疑态度——不像威廉这样，但表示怀疑。另外，军情六处总在中间向我们发送无线电信号，总有什么事不对头。伍尔德里奇，您还记得吗？英国人在这里的头目，您首次来访时他打过电话，为他的手下放走您暴跳如雷。好吧，伍尔德里奇是名职业间谍，一个经验丰富、谨小慎微的人。几个月来我们偶尔碰碰头，他认为，有一名双面间谍渗透进了伦敦站。不是德国人，他估计是个为俄国服务的。他估计，此人如果真的存在，会想得到您——为了布尔什维克。这场战争德国输定了，伍德先生。希特勒被打败了——可之后呢？一个您这样的信息来源？很尴尬。您必须明白，在最高层流传着有关您的谣言。这样不好。万一哪里有个漏洞，不，绝对不行。伍德先生，关于德国在伦敦甚至华盛顿的谍报人员，您知道什么吗？一点点也行。”

“一点也不知道。”

“根据我们对希特勒的心理分析,我们推断他是不会考虑投降的。这事您怎么看,伍德先生?”

“请您轰炸狼穴,杜勒斯先生。”

杜勒斯身体往后靠回去,望着拉起的窗帘。“您很想带出柏林的那个人——是谁呀?”

“她叫玛琳。”

杜勒斯微微一笑,扬起灰浆色的眉毛。玛琳——这名字竟能将战争和不信任挤走几秒钟。玛琳——要是她在这里多好啊,无论是多么糟糕的情形,只要她在这儿,在伯尔尼,在这清新空气里,在没有炸弹的天空下。还有他的卡特琳。弗里茨强抑下眼里的渴望和迫切。

“一定有什么办法将这女子接出那里。”

“别性急,伍德先生。”

“我从未要求过什么。”

“耐心。别性急。要隐蔽好。”

“领事馆的魏兰在监视我。”

“那里的薄弱环节是冯·吕佐夫。反正我们估计魏兰更危险。伍德先生,您要小心。”

他慢慢才明白杜勒斯讲的话:美国总统知道他,也许有一位英国的双面间谍,有关乔治·伍德的谣言在铺有地毯的白宫走廊和伦敦的白厅里悄然流传。

“这条渠道不可以断流。”杜勒斯说，“我们另建了一个掩护地址。一位埃莉诺·费夫利，布吕肯路，伯尔尼马齐利。您在这里认识了她，偶尔给她写封信。明天夜里会给您密码，字母和数字密码，隐形墨水和其他技巧。”

“我不能通过邮件提供太多信息。”弗里茨说道。

“关于俄国人您能告诉我们什么？”

弗里茨推开那些材料。“国防军在东线大规模犯罪。这里是一个名叫莱因哈德·盖伦的人的一些指示。”

“东线外军处？”杜勒斯问道。

“我认识盖伦本人。”

“您对他怎么评价？”

“冷酷。聪明。做事投入。”

“纳粹？”

“彻头彻尾。”

“他已经是将军了，对吗？”

“您怎么对盖伦这么感兴趣？”

杜勒斯打手势拒绝回答，吸起烟斗，当发觉烟斗已熄时，他一脸茫然，放下了。

“今天还有一个问题——我在想，问完我们都得睡觉了。您听说过德国人的阿尔卑斯山堡垒吗？很深的地下掩体，供应渠道，无线电设施？奥地利和瑞士阿尔卑斯山里一个几乎自给自足的系统？”

“没有。从没听说过。你们在西南非洲有人吗？因为我女儿……”

“这个领域不归我负责，伍德先生。请您时刻保持警惕。我们明天晚上九点见，同意吗？”

弗里茨将手枪插进上装口袋，将子弹盒插进大衣的大口袋。

“您轰炸吧，”弗里茨说道，“您杀死他吧。”

另一间办公室里，格蕾塔·斯通和普里斯特正俯身在弗里茨的材料上，他们吸着烟，空气污浊，散发出咖啡味。

“好材料，伍德先生。”格蕾塔·斯通说道，起来向他告别。“您的咖啡凉了。”她说。普里斯特也站起来，左手里拿着弗里茨的一张纸。

“书法不是您的强项，对吧？”

“您这样的人肯定能适应。”

普里斯特又咄咄逼人地盯着他，他本可以这么做，但这回显得若有所思，心头有所触动。但他没有说出来，弗里茨也不觉得奇怪。

黑洞洞的夜晚，没有星星，墙壁冷冷的。他听到他的脚步敲打着路面石。华盛顿此刻一定要比这里早六七个小时，暮色苍苍，他寻思此时此刻是否有人在将一份乔治·伍德的绝密级文件呈送美国总统。疯了。他周围的世界越来越大,但他不再渺小了。他知道,不久,美国的 B17 轰炸机或英国的兰开斯特式轰炸机将会向狼穴抛下数吨重的炸弹。他们,纳粹们,将奔跑,喳喳叫,将会死去,永远从地球上消失。他的第一桩使命已经旗开得胜,现在它将会被戴上轰响和爆炸的王冠。希特勒的王国将会内爆,被一个巨大、吞吸的火山口吞没,一个新德国将会诞生,一个善良的德国。那他弗里茨·科尔贝呢?他将在外交部得到一个好职位,他将帮助重新恢复外交关系,他将接来卡特琳,娶回玛琳·维泽,永远不再没有她们陪伴单独用早餐。我的天,他在布本贝格广场一盏路灯的黄色灯光下想,没有战争的柏林,天空不再为轰炸机轰隆隆的、金属的地狱游戏所独有,废墟的溃疡性颌骨里重新钻出漂亮的房屋,街道上重新人头攒动,车流不息,再也没有印着黑色卐字的红旗。他从未跟玛琳在一条完好的街道上散过步,他只认识废墟和臭味里的玛琳。他想,他是在做正确的事情。他按响夜班门卫的门,请他美美地喝上一大杯威士忌。

第二天上午,他在领事馆里坐了一小时,与几名官员讨论瑞士更严的关税规定。然后魏兰让他出来了。

威尔拉丁路两侧建有别墅和灰暗的庭前花园,他从这里走向基尔兴费尔德桥。灰色和褐色的云团间透出一条条蓝色,桥下的河流黑黑的,在东方,阳光像一群杂乱的小鸟在水面起舞。弗里茨在主教堂巷从一位屠夫那里买了一条边缘有浅白色脂肪的深红色火腿，让他用三层纸包好，并确保火腿经过了认真熏烤，可以长久保存。柏林很早就没有这种东西了。屠夫的头发细致地分梳向两侧，身穿蓝衬衫，打着领带，外面围着条沾有血渍的白围裙。多么荒谬的一个人啊，典型的德国人，弗里茨想道。他眼前清晰地看到，玛琳从这块火腿上切下很厚的一片，放进一只白盘子——在柏林废墟里他黑暗的住处。他会将他的那片切成小块，将其中一块拿来“喂”玛琳俏丽的鼻尖。为什么幸福的时刻总是如此短暂呢？

在官署巷一家暖和的小饭馆，他吃了条新鲜鳟鱼配土豆，中间撒有绿色香菜。灰云急急地飘向蓝天。他想在雨前回到酒店，为那条鱼向服务员道了谢，匆匆出门走进了潮湿的风里。当他快走到路面油腻的布本贝格广场时，一辆黑色轿车紧挨着他停下来，车漆因为潮湿而亮晶晶的。两名男子钻下车来，越来越高大，拽着胳膊将他拖进了车里，一个劲儿地劝说他。他们的英语里夹着浓重的口音。弗里茨试图挣脱开来，可那些人将他的双手紧按在座位上，为他戴上一只粗糙的眼罩，他的周围顿时一片黑暗。他听到士兵在踩油门，感觉到汽车在城市奔驰。

就这样了。完了。死神。

“您别担心，科尔贝先生。我们不会伤害您。”他右侧的声音说道。他感觉到那些人的大腿贴着他的腿。整个绑架过程进行得那么迅捷，他直到现在才明白发生了什么事。他在淌汗。车内黑乎乎的，他感觉到两侧的生命，呼吸，敌意。

“你们是谁？”他尖声叫道，轻咳一声，重问了一遍。

“朋友，科尔贝先生，是朋友。”弗里茨深呼吸，想消除干呕感。雨滴“噼里啪啦”，重重地打在车顶上，有一回汽车驶过了一个坑洼。他们不在伯尔尼了，他们一定是在一条公路上。弗里茨的手枪放在酒店的一个抽屉里，他腿上搁着火腿。天哪，他们要他干什么？他现在不能露声色，他不能让对方觉察任何东西。尽管如此，恐惧还是太强烈了。他必须出去一下。撒尿？天哪，是的。没问题，能好好撒尿，是很美的事。

汽车停下。弗里茨感到头旁有一只手，然后眼罩被摘掉了。他看到一张粗糙、微笑的脸。那个人黑发，胡子没刮干净。另一位较矮，友好地指着门。逶迤的道路两侧是滴着水珠的茂密森林，散发出湿木和沃土的气息。

弗里茨将包裹着的火腿递给那个人，问他能不能帮忙拿会儿。那个人拿在手里掂了掂，欣赏地扬了扬眉。

弗里茨走离汽车几米，找到一棵树。逃跑？大步逃进地面松软的覆盆子色森林？这没有意义。他回望大路，看有没有别的车跟着，但潮湿、灰蒙蒙的道路上空荡荡的。他将外貌和口音联系起来，得出结论，这些人是东欧人。俄国人。

他重新上车，看到两只手举着一块黑布，四周又黑洞洞了。数分钟后车子拐离公路，显然是驶上了一条林中小道，轮胎下的地面更软了。他右侧的那个人说，现在他可以摘下蒙眼布了。他们站在一间低矮、滴着水的猎屋前。一人持枪在门外走来走去。弗里茨被带进猎屋。壁炉里燃着一堆火。房间中央的一张木桌旁坐着位男子，身穿结实的褐色西服。他望向弗里茨，向他伸出手来。

“科尔贝先生，幸会幸会。”他口音控制得更好，一口标准的英语。

“您请坐。来杯饮料?”那个人拿起一只陶制酒瓶，倒了满满两杯。

“为希特勒的灭亡干杯。”弗里茨将火腿放到桌上。

车里钻出来的两人站到壁炉旁烘手，注视着他。

“科尔贝先生，您在柏林的外交部工作。”

他现在该说什么好呢? 他必须做点什么，说点什么。他感觉体内有个大洞，恐惧不停地往里面流淌。他盯着低矮的火苗，他想喝酒，但知道他的双手会颤抖。

“好了，我想，像我们这样成熟的男人，实干的男人，可以少耍点把戏，对不对?”俄国人说道。

“您是谁?”弗里茨的声音在哆嗦。

“哎呀，我来自远方。”

“太好了。”他的声音镇定些了。他是怎么做到的？他现在怎么能够这样果断的？在纳粹德国，他不得不一直伪装自己，不得不一直假装是另一个人，而不是他自己。他可不想在偷运文件期间还让人压迫自己。他不想。他在桌肚下压紧大腿，坚守这份意愿。

“您允许我开门见山谈正事吗，科尔贝先生？”

“您可以想做什么就做什么。顺便说一下，我也是。”

“关于盖伦将军您知道什么？莱因哈德·盖伦将军？”

“不认识。”

“嗯，您瞧，科尔贝先生，如果……”

一阵“哗啦啦”的冷风，门被撞开了。是普里斯特和格蕾塔·斯通，两人都双手握枪，腰身挺直，眼睛明亮，信心十足。“先生们。”格蕾塔·斯通说道。壁炉旁的男人手伸向口袋里，可普里斯特警告他们，千万别尝试。弗里茨将眼睛闭了一会儿。他获救了。他感觉无比轻松，肚子里潜伏着一声笑。他听到外面的潇潇雨声和流水的激溅声，颈背冷飕飕的。然后有人关上门，周围安静下来。艾伦·杜勒斯在桌旁坐下，将烟斗放到身前。

“姆斯基先生。”

“姆索克斯基，杜勒斯先生，姆索克斯基。”穿褐色西装的人说道。弗里茨肯定杜勒斯知道那个人的正确名字。杜勒斯请求原谅，装起烟斗来。“这是什么？”他问道。

“火腿。”弗里茨说。

“啊，好。那么，姆索克斯基先生，您要他做什么？”

“聊天，杜勒斯先生。站在同一边的男人之间好好聊聊。”

“这是哪一边呢？”

姆索克斯基凝视着杜勒斯，一声不吭。弗里茨心里在想斯通、普里斯特和杜勒斯是如何找到他的，俄国人的司机和哨兵怎么样了。普里斯特解除了壁炉旁两人的武装，命令他们坐到角落里的两张小矮凳上。格蕾塔·斯通往火里添加木块，望着弗里茨，挤了挤左眼。

“姆索克斯基先生，您从哪儿知道他的？”杜勒斯问。

“这是一只小鸟儿唱给我听的。”

“这些小动物今天能做的事真多，真让人惊叹。您说……”杜勒斯将一根火柴举在烟斗头上方，大吸一口，直到嘴里冒出一缕粗烟。它与他的髭须有同样的颜色。“您说说，这只小鸟儿有可能是坐在伦敦白厅里吗？”

“小鸟儿好多的，杜勒斯先生。”

“伦敦是座美丽的城市。您去过那儿吗，姆索克斯基先生？”

“因为工作。我很熟悉伦敦。”

“英国人可不爱听这话。”

“今天我们是盟友。那是很久以前的事了，杜勒斯先生。”

“我们要是有空聊聊旧时光，该多好啊。可是，我想，现在我们必须澄清此事。那好吧。我派人去找窦尔曼了。您上司知道这次行动吗，姆索克斯基？还是您想邀功？”

“您肯定也想飞黄腾达吧，杜勒斯先生。您视伯尔尼为您个人的跳板，这不是秘密。不计损失。华盛顿还是要大一号的，不是吗？”

格蕾塔·斯通看着普里斯特，杜勒斯看着格蕾塔·斯通，普里斯特盯着矮凳上的两人，但他睃了杜勒斯一眼。这种目光弗里茨总是会察觉。可是，他们在说什么？

“您认为，”杜勒斯问姆索克斯基道，“光天化日下在市中心搞这种行动有助于飞黄腾达吗？我可不这么认为。非常外行。”姆索克斯基脸上头回掠过愠怒，但他克制着自己。矮凳上的两人有一位想说什么。“闭嘴。”格蕾塔·斯通说道。那个人沉默未语。弗里茨从没见过格蕾塔·斯通这样的女人。她站在那里，像是在美国某处的家里，正在给自己煮一杯咖啡，同时很偶然地持着一把手枪。

普里斯特拉过椅子，在弗里茨身旁坐下来。手枪依然瞄准着矮凳上的两人。“没事吧？”他低声问道，弗里茨吃惊地听出来，他是真在担忧。谍报人员间的荒谬对话让弗里茨紧张兴奋，他粗俗地轻声说，乘车去野外始终很有趣。普里斯特笑了，将一只手搁到他肩头。门又被推开了。一个高大苍白的男人走进来，默默地与杜勒斯握了握手。他低头看着弗里茨，然后鼻孔里发出刺耳的吸气声。

“这是我的。”弗里茨说，报出了屠夫的地址。普里斯特咯咯笑着，弗里茨从没听见这小伙子这么笑过。杜勒斯与苍白的那个人一道离开小屋，站到了碎裂的屋檐下。弗里茨听到他俩在激烈交谈，但听不懂他们讲什么。姆索克斯基变安静了，端详着自己的手指甲。数分钟后杜勒斯和高个子返回小屋。杜勒斯用一个头部动作示意普里斯特、斯通和弗里茨去外面。弗里茨拿起桌上的火腿。“再见。”他说道。格蕾塔・斯通和普里斯特笑起来。“那句话怎么说来着？”普里斯特问道，“礼多人不怪？”

弗里茨和其他人一起钻进一辆法国造黑色大轿车。不见俄国人的哨兵和司机。

“别担心，伍德先生，他们还活着。”普里斯特说道。弗里茨坐在他和格蕾塔・斯通之间，杜勒斯坐在前面，坐在头戴鸭舌帽的司机身旁。

“我想，他们不会再麻烦他了。”杜勒斯说道。

弗里茨感觉格蕾塔・斯通的手搁在他的手上，紧紧地握着。

“你是我的弗里茨，”她低语道，“是我一个人的。”

“如果俄国人接近柏林，”杜勒斯说道，“如果最后一幕的帷幕掀开了——那我们就得小心了。可是，好吧，事情还没到这一步。”

“他们怎么知道我的呢？”

“窦尔曼是个危险分子——但上路子。我想，姆索克斯基是自作主张行动的。真的，伍德先生，您别担心。还没人想揭露您的身份。”杜勒斯说道。

“除了德国人。”格蕾塔·斯通说。

“在这里‘别担心’是什么意思？见鬼，俄国人是怎么知道我的？该死的！”

“我们会查明的。”普里斯特说道。

“伍德先生，姆索克斯基问您什么了？”杜勒斯问道。

“我们可不可以先谈谈我的处境？”

“他问什么了？”艾伦·杜勒斯一动不动地坐在那里，弗里茨的所有异议似乎都从他斑白的后脑旁滑走了。

“问什么了，伍德先生？这很重要。”

“我也很重要。”

“问什么了？”

“没有我这一切都不会发生。”

“问什么了？”

“问盖伦将军。”

“原来他们也是。”杜勒斯呢喃道。

“什么呀？”弗里茨问道。无人回答，无论是杜勒斯还是普里斯特和格蕾塔·斯通，听到他的问题后都望向了窗外。“明白了。”他说道，饱吸一口火腿的香味，“这是我的。是我一个人的，斯通小姐。”格蕾塔·斯通向他转过脸来，咧嘴笑笑。“是我和玛琳的。”拐了一个弯后就可以见到伯尔尼城墙了，司机将车停在路边，让弗里茨下车。格蕾塔·斯通给了他一把伞。然后车子开动，轮胎下溅起混浊的细水珠。车子加速，下一个拐弯后消失在细雨中。弗里茨向城市走去，身旁的路边有条汩汩流淌的小溪，双脚湿透了。他的伪装有漏洞，他脸皮薄。他在柏林越来越受怀疑，现在，首次行动后在伯尔尼的一丝安全感也消散了。他越来越明白，杜勒斯及其部下远远没有将他必须知道的一切全部告诉他。在姆索克斯基口头攻击杜勒斯之后，斯通和普里斯特的反应怎么会那么奇怪？格蕾塔·斯通在车里怎么会表现出那几乎无法想象的亲昵，说他是她一个人的？杜勒斯对伦敦的暗示一定与俄国人嘟囔的可能存在的双面间谍有关——如果真像普里斯特曾经说过的那样，希特勒被消灭后战争会不可阻挡地继续下去，他就夹在西方列强和俄国人两阵之间了。弗里茨咒骂了句。他不想做这个荒唐系统里的小齿轮，不想成为谁的玩物。他想要希特勒死。他想与玛琳和卡特琳一起幸福生活。

他听到身后有辆汽车，是俄国人的车。它缓缓驶过他身旁，窦尔曼透过模糊的挡风玻璃盯着他，姆索克斯基苍白的脸向他转过来，拿食指威胁他。

“别烦我。”弗里茨说。汽车加快速度。弗里茨用鞋尖拨松路边的一块石子，砸向远去的汽车。石头“吧嗒”落在路面，弹跳两下，然后滚进了排水沟。汽车消失在雨天湿滑的城市里。

他回到酒店后精疲力竭，一头扑倒在富有弹性的软床上。他拥抱枕头，好像那是玛琳似的。你这一刻在做什么呢？想我吧，玛琳，想我吧，就像我想你一样——那样我们必然会有办法逃脱死亡和毁灭。

格蕾塔·斯通身穿浅褐色紧身卷筒领羊毛衫，坐在杜勒斯的办公桌旁。杜勒斯和普里斯特不在，弗里茨询问两位先生去哪儿了，没有得到回答。格蕾塔·斯通向他介绍如何用尿或橙汁做隐形墨水，解释如何判断是否受到跟踪，而不让跟踪者觉察，如何钻进人群。“您认为自己是个不引人注目的人，伍德先生，是不是？很容易不引人注目？”

“是的，绝对不引人注目。”

她向他侧过身来，将指尖搁在唇上。

“伍德先生，恐怕您想错了。您根本不是不引人注目。”

弗里茨不知道该说什么好。他问格蕾塔·斯通用的什么香水。

“好吧好吧，”她说道，“现在再教你几条通信渠道。”格蕾塔·斯通教给他简单得惊人的密码。这些密码，如果没有内线，对手是破译不了的。她笑笑。

“就像聪明的古罗马人。”她说道，“他们将一位伙伴剃成光头，将秘密情报写在他的头皮上。然后让那男孩休息，休息较长时间，直到他的头发重新长出来。我们的信使鬈发飘飘地赶去收信人那里。他重新剃去男孩的鬈发，马上就能读到信息。天才吧，对不对？”

“我喜欢简单。”

“不过，在我们这一行很难坚持到底。无论如何，您现在将这一切全记住了吧，伍德先生？”

“是的。”

格蕾塔·斯通高高扬起左眉。“华盛顿的气候也和这里一样糟糕。”她说道，“您无法想象，太阳照耀着国会大厦或白宫时是什么样子。我们的美国国旗在屋顶上飘扬。这个国家，有点不同寻常。”

“您得看看柏林。战争之前的。”弗里茨说道。

“空袭时到底是什么样的？我们美国人永远不会经历这种事。绝对不会。”

“过后那些怀抱着亲生女儿尸体的男人向您走来。您有孩子吗，斯通小姐？”

“我看上去像有吗？”

“有男人？杜勒斯喜欢您。”

“艾伦？好吧，我不知道。您关心这种事？”

“一直关心。我相信，善良的魏兰先生喜欢被冯·吕佐夫的妻子掐。”

格蕾塔·斯通哈哈大笑，嘴巴张得很开，像个女歌唱家似的。她的牙齿洁白如雪。“一个情欲的奴隶？也不赖。”她凝视着弗里茨，后者耸耸肩。

“顺便问一下，战争结束后，这些人会做什么？戈培尔，戈林，希姆莱？希特勒大叔？”

“他们会想办法逃走或换个身份。或者自尽。谁也不会支持他曾经做过的事情。是个人又怎么可能支持呢？”他望向黑暗的窗外。“问题在于：我如何对待我正在做的事情？”

“噢，很好。您了解这位火箭设计师冯·布劳恩[1]的什么情况吗？”

“我对此人一无所知。反正知道得不多。”

“华盛顿想得到更多太平洋地区的情报。”

“我又不能老是随意挑选。”

格蕾塔·斯通将铅笔放到一封文件上，盯着他。

“我理解您，伍德先生。真的。可华盛顿有那么几个人，他们不相信这整件事情。仍然不相信。”

1　韦恩赫尔·冯·布劳恩（Wernher von Braun，1912—1977），“二战”期间德国著名的火箭专家，于1955年加入美国国籍，继续从事火箭、导弹和航天研究。1969年，他领导研制的“土星”5号运载火箭将第一艘载人登月飞船“阿波罗11号”送上了月球。冯·布劳恩享有“现代航天之父”的美称。

“解释此事，是您的事情。不是我的。请您给我讲个理性的不信任的理由吧，斯通小姐。我在这里拿我的生命冒险。如果我想暴露伯尔尼的战略情报局，那早就暴露了。我也没向你们中的谁打听过情报，一次也没有。这一切是怎么回事？”

“嗯，就是这么回事。行不行？”

“不行。”

“情报机构的最高层，伍德先生，这有点像荒诞剧。没有明确的界限。情报机构，这是一个社会或一种政治秩序的潜意识。”

格蕾塔·斯通为自己点支烟，将小烟盒推给弗里茨。他向她要火，他们的手发生了接触。

“您变了。”

“我从柏林来，斯通小姐。战争中的柏林。这会改变每一个人的。我要回报。”

“威廉还是说对了？”

“她叫玛琳。”

“和黛德丽[1]同名？她长得漂亮吗？”

“您得帮我将她弄出柏林。”

“我看看有什么办法。可是，伍德先生，您知道的，您只能完

---

1 玛琳·黛德丽(Marlene Dietrich，1901—1992)，德裔美国演员兼歌手，20世纪30年代因出演电影《蓝天使》而闻名，1999年被美国电影学会选为“百年来最伟大的女演员”之一，排第九位。

全靠自己。如果事情到了那一步，您只有想办法向西去，向南也行。千万别去东方。”

“我会想办法弄到更多有关太平洋的信息。”他说道，望向罗斯福的肖像，“这男人怎么样？”

“有些人在战争中成长。他就是这么个人。你们也是这么回事。我听说您崇拜肥胖的丘吉尔先生？现在我倒要问问您，没有希特勒，丘吉尔会是什么？没有希特勒，您会是什么？”

“您是在开玩笑吧！”

“您是个绝密级间谍。不管您是否幸存下来，您都会被写进历史。没有希特勒，您就是个小小的德国官员。”

格蕾塔·斯通的这番胡说是当真的。弗里茨忍不住笑了，他们都疯了，格蕾塔·斯通疯了。他是否会幸存下来？老天。

“小小的官员可以待在他女儿身边。他可以与玛琳散步穿过美丽的柏林，在动物园喝杯啤酒，在菩提树下的大街上闲逛，衣着得体，牵着妻子的手。看书。听音乐。我鄙视您的历史教科书，斯通小姐。我鄙视希特勒，即使没有他，我什么也不是。”

“哎呀，伍德先生，一个不想做英雄的男人？不存在。是你们才让这一切成为可能。”

“不是我，斯通小姐。”

格蕾塔·斯通摁熄香烟，对她的意见信心十足。弗里茨清楚地认识到，她感觉自己是正确的，不容动摇。部里许多男性都是类似的态度。

“我在做正确的事情,斯通小姐。您怎么样呢?”

“我是美国人。”

弗里茨笑了。格蕾塔·斯通皱起眉,似乎不理解他,或者不同意他说的话。

“我很想再向杜勒斯先生和普里斯特先生告别一下。”

“不行了。”

“两位绅士哪儿去了?”

“不在这儿。”

他们道别。格蕾塔·斯通说,他该好好照顾自己,在柏林要缩起脑袋做人。

“行必有果,伍德先生。如果您接着干下去——我十分希望这样——您就得做那些您不愿拿世上的任何东西交换的决定。”

“您为什么对我讲这个?”

“这是我的职业。但是,伍德先生,还有一点:背叛者所能做的最聪明的事情,就是让世界相信他从未存在过。事后也是,伍德先生,事后很久。”

“某个时候总得说出来。”

“请您别这样做!也因为……她叫什么?”

“玛琳。”

“也因为玛琳。千万不要。”

"您知道我被迫赞同了多少荒诞的胡扯吗?"

"我不知道。我也不感兴趣。"她将双手抬到额前,又让它们在两侧落下。"至少这两点,"她说道,"如果您做不到,那可就糟糕了。"

她陪他走进另一间办公室,正要给他打开楼梯间的门,电话响了。她讲意大利语,额头紧锁。然后她拿一只手捂住听筒,看着弗里茨,望望门。这是不礼貌的,可这姿势在格蕾塔・斯通身上也显得妩媚,透出那种把握,相信人家不会怪罪她。他暗想她是不是在美国学过表演,点点头走了。

次日早晨,他被叫去冯・吕佐夫家和他一家人共用早餐。"您是个令人愉快的客人,科尔贝先生。"冯・吕佐夫说道。魏兰穿着制服。冯・吕佐夫的妻子谈起柏林的戏剧首演,海因里希・格奥尔格[1],格林德根斯[2],她多么遗憾不能待在那里。"可惜命运将我的丈夫驱使到了这里。可是,请您不要误会我的意思,科尔贝先生,这自有它的好处。"魏兰伸手拉拉他的领带结。冯・吕

1　海因里希・格奥尔格(Heinrich George,1893—1946),德国演员,希特勒上台后主演过许多宣传法西斯主义的影片。

2　古斯塔夫・格林德根斯(Gustaf Gründgens,1899—1963),德国舞台剧演员、导演,以在歌剧《浮士德》里扮演小恶魔角色著称。"二战"爆发后成为纳粹党的帮凶,拍摄过一系列宣传法西斯主义的影片。纳粹头目戈林曾公开表示格林德根斯是他最喜欢的演员。

佐夫注视着三个女儿，好像她们会瞬间消失、只给他留下思念似的。“战斗会越来越残酷，”魏兰说道，“最优秀的会经受住考验。我喜欢现在采取更有力的措施，某个时候所有人都将理解这一切。最后的完善。”冯·吕佐夫夫人将指尖放到脖子上。她戴的银链子大得出奇。“我丈夫的秘书，”她指着冯·吕佐夫，“已经理解了。”

“不能逃避这一英雄任务。”魏兰说道，“这是最强大的瓦格纳和尼伯龙根。我们将跋涉在敌人的血泊里，消灭劣等人群。”

“要是和平就好了。”弗里茨说。除了三个女孩，所有人都望着他。他感觉到了饭厅里的紧张气氛，只因为他说出了“和平”这个词。

“嗯。”冯·吕佐夫说道。

“在那之前，”魏兰打断道，“科尔贝先生，我们还有得忙的。您此时此刻竟然会想到和平，这让我很奇怪。这是一场神圣的战斗。”

“既可怕又奇妙。”冯·吕佐夫夫人说道。

“没错。”魏兰说。

冯·吕佐夫转动手里的一只红果酱杯子，盯着它，仿佛那里面有什么在动似的。这人此刻唯一拥有的就是一杯果酱，果酱厚的地方洁白如雪。

“这果酱，夫人，非常棒。”弗里茨说道。

“您想带一杯回柏林吗，科尔贝先生？”

“我的女神会喜出望外的。”

“一个男人在数百公里外还想着他的女人，真是感人。她留在家里？在柏林？”

弗里茨拿手捂住嘴。没有玛琳他将变成什么样，此事与这些人无关。他不该提她的。这是对他内心的偷袭。

“这个女人是谁？”魏兰问道。

“最好的女人。对我来说。”

“希特勒万岁。”冯·吕佐夫说道。

“希特勒万岁。”女孩们说。她们望着弗里茨，当然了，都是白皙的脸庞，明亮的眼睛。

十　秘密的代价

桌面上摊开着旧时柏林和伯尔尼的城市地图。光线照射在冯·里宾特洛甫、冯·京特、瓦尔特和凯特·布劳恩魏因的照片上。伯尔尼和柏林的明信片倚放在补缀过的地球仪上，粉末一样干燥、泛黄的纸上的讣告吞噬着阳光。

这么说来，俄国人真识破了您，韦格纳说道，就我所知，此事是如何发生的至今未明。

不明白的事情还有一些，弗里茨说道，恐怕会一直如此。

而善良的前将军盖伦正在成为贵国的一位大人物，韦格纳说道，俄国人和美国人当年就向您问起过他。

可这个火腿……弗里茨说道。

火腿？科尔贝先生，请您别提了。

您总在想，关乎大事件。可从来都与大事件无关，总是事后才被联想到一起。大事件由许多日常小事组成——由谎言组成。哎呀，我的天，你们清楚那个时代一块火腿有怎样的意义吗？在柏林？我给玛琳带了一块，在那里吃掉了。

盖伦，韦格纳说道。

弗里茨取出另一箱照片，拿出一张盖伦将军的肖像放到资料上。那个瘦削的人仰望着天花板。一名纳粹，弗里茨说道，首个德国情报机构的头目。

这一定让您发疯，薇罗妮卡·许格尔说道。

弗里茨点起一支烟。是的，他想道，是让我发疯。

您会习以为常的，他说道，望着薇罗妮卡·许格尔。她背对窗户坐着，阳光下头发金光闪闪，她用手指比画着一只相机。

也不对，弗里茨自我纠正道，不会习以为常。由于从未加入纳粹党，我招来了那么多麻烦——现在是不是党员，根本无所谓。这一切真是匪夷所思。

他举拳擂桌子，纸张颤动，一只杯子在杯托上叮当作响。

艾希曼，弗里茨说道，阿道夫·艾希曼，最高层的犹太人灭绝者之一。是我头一回向盟军提到这个名字的。我读了艾希曼致冯·京特的文件、向国防军的求援等很多东西。艾希曼成功地逃走了。我告诉你们，知道他藏身何处的人要比我们预感到的多。另外我想，这头猪过着优渥的生活，很有可能。我认为，这么一个人，如果没有帮手，怎么能够成功地潜藏并逃跑呢？他需要以假乱真的证件,他需要钱,他需要有人掩护、为他提供藏身地,等等,等等。是我,您懂吗?是我告诉了美国人此人是谁。

嗯,都是这样的,韦格纳说道,伸手拿笔。第二次伯尔尼之行后您返回了柏林。部里就没有一个人识破您吗?随着战争的发展,那里的形势一定是越来越严峻吧?怀疑、谎言和恐惧更多了,是吗?

那是地狱。沉默和伪装,诡计多端。糟透了。您持续多年违背自己的信仰这么做做看。这会要您的命。

第二次出差之后,韦格纳说道,以及之后发生的事,一定……

扎赫尔给您讲过吗?

弗里茨在一只照片盒里翻找,最后找出了朋友的一张肖像。他将那张脸放到桌上,那善良真诚的微笑,心满意足,欧根·扎赫尔生活中的那种洁净,遮住了盖伦将军照片的一角。弗里茨一直就有种预感:扎赫尔告诉韦格纳的要多过他该讲的。

"咔嚓。"薇罗妮卡·许格尔说道。

请您别这样做,拜托。

您的脸刚刚是那样真诚。

他得找扎赫尔谈谈。他陡然起身,走进浴室。他的镜像变形了。他又身在柏林,在战争之中了。希特勒万岁。镇定,保持镇定。事情过去了,过去了。他考虑结束与韦格纳和许格尔的谈话,找个借口,礼貌地将他俩逐出小屋。他不想无礼。扎赫尔当时是怎么想的？有没有可能，在这位朋友身上，弗里茨唯一从未真正重视过的就是这巨大的友善呢？那未遭伤害、安全无虞的人看待一个被伤害者的目光？前者的唯一愿望就是他本人不被伤害，在世上享有安全感。这些人心情愉快，总认为别人一定都像他们一样。中产阶级，最重视和谐。他们不能理解或不想理解，有些人的生活可不一样。他打开水龙头，双手拢成杯子状。他用冷水洗脸，摸了摸他的脸颊，下巴上的胡子。当玛琳抚摸他的脸，或卡特琳将一只手放到他脸上时，那是多么美妙啊。玛琳。玛—琳。

我怎么能够呢？

夏里特医院的通道里挤满伤员，有的躺在担架上，有的躺在地面，绷带滴着血，人比弗里茨上次来时多得多。有个男人整个头部都缠着绷带，像具木乃伊，吸着烟，低声嘟囔着。呻吟声在大楼里此起彼伏，与伤残身体的恶臭混杂在一起。弗里茨敲响玛琳办公室的门，火腿撑得公文包鼓鼓囊囊，他非常兴奋，非常高兴。

“请进。”

多沉默少讲话，他牢记住了这一句，这是多么幸运啊。每一句“亲亲”或“喂宝贝”，每一句“我想死你了”都将是错误的。瞬息之间他体内的一道门就关上了，他成了在其他所有人面前的样子，一个毕恭毕敬、衣着挺括、级别不太高的外交部官员。站在玛琳的椅子背后，双手搁在她肩上的那个男人，明显要比弗里茨高大得多。他身穿国防军制服，一缕头发在额前形成一个逗号。他笑望着弗里茨。弗里茨曾经担心什么时候会爆发一场冲突。他曾希望这个男人不讨人喜欢。

他不是不讨人喜欢。

“啊，科尔贝先生。”玛琳说道。

“维泽夫人，见到您真高兴。”

“请允许我介绍一下，我丈夫。格哈特。这是弗里茨·科尔贝，一位熟人。”

格哈特·维泽向弗里茨伸出手来。

“幸会。”弗里茨说道。

“幸会。这种年代，有熟人总是好事。”

“我是在外交部认识科尔贝先生的。我常去那里为教授办签证。我们偶尔聊几句。”

她多会采取攻势啊。她多会伪装啊。她望望他，眼神缩了回去。

“是的。”弗里茨说道，“我刚去瑞士出了趟差，冒昧地给尊夫人带了巧克力。但愿您不会反对。”

“给我的玛琳带的巧克力，哎呀呀。快拿出来吧。但您也给自己留点吧。”

是的，弗里茨说道，他给自己留点。他打开公文包，手经过火腿摸向巧克力，将它们递给玛琳。“噢，太好了。”玛琳说道。当她接礼物时，他们的手指碰到了一起。她右侧墙壁上倚放的义肢比平时多，一排金属腿，几个有膝关节，几个没有。

“整整一礼拜休假，”格哈特·维泽说道，“我的玛琳现在住在这儿。这女人，科尔贝先生，是位天使。是她丈夫的天使，是她工作的天使。”

弗里茨没说快滚吧。他轻咳一声。“您要是能将尊夫人弄出柏林就好了。”

“这不行。”玛琳说道。

“是啊，她就是这样。”格哈特·维泽说道，俯身她的头顶，亲吻她的头发。

看你还敢这么做。从这女人身上拿掉你该死的手指吧！“好吧。”弗里茨说道。

“您说什么来着？”

“哎呀呀，”弗里茨说道，“我的手表在命令我回去，还有一两件事要处理。维泽夫人，您慢慢品尝巧克力吧。维泽先生，认识您很高兴。”

他们告别。弗里茨关上门，正想喊叫，听到玛琳在身后叫他。她明天在签证科有个预约，十一点。

“兴许我们会偶遇。”弗里茨说。格哈特·维泽的手又放在了玛琳肩头，放在下面更深处，在她的乳房根部。

弗里茨感觉到了他上装口袋里左轮手枪的坚硬金属。他在淌汗，心脏痉挛，感觉不舒服。他穿过哀伤的城市返回被炸弹炸毁的威廉广场，在地铁入口打开他的自行车锁，骑车回家，蛇形绕过弹坑和废墟，绕过黑洞、烧焦轮胎的沥青渍，绕过那些烧成焦炭的树木，它们的残段碎裂开来，伸向灰暗的天空。大多数道路被炸得坑坑洼洼，快连自行车都骑不得了。

回到住处后他嗅闻床单。这儿有玛琳，她的身体，她的蓝眼睛，她清脆的笑声。我的天，一个男人离开了数月，现在又回到这么一个女人身边——将同她睡觉。他深爱的她的脸，将为另一个人呻吟。

停下！快停下！

他怒冲冲地将心爱的地球仪从桌面扫落到地上。地球仪摔碎了，五大洲四大洋飞走，圆的那一侧着地，在地面晃动。他不管那些彩色碎片，抓起他在部里偷拿的威士忌，仰起头，让酒顺着喉咙流下去。他打开人民电台，等候轰炸狼穴和阿道夫·希特勒之死的新闻。新闻没来。他摇晃收音机，想将那新闻逼出来。什么都没有。

弗里茨捡起世界的废墟，小心翼翼地捧在手心，放到一张纸上。泪水夺眶而出，他想控制住自己。扯淡的“希特勒万岁”，无休止的令人恶心的游戏——现在玛琳的丈夫又来柏林了。他一手紧握，抵住额头，连声咒骂。他想他快坚持不住了。这样不行。

次日早晨，他招呼也不打就走进办公室，“砰”地摔上门。冯·京特人在巴黎，冯·里宾特洛甫又躲回了他的宫殿。弗里茨盯着办公桌上的数十份卐字文件，推开它们，望向保险箱门前的阿尔高风景画。他设法不去想玛琳，单是这样尝试就等于在怒冲冲地想她了。

有人敲门。“什么事？”

门把手一动，一只白皙的手，手指修长，一身深蓝色套装，栗色头发。玛琳溜了进来。她用背和手抵住门，上身微微前倾，像是要跳跃似的。弗里茨读她的目光，他读到绝望、担忧。爱情？欺骗？

“锁上。”他说道。

玛琳没转身，摸到钥匙，转两圈，弗里茨听到门“咔嗒”一声锁住了。她摘下帽子，从头发里取下发卡。

他该说什么好呢？要说的话那么多。又什么话都没有。她会说什么？

她向他走过来。他将她推到办公桌上，从她肩上扯下外套。他撩起她的裙子，扯内裤，听到密密的线缝绷裂。他们的呼吸交融，他们贪婪地深吻，双手抠进对方的身体，好像他们在滑下一道山坡似的。文件滑到玛琳的屁股下面，她压在桌面上的肉将一个卐字压成了两半。你啊，他俩异口同声地说道。

事后，他趴在她的身上，她搂着他，衣服被汗水和爱的香味浸湿了。玛琳“哧哧”低笑，这种姿势让她的双腿发麻。弗里茨低头看他的裤子，大笑起来，裤子像个布做的8字，堆在他的双脚周围。

他们对视，双手紧握。

“现在别讲话，弗里茨。”

“行，”他说道，“行。”

玛琳打开门，回头望着他。

“我爱你。”她说道。这三个字——生命中最重要的三个字——她还从未说过。

“你肯定？”他问道。

“不。”她说。

“我也爱你。”他说。办公室的绿色墙壁衬得玛琳脸色苍白，头发更黑。

“我真喜欢看着你。”他说道。

“我丈夫在等。”

“老天。”

她的吻是一个谴责。

“你还好吗，玛琳？”

“不。你呢？”

“不。”

“可我们做到了。做到了。这很好。”

她离开后，他拿起一叠纳粹文件，压在脸上。它们有玛琳皮肤的气息，有她的湿气和一点点香水味。她说她只剩几滴了。为了他，她洒了香水。文件将它吸收了。

一名来自罗马的间谍汇报了梵蒂冈的情况。罗马教皇公开宣称，他希望国防军顶住俄国人的冲锋。另外，不能指望罗马教会方面反对继续驱逐罗马的犹太人。该死的教士，弗里茨想道。

华盛顿的一个人——代号威利——寄了一份有关罗斯福总统健康状况的报告。他预料会继续恶化，并同意元首的看法，一旦罗斯福死去，德国对手的联盟就会瓦解，“希特勒万岁”。

弗里茨读到一份列有温斯顿·丘吉尔居留地点的表格，将被转交普吕恩的一个指挥所，策划一场干掉首相的行动。然后他发现了那位夸夸其谈者的一封信，写的是“亲爱的冯·里宾特洛甫”，介绍了他们在东方享有哪些自由。“了不起！你真的不想过来吗？你待在你的部里，满身灰尘。来看看我们的工作吧。”

一张地图标注了匈牙利游击队的撤退地区。有人抱怨意大利的棘手形势，骂元首的朋友墨索里尼软弱。

弗里茨逐页研究 ME 262 喷气式飞机零部件供应的重新组织、轨道设施的维修、推迟生产，以及对几名贵族出身的知识分子国防军军官的怀疑。犹太民族。布尔什维主义。消灭。那个以“阁下”称呼冯·里宾特洛甫的恭顺的人毕恭毕敬地汇报了东京不甚明了的形势。

有对美国军备工业的分析,对要在西班牙抛锚的受损潜艇的秘密报告,有人向“亲爱的冯·京特”汇报了佛朗哥统治下的西班牙的间谍活动。

盖伦将军寄来的文件是写得最整洁的。他长篇大论地汇报了前线后方俄国游击队的战术、战略和活动。

弗里茨读文件越久,玛琳的气息消逝得就越多。他将一封抄有重要情报的信寄给伯尔尼那个掩护地址的费夫利夫人,将他的记录塞进口袋,将文件送去地下室。他亲眼看着那些纸张被火苗吞噬。玛琳的爱现在也会这样消逝吗?这是一个女人战时的冒险吗?她和其他所有人一样,都不知道明天是死是活。她的丈夫是地图绘制员,是土地测绘员。这些人被派去了哪里呢?他透过金属火炉上镂刻的孔张望,偶尔还有纸的一道边像根红线似的在冒火星。灰烬的气味。我有权力,弗里茨想。这也许是一个人能够遭遇到的最糟糕的事情。

弗里茨低垂着头,走进外交部地图绘制档案室。水泥屋顶上挂着铁皮灯,灯光呈粉末色。办公桌旁的那个人向他打招呼,说真高兴在这下面也能见到他一回。

“我能帮您什么忙吗,科尔贝?”

弗里茨双手撑在桌子上。

“是……”

“科尔贝先生?”

“哎呀,没事了。请您原谅。仅仅是一个想法而已。一个愚蠢的想法。”

回到家中,站在黑暗的房间里,他呼叫她的名字。它属于这里。玛—琳。弗里茨盯着厨房椅子——她总是坐在同一张椅子上——盯着她坐过的椅垫,上面留下了她身体的印痕。我的天,他想道,在她丈夫面前,她伪装得多么老练圆滑,多么像例行公事啊。你和我在做同样的事情,玛琳。

有一回,他因为紧张不安划破了大拇指,他问冯·京特有没有听到什么元首总部的消息。只因为他们不久前到过那里,给他留下了深刻印象。

“是的,”冯·京特说道,“接近这种人物——希特勒确实是个人物——接近这种历史人物,会给人留下深刻的印象。这样的人必定拥有极其坚强的意志。即使是现在,对。科尔贝,元首的词典里没有放弃这个词。是啊,这场战争中至今不得不以德国的名义做了这许多事,如果我们现在放弃,人家会怎么对待我们呢?不,现在只能继续走下去。”冯·京特转向面朝威廉大街的窗户,摸摸窗框上的白漆。弗里茨肯定大使明白失败即将来临。现如今许多人都明白,胜利是不可能的。

“科尔贝,您听着。”冯·京特向他转过身来,一脸严肃,“那女人,我见到和您在一起的那个,嗯,我注意到她戴着结婚戒指。您别这副表情。请您注意了:我不会向谁谈起此事一个字,您明白吧,对谁都不会。对我老婆也不会。”冯·京特将一支烟插进嘴里,从打火机火苗上方盯着弗里茨,眼神飘忽。

“您可以信赖我,是的,科尔贝,就像我信赖您一样。我可以信赖您,不是吗?”

“完完全全,大使先生。”

“任何情况之下吗?”冯·京特这是想暗示什么呢?他为什么这么问?主动进攻,弗里茨想。

“任何情况之下,大使先生。”

“您知道,科尔贝,夸夸其谈的人实在是太多了。外交部里也是。因此我十分高兴有您做我的秘书。您肯定不是个大嘴巴,”他笑望着弗里茨,“我要是告诉您什么,您会保密的。”他转过身去,看样子这突然的坦率令他难为情。“暂时没别的事了。”他说道,“科尔贝,做您的事去吧。”

在家里,可恶的人民电台播放个不停。蔑视、垃圾、非人道、以及欢呼人群的声浪。每当随着弗朗茨·李斯特的音乐,开始播报一条特别新闻时，弗里茨都会跳起来。“他们为什么不轰炸狼穴？我的天哪！”他双拳擂敲桌面。玛琳保持着平静。她丈夫动身的当晚她就站在了弗里茨的家门外。

狼穴的消息久等不至，她从没见过他像这样愤怒。她将手伸给他，说：“我们去散步吧。”他们出门走进废墟，走在堆积如山的瓦砾之间的小道上，那里曾经是街道所在，走向施普雷河，煤炱色的运货驳船停泊在被战争弄脏的河水里。他们在玛丽街见到士兵们将一名衣衫褴褛的男子推进汽车。一位穿皮大衣的军官抬臂行希特勒礼，冲一位士兵笑笑，钻进车子里。那大衣看起来像是用液体金属做的。玛琳的手抓得更紧了。

夏洛滕堡的首都灯光电影院还没被炸弹夷为平地。玛琳请求弗里茨陪她一起看电影，弗里茨当场同意了。玛琳感到惊奇，他可是痛恨纳粹制片厂拍摄的影片的。“可我喜欢和你一起看电影，”他说道，“握着小手。另外我在研究这些演员。全身心投入一个角色。做一个不同于自己的人。”

“千万别走错路。”玛琳说道。

他们观看海因茨·吕曼[1]主演的《我将我妻子托付给你》。弗里茨的心脏怦怦跳，而玛琳深深陶醉于电影中，陶醉于乘坐双层大巴穿过柏林的狩猎中——一个阳光明媚的柏林。为什么不呢，

1　海因茨·吕曼（Heinz Rühmann，1902—1994），德国演员和导演。

他想。她笑起来。别停，继续笑，玛琳。

瓦尔特·布劳恩魏因来办公室找弗里茨，他坐到桌沿，文件滑落了。“怎么回事?”弗里茨说道，重新整理好文件。瓦尔特笑起来。

“我该怎么办?”他说道，“你好像弄走了另一张椅子。某种程度上，弗里茨，这符合你的个性。”

“这些材料很重要，瓦尔特。我需要它们，要整齐，清爽，一目了然。”

“你需要它们? 我不理解。”

“你也不必理解。”

瓦尔特站起来，端详着保险箱前的阿尔高风景画，回头盯住弗里茨。弗里茨想瓦尔特看透他了，他可不是头一回这么想。但没有挑明，虽然是朋友，或者正因为是朋友。

“我俩也在那里远足过。”布劳恩魏因轻叩那幅画，说道。对新鲜空气和共同眺望绿色阿尔卑斯山湖泊的回忆感动了他。

“我们一定要一起去一回爱尔兰。弗里茨，去班特里别墅或莫赫悬崖。伙计，那就太美了。带着凯特、霍斯特和……”他举起食指，“哟嗬。我还一直不认识你女朋友呢。凯特也很好奇。她有她的方式。今晚过来吃饭吧。我可以搞几道可爱的菜。”

“你什么时候得去国外?”

“我们可以真正地将肚子吃爆。”

“你什么时候得去国外？去哪里？”

“别问了，弗里茨。”

一见玛琳，凯特就双手捂住了脸。她走向这个完全陌生的女子，拥抱她。玛琳“啊哈”一声，笑了。

“这就是无比神秘的玛琳啊。”瓦尔特·布劳恩魏因说道，吻她的手，“弗里茨疯狂地迷恋着您呢。”

“好得很。”玛琳说道。瓦尔特请她在桌旁就座。弗里茨闻到洋葱和某种发酸的东西，味道非常好。他将他的椅子挪近玛琳的椅子。和她一道拜访自己最好的朋友，真是开心。

“我去基尔出了趟差。”瓦尔特说道，“你们不会相信的，现在你们猜猜，我搞到了什么？”他双手捂住两只盖着的瓷碗，大叫一声“哟嗬”，揭开了盖子。

“腌渍金枪鱼。我要疯了。”玛琳说道。鱼皮是棕色的，漂在一种薄洋葱圈汁里。弗里茨挥手将香味拂向玛琳。

他们喝弗里茨从部里偷拿的摩泽尔白葡萄酒。只有凯特拒绝，她喝不了酒。当弗里茨和玛琳相互抚摸时，她一直眯眼盯着玛琳，变得极其苍白，显得心不在焉。瓦尔特讲述爱尔兰的故事来娱乐大家，抓起银餐具旁凯特的手。交谈断断续续，弗里茨也想谈谈遥远的国度，但他的情绪被破坏了，战争和死亡的幽灵通过凯特·布劳恩魏因恍惚苍白的脸压迫着他们。弗里茨发觉玛琳喝得很多,这正合他的意。

“您已婚了。”凯特说道,看着玛琳,但只与她对视了几秒钟。没人讲什么。瓦尔特再斟葡萄酒,凯特拿一只手捂住自己的杯子。

“她是我的。”弗里茨说道。凯特的脸上掠过一丝微笑,说道:“很好。”

“你们知道弗里茨做什么吗?”玛琳问道。弗里茨用力抓住她的小臂。“做什么呀?”瓦尔特问道。

“什么也没做。”弗里茨说。

“你肯定,老朋友?”

玛琳喝上一大口葡萄酒。

“他老是偷拿外交部的酒。一次又一次。”她说,“他在这方面是真正的专家。”她将空杯子举向瓦尔特,让他帮她倒满。她一口喝下。

“凯特,弗里茨冒着很大的风险。”她说。

当弗里茨和玛琳跌跌撞撞地回家时,玛琳说凯特是个蠢女人。才不,弗里茨含糊不清地说,她是个了不起的女人。

“嗯,从前也许是。”玛琳说道,“可这不算。”

“这不是她的错。”

“许多人将来会这么说。”

电影院一座接一座消失。夜里，冷却后的废墟有着满月的颜色。窗帘拉起的地下室里有时还放映电影，他们在那里听着放映机放片时的噪音和不得不生活在这座年老体弱的城市里的人们病态的呼吸。海因里希·格奥尔格，玛琳对弗里茨低语道，实在是好。弗里茨可以向他学学。

有一回玛琳的女友吉泽拉陪着她。弗里茨头一回见到吉泽拉。这女人健壮矮小，脸颊鼓鼓的，鬈发弄不服帖。“很高兴认识你。玛琳讲过许多关于你的事。”

“这样啊。”弗里茨说道。

“别担心，小家伙。生活是用来过的，不是用来闲扯的。”

当弗里茨和玛琳回到家里后，他抱怨吉泽拉多次叫他小家伙。

“你别介意，”玛琳说道，“她并不是这个意思。你知道，吉泽拉早就到了来者不拒的地步。她与很多男人睡觉。她偷东西。”她坐到弗里茨大腿上。“你知道她问我什么了吗？”

“不知道。问什么呀？”

“那好吧，我不知道现在该怎么说。”

“你可很少会遇到这种情况。”

“这个，她问，我们能不能来一回……三个人？”

弗里茨吓一跳。他体内有什么“噢”了一声，又补充道：

“噢嗬。”

玛琳脸红了。

“你怎么看?”她问道。

弗里茨张口结舌。“我觉得,这不适合我。我是说,你怎么看呢?”

“吉泽拉的乳房很漂亮。我们曾经一起加入过游泳协会。”

“你这不是真心话。”

“不知道。”她嘟起嘴唇,小女孩似的亲了他一口。“人生只有一次。”

她轻抚他的头。“官员。”

“看你再说!”

玛琳“哧哧”低笑。

“我决不会欺骗你。”弗里茨说。

“哎呀弗里茨,我们可一直就在欺骗啊。彻头彻尾。”

冯·京特与冯·里宾特洛甫一道,出席了与日本领事的会晤。弗里茨为杜勒斯及其部下效劳,抄录了特别多的此次会晤的文件说明,将最重要的内容加密,寄去了接头地址。有时候他真想抓起电话打去伯尔尼:你们为什么还不轰炸狼穴?请你们将它彻底炸毁。即使在战后有人行刺他和玛琳,他听到玛琳呼叫、铁皮变形、玻璃“哗啦啦”掉落时,他还是怎么都想不明白,为什么这场空袭从没有发生。

弗里茨见到盖伦将军与苍白如纸的冯·里宾特洛甫在走廊上交谈，紧接着盖伦就来到弗里茨的办公室，说他与冯·京特有约。

“科尔贝，”他说道，“情报工作是最了不起的工作。”冯·京特从他的办公室里走出来，行礼，与盖伦一道消失，片刻后又打开门来。

“科尔贝，有关华沙事件的文件——我们昨天还是前天拿到的——我还需要一下。”

弗里茨胸中有什么在倒塌，他几乎无法克制自己。

“科尔贝？”

“在，大使先生。”冯·京特关上门。文件在弗里茨家床底下。他离开办公室，走过嗡嗡回响、越来越长的走廊，奔跑下楼梯。楼下，海因里希·米勒站在门内，正在与一位邮差交谈。

“科尔贝先生，这么匆忙？”弗里茨做作地笑笑，说：“工作，工作。”他来到威廉广场，跨上他的自行车，蹬动脚踏板，匆匆绕过战争的疮痍，滑过弯道，冲上楼梯，但打不开门，最后发觉拿错钥匙了。他将文件塞进内袋，三级一步冲下楼梯，骑回部里。虽然天冷，他汗流浃背。他们这下逮住他了吗？现在完蛋了吗？他将自行车扔在威廉广场地铁出口的栏杆旁，气喘吁吁地走进部里。米勒双臂交叉，站在隔壁办公室门外，像在等着弗里茨似的。他一言不发，向弗里茨望过来。正式来说，弗里茨的级别要比瘦骨嶙峋的米勒高，但弗里茨依然不清楚，那回在“路易丝安娜号”轮船上对他的攻击，米勒参与了多少。弗里茨冲他笑笑，说：真是忙得不可开交。

假如冯·京特此刻站在他的办公室里，他就很难从上装里掏出文件。幸好办公室里没人。就在冯·京特走进房间来的那一刹那，他站到了保险箱前。

“科尔贝？怎么回事？华沙文件。将军在等。您去哪儿了？”

“对不起，大使先生。我一定是吃错啥东西了。文件在这儿。”

将军出现在门口。弗里茨希望他没看见自己脸上的汗滴和鞋与裤腿上溅到的污渍。

“请您原谅，将军先生。”他说道。

“我的手下不会发生这种事，科尔贝先生。”

“正常情况下这里也不会。”冯·京特说道，“请您放心，将军，这事会得到妥善处理的。”

盖伦又请冯·京特回办公室。他盯着弗里茨的眼睛。

“对不起，将军先生。”

“您曾经长期住在国外。您不是党员。”

“对，将军先生。”他多么痛恨这样啊。他厌恶自己。盖伦是不可侵犯的。没有什么，根本没什么是弗里茨此刻可以拿来反守为攻的。

“什么也瞒不过我，科尔贝。”

“是，将军先生。”

盖伦看看冯·京特的办公室，又望着弗里茨，食指斜竖唇前。弗里茨努力保持着镇定，长时间下去他将抵不住这目光。他的胸腔起伏太厉害了，他的呼吸太急促了。

“您没事吧，科尔贝？”

“是，将军先生。我万分抱歉。”

“是应该抱歉。不是吗？”盖伦迅速转过身去，猛一下拉上了门——动作丝毫不显仓促。弗里茨踉跄走向盥洗盆，用一捧捧冷水浇脸。有人敲门。“又有什么事？”弗里茨诅咒道。是米勒。他想找冯·京特。

“大使先生在招待客人。”

“是要事。”

“此刻真的不行，米勒先生。我会通报您来过。”

“希特勒万岁。”

“嗨希特勒。”

“我等在这里。”

“不行，米勒，我有事要忙。大使先生有事要忙。我会转告他，您想找他。不过您也可以告诉我是什么事。”

“肯定不行，科尔贝先生。”

“我快撑不住了。”他说。

“挺住。”玛琳说，“这次又顺利过关了。过来，你过来，抱着我。”弗里茨靠向玛琳，动作那么猛，使得她撞到了厨柜上，瓷器叮当，奏起一场小小的音乐会。“哎呀弗里茨，晚上与你一道坐在桌旁抄写秘密文件，让我觉得无比幸福。即使是在战争中。我为你骄傲。我们会活下来的。弗里茨。活下来。现在我去替我们煮上四颗土豆，熬一只洋葱。”

“一只洋葱？”

她举起洋葱，好像是刚刚变魔术变出来的一样，一只浅棕色皮、中等大小的洋葱，外层的皮剥落了一块。弗里茨看着玛琳小心翼翼地剥洋葱，一点也不浪费，然后切成透明的细片，它们有着醋的颜色。文件一事的失败深深打击了他，他仍然心烦意乱，忧虑在心中扩散，老想着非洲上方的天空、马德里的公园、巴黎的林荫大道、外国的语言。他设法回忆那一天。弗里茨正想下班，盖伦从冯・京特的办公室走了出来，弗里茨感觉他是十分缓慢地走过办公室，目光一直盯在自己身上。盖伦离开后，冯・京特站到门口，望着弗里茨。他一动不动，什么也不做，只是看着弗里茨，弗里茨几乎尴尬得抓起额头来。他微笑不语，做着笔记，直到冯・京特重新关上门，弗里茨完全瘫软在办公桌旁。

“我爱你。”他说道，没有看玛琳。他说得那么一本正经，在黑暗住房的阴影里声音那么奇怪。他才对她说过自己挺不住了，现在又说他爱她。两句十分重要的话，充满信任，全心全意。他直视着她的眼睛，她笑吟吟的，眨眨眼。是洋葱，她说道。

“他们盯上我了，玛琳。冯·京特睁一只眼闭一只眼。我希望如此。这个人信赖我，不管是为了什么。他恨情报人员，他恨盖世太保。他们的疑神疑鬼让他有点厌恶。可是……”

“可是什么，弗里茨？”

“米勒。米勒看见我了。这个干瘪的混蛋监视我几年了。”

“他是个威胁吗？”

“不清楚。”

玛琳走进卧室，又回来，将左轮手枪放到桌子上弗里茨的面前。

现在就到这一步了，弗里茨想，现在我必须说出来。现在我想说出来。

这场战争中死去了差不多有七千万人，弗里茨说道，这只是一个数字，但又不只是数字。那是七千万颗人心，七千万声呐喊。每个人都失去了朋友、亲人、最心爱的人。

要是我和玛琳、瓦尔特及其他所有人都不必经历这毫无意义的事件该多好啊。这场战争的毁灭力量——无法想象。彻底疯了。

没有战争您就不会认识玛琳，韦格纳说道。

会的，会的，玛琳某个时候会与我邂逅的。

哦，很好，薇罗妮卡·许格尔说道。

他也会与你邂逅，弗里茨说道。

韦格纳往后靠回去，望向窗外。

我没有办法，弗里茨说道，这也不是我想要的。不能将责任推给我。这不行，您理解吗？这不行。那是一系列事件的后果。不在我的控制之下。请您将这话记下来，韦格纳先生。请您记下这一句。这很重要。在这种时代没有人能控制一切，没有人能够总览全局。这不行。

我明白，科尔贝先生。

真的吗？

是的，真的。您做了一些事。其他人没有。

也许我也该……啥都……不做。

这不会是您的真心话吧？

我不清楚。

对他讲这话的是冯·京特。

办公室窗外，天空灰蒙蒙的，雨滴斜飞，看不见街道另一侧的建筑。四周静悄悄的。

“科尔贝先生。”冯·京特本想坐在弗里茨的办公桌对面。他一声不吭走回自己的办公室，搬来一张轻的绿色沙发椅。他坐下，合拢起精心保养过的双手。

“丘吉尔和他该死的指挥部。”他说道。弗里茨听不懂，将铅笔放到办公桌垫子上。

“怎么了，大使先生？”

“您与瓦尔特·布劳恩魏因是好朋友，是吗？”

“对。自从——呃——我们少年时就一起在阿尔高远足过。”

“这就是？”冯·京特指着盖住保险箱门的镶在金框里的风景画。

“让我忆起快乐时光。”弗里茨说道，“可是，您干吗问起布劳恩魏因先生呢？”

“布劳恩魏因先生一次次被部里派出去执行特殊任务。他与爱尔兰有密切联系。这您也许知道。”

弗里茨又拿起铅笔，四根手指包住笔杆儿，大拇指压住笔端，压得细细的木头绷紧了。瓦尔特逃走了吗？没带凯特？这不可能。

“我们在都柏林附近设有一个秘密电台。不知道怎么的，嗯，英国人一定得知了它的存在。它……是啊，在战时，科尔贝……”

“发生什么事了？”

“电台被攻占了。”

“瓦尔特呢?”

“是的,布劳恩魏因先生当时在那里。其中一人侥幸脱身,三天前他终于与我们联络上了。”冯·京特凝视着双手。

“瓦尔特被俘了?”

“不是,科尔贝先生。”

“他……他受伤了?”

“不是。”

铅笔“咔嚓”一声,薄薄的碎木片和涂漆溅在办公桌上。一个绳圈套住了弗里茨的脖子,粗绳勒得他透不过气来。

“我很抱歉,科尔贝先生。”

弗里茨从门钩上拿起外衣和帽子走了。他听到身后传来“乒乒乓乓”声。

“科尔贝!科尔贝!”冯·京特的声音在他的身后呵斥道,“别这样!请您保持冷静,伙计。其他人也在失去战友。我们这是在战争年代。科尔贝!科尔贝!”

后来他想不起来,他在腐朽、残破的城市里瞎跑了多久,跑向哪里,他见到多少苍白、饥饿的脸,爬过哪些房屋立面下堆积如山的瓦砾。

是他。他将有关都柏林秘密电台的附注给了杜勒斯。一条小小的附注,数百条中的一条,像是顺手交到了伯尔尼赫伦巷的一个秘密办公室里。是弗里茨干的。他应该知道这结果的。爱尔兰。瓦尔特的梦。他的朋友，头发蓬乱的瓦尔特·布劳恩魏因。哟嗬。凯特。霍斯特。他站在一幢房屋前，房子上钉着块牌子："禁止入内，有坍塌危险。"他穿过破烂的门，扶住被熏黑的墙壁，走上没有栏杆的楼梯，脚下"嘎吱"响。他一直走到顶层，这个地方在寒冷、灰暗的天空下腐烂，一个炉子倒塌在地，他在炉旁的一张木椅上坐下来。他望向外面被强暴的城市，这个巨怪，乱石丛生，一片怪异景象，宛如一望无际的末日的沙漠。风撕扯着他的帽檐。弗里茨害死了瓦尔特。凯特再也不会将她丈夫搂在怀里了。而霍斯特，哎呀霍斯特，又一个没有父亲的少年。

他从上装口袋里取出左轮手枪，搁在大腿上，金属凉凉的，像天空一样黑。瓦尔特！这个名字还在，用黑色煤炱写在被毁的墙壁上，这个名字包含着一切。一座破旧的房子，弗里茨是里面一个身穿黑大衣的矮个子男人，风吹着他泪湿的脸。没有清晰的想法。有一个想法是清晰的：他出卖了瓦尔特。弗里茨·科尔贝，这个间谍，这个想尽快结束战争的人。十分简单，十分明白。不存在清晰的想法。存在！请不要存在。还是不要存在吧。存在。存在。就是存在。狼穴没被轰炸。而英国人派了一支特别行动小分队去了都柏林。这些人快如闪电。他们去了那里，因为弗里茨告诉了他们。杜勒斯大概和那位伍尔德里奇——管他叫什么——谈过。油光锃亮的靴子，速射武器，黑夜里涂黑的脸。瓦尔特听到“咔嚓”声，抬起头来，看到了枪口的闪光。子弹穿过朋友柔软的身躯，一穿而过，甚至是打在脸上，打在腹部，前胸进，后背出，如果没有骨头挡着的话。完了。结束了。卡特琳。她背对弗里茨，在开普敦码头上。他喊她，但她没有转过身来，她的乌发的垂帘在瘦小的背上闪光。再也没有弗里茨·科尔贝了。没有乔治·伍德了。没有与他一道远足，或在开普敦城外的海里比赛游泳的瓦尔特·布劳恩魏因了。一切都结束了。他擦擦眼睛，弯下腰。

瓦尔特的最后一念是什么？凯特？霍斯特？在黑暗笼罩之前。弗里茨在“嘎吱”响的椅子上瘫作一团，他蜷缩得像个胚胎，他想像条虫子那样钻进地缝，被冰冷的石头包围。就在这里结束吧。弗里茨跺跺粗糙的地面。房屋岿然不动。

他盯着他家的门，油漆剥落得越来越厉害。弗里茨转动锁里的钥匙。越过门厅，他看到玛琳坐在厨房里。他无法跨过门槛，直视玛琳的眼睛，告诉她他做了什么。她向他走来，在厨房的黄色灯光下，她的剪影侧面发亮，浓发光闪闪。她从他身旁走过，锁上门。玛琳双手别在背后，倚到墙上。

“出什么事了？”她问。弗里茨内心拒绝，他感觉他抽筋似的轻摇着头。玛琳走进厨房，弗里茨从眼角瞟见她在忙碌，然后她又过来了，端给他一只杯子。白兰地，她说道，是他从冯·京特那儿偷来的。他们喝着酒,面对面倚在墙上,弗里茨无法承受她的目光。

“弗里茨?”

“是我干的。”他说道。她沉默不语。不知什么时候,数秒钟或数小时之后,或在另一个时空里,她说她做了点吃的。

她给他做了点吃的。

他热泪盈眶。

“弗里茨,出什么事了?”

他们手牵手走进厨房,在桌旁坐下。部里的一封“绝密”文件摆在一只盛香肠面包的盘子旁。弗里茨盯着普鲁士帝国鹰和卐字,从桌面拂去文件。它落在玛琳穿着粗袜子的双脚前。

“我本想做正确的事情。”他说道。

“拜托,告诉我。告诉我发生什么事了。不要抛下我一个人。不管那是什么事。快告诉我吧。”

弗里茨从照片箱子里取出狩猎旅行的照片,递给玛琳,指点着瓦尔特·布劳恩魏因没有生命的脸。

“我将情报交给了杜勒斯。是我。”

她一声不吭。或许她也不知道该说什么,或许她是害怕说错话,怕伤害他或激怒他,也有可能是没啥好说的。她走近他,将他的头按在她的乳房上。他手指挠进她的背。然后他号哭起来。他将一切号啕进她的肚子里,每一句“希特勒万岁”,每一句“是”,

还有仇恨、自我鄙视和瓦尔特·布劳恩魏因之死。

在获悉丈夫的命运两天后，凯特开枪自尽了。

在部里，他仍然尽量早地将文件拿去地下室，让金属桌旁的那个人签字，看着火炉里黄色橙色的火焰吞噬掉本该交给战略情报局的情报，看着纸张边缘发蓝。也许伯尔尼的人会认为他死了，也许杜勒斯预料他会在酷刑之下出卖他们，已经采取了挽救措施。弗里茨决定给他送个消息。在部里办公桌的一只抽屉里，他保存着那些明信片，柏林主题——阳光里菩提树下的大街，头戴帽子的人们，怀抱鲜花的女子，耀眼的汽车。他将明信片放进打字机，在边上打了条密码信息，然后将它插进了内袋。回到家里，他给想象中的伯尔尼熟人写道，他不会再与对方联系了。他对玛琳说，他找到这张旧明信片时上面就有字，大概有人试过在它上面学打字。玛琳拿走他手里的明信片，从中间一撕为二，再将两部分撕碎，继续撕，直到指甲大小的纸屑飘落地面。

他走进卧室，在身后重重地关上了门。她怎么能这么做呢？玛琳以为自己是谁？他盯着与她共枕了一夜又一夜的床。他听到地面有响声，轻微的拖曳声。门下缝隙的中间被挡住了。弗里茨摸到他熟悉的干燥硬纸。那是他从桌面拂落的文件。他捡起它，缓缓打开门。玛琳站在他面前，将一支铅笔举到他脸前。

“我再也不出卖谁了，玛琳。”

“你没有出卖。”

他将文件扔地上，抬脚踩，边踩边碾，像踩一截烟屁股。

“这场大屠杀是无法阻止的。”

“那英国人和美国人就不必再作战了？”

“我无所谓。”

“你还从未对什么无所谓过。”

他拿过一张椅子，高高举过头顶，在桌子上砸得稀巴烂。木片纷飞，“哗啦啦”滚落一地。玛琳拿双手护住脸。他慌了。他不想吓坏她，他只是想得到她的认可。

“他是我最好的朋友。”

“他是为纳粹工作的。”

这句话冷酷地悬浮在厨房里。

“瓦尔特不是纳粹。”

“我也为纳粹工作。在夏里特医院。你告诉过我你在做什么。当一个男人抱着他死去的女儿站在我们面前时，你告诉了我。突然——这世界，有一点得救了。它变好了一点点。”

“结束了。”

她走进卧室，锁上门。这种时刻她怎么能对他这么冷酷呢？他捡起椅子碎片，将它们放到炉子旁。他考虑打开那些文件看看。还要消灭更多犹太人？间谍？秘密武器？在他父亲让人给自己朗读、后来弗里茨也很爱读的剧本里，作者可以在——他不知道该称作什么——在叙述层面，在正在行动的人物之间来回跳跃。那样就能读到，杜勒斯此刻在做什么，或者华盛顿在如何谈论间谍伍德，谁对他的出卖行为做出了怎样的反应。可现实生活中没有这种目光，他只有他自己的，没有别的。每当想到某个时候要将他所做的记录下来——或者让人记下来——他都想坚持只从一个视角来描写一切。专业人士称之为视角吗？写作视角？管它呢——如果他写，就得保持人性，那就得只从一个角度叙述才成。其他的一切都是撒谎，是主题先行的虚构，也许艺术性高，却是假的。他杀死了瓦尔特和凯特。如果凯特不自杀——那他有一天会告诉她吗？他手指哆嗦，给自己点着一支烟。霍斯特。如果他从战争中平安归来——弗里茨能告诉他自己做了什么吗？直视着他的眼睛？潜艇驾驶员们的女友和妻子呢？他们因为他的出卖在水里张开了嘴。他将如何面对她们呢？相爱的人们。人类的心脏。"弗里茨，还有我，"血肉模糊的瓦尔特·布劳恩魏因说道，指着弗里茨的胸，离他越来越近，"和我的凯特。"弗里茨双手捂嘴。做正确的事情。

他敲卧室的门。

"玛琳？我爱你。我挺不住了。"

"那就来我身边吧，弗里茨。快来我身边。"

他没有看见她，只听见床单窸窸响，就像脚步踩在落叶覆盖的林中地面。他站在黑暗中，试图认出床上的她来。一头鬈发闪着白光,能看见她臀部的一部分。那女人的黑影坐起来,一肩高过另一肩。在这个世界里他感觉非常失败,看不到好转的迹象。在意大利,盟军正向前推进,东线再也支撑不住了,但在纳粹的疯狂和希特勒狂热的战时动员中,杀戮和残害还要持续很久。犹太人在灭绝集中营里被迫害致死,那里传来的消息让人无法理解。而他坐在这里,怀抱一个裸体女人,几天前,当他带给她一只梨、一片绿里透红的水果时,她还高兴得像个孩子。世界彻底乱套了。弗里茨·科尔贝不知道他该做什么。这或许是一个人会遭遇的最糟糕的事情。他还活着,他现在感觉到玛琳光滑肋骨下的呼吸,这让他觉得荒谬。弗里茨飘离了自己的身体,直到玛琳直起身、深吻他的嘴时,他才回神。

当他比她晚回到家时,她已经腾出桌子,准备好了一支削尖的铅笔。他拿起笔,放到窗台上。一晚又一晚。

"不存在无辜的人,弗里茨。你崇拜得五体投地的丘吉尔先生,如果他战后见到这些被炸毁的城市,他会说什么呢?如果他得悉有多少平民在空袭中丧生呢?在这个国家无法真正地生活。"

他为自己缺乏决断能力,为他的冷漠和战时日复一日的痛苦感到恼怒。他痛恨自己,像在希特勒的柏林的最初几年里那样,可当时他感觉到体内有东西正在开始燃烧。现在,布劳恩魏因之死和对冯·京特目光的畏惧让他麻痹了。他被打败了。他知道，永远不可以认输，这思想非常明确，但心里另有想法，并且同样强烈。

他无法睡眠，吃饭时老恶心，他的神经紧张得快要断了。冯·京特有时训斥他，说他懒散，这样不行。“您想想前线的那些人吧，科尔贝，他们也在失去朋友。伙计，请您不要自由散漫。请您振作起精神来!”

“顺便说一下，密码破译科的那个年轻人最近找过我。海因里希·米勒。”

“一个讨厌的家伙。他找您有什么事?”

冯·京特没有回答。

“大使先生，早在南非时我就注意到这位米勒很讨厌。他缺少方向感。”

“我没有这印象，科尔贝。”

“恕我冒犯，大使先生，我和米勒，我们在开普敦就偶遇过。小伙子爱管闲事，自以为有权处理不该他管的事。”

“请您别这么说，科尔贝，我自己能够判断。布劳恩魏因的事让您的生活完全脱离了常轨，我一点也不高兴。我最后说一遍：请您振作起精神来。”他用食指敲着弗里茨的办公桌。

“您听着，科尔贝，现在您身边有那个十分迷人的女人啊。您好好发泄个够吧。您明白我指的什么，是吧? 您必须理解我。我不是不知道失去一位朋友是多么糟糕。更何况他妻子之后还自尽了，唔，我听说了此事。真可怕。有些国家社会主义者竟敢贬低这个可怜的女人，我不属于他们。这种事情我不做，科尔贝，这您知道的。瓦尔特·布劳恩魏因是为元首、人民和祖国而死的。他妻子也是。这事我是这么看的。”

我开枪打死你，弗里茨想道。

“是的，大使先生。”他说道。

“这位米勒说，在从非洲返回帝国的途中，您表现得不像个坚定的国家社会主义者。”

“一派胡言。恕我冒犯，大使先生。是谁如此精确计划并实施了领事馆撤出开普敦的全部工作？是米勒？不。是我。无可挑剔。您派米勒上前线去吧，大使先生。”

“米勒不适合上前线。他太瘦，不能参战，嗯，”冯·京特笑了，“您倒是适合，科尔贝。听说您会点拳术？”

他现在好想给一个充满男子汉气概的回答，说“你别跟我寻衅滋事”，或者“那你就试试看”，相反，他沉默不语。

冯·京特摆摆手，搓搓宽下巴。“您知道，我们恰恰在东线必须强硬。我愿意再向您解释一下，这与伟大有关。最终事关抽象与具体的联系，关于——哦？”他指着弗里茨，笑笑，“哦？”

“伟大，大使先生。”弗里茨深吸一口气，他不得不压下窒息感。桌肚下，他用一只脚压住另一只。

“参与伟大。”冯·京特点点头，撅起嘴唇，“说到对待犹太人和游击队员，确实有几名东线军官表达了一定的顾虑。不仅军官和士兵的私人信件被截获审查——也一直有各种不同的声音，敢于提出批评。牛皮大王里宾特洛甫让人起草了一封信，重申外交部完全同意在俄国采取的措施。我们处是国防军和外交部之间的连接环节，他希望我们寄出另一个证明。这封信是我亲自起草的。好了，现在您想象一下，嗯，我要经常出差。请您在前面写上‘受……委托’，签上弗里茨·科尔贝的名。”

冯·京特从他的上装内袋里取出纸来，打开，放到弗里茨面前的桌上。

“请您给我签个字，科尔贝。”

“可我根本没有这个权力啊。”

“哎呀，科尔贝，可以的。”冯·京特旋开他的自来水笔，将乌黑发亮的笔帽放到桌上，将笔递给弗里茨。

“为了消除我可能有的任何疑虑，科尔贝先生。请在这文件下面签上您的名字。您是一位无足轻重的官员，这不会花费您分文，没人会重视这个签名。另外，我善良的科尔贝，您的字写得像狗爬，谁也破译不出您的名字来，嗯。”

“大使先生，我没有资格……”

“有异议吗，科尔贝？”冯·京特打断道，“对元首公告有异议？”

“不是，不是，只不过……”

“必须使用各种规模的武力征服东方的生存空间，将它清理干净，供德意志民族生存，您同意我的看法吗？为此需要采取特殊措施，它们部分体现在——是的——强硬执行，您也同意吧？难道您有不同的看法？”

冯·京特将自来水笔推近弗里茨的双手。

“怎么样？”

弗里茨点燃一支烟。他知道，如果他现在犹豫过久，冯·京特会冲他吼叫，给他下命令——由此达到目的。弗里茨拿起自来水笔，签字。他试图改变他的笔迹，但没成功。冯·京特拍拍他的肩。

“我马上有客人来，科尔贝。一位夫人。她是个熟人，有些麻烦。无论如何，科尔贝，请您保密。”他举起弗里茨签过名的纸。

“您若向一个女人透露一个秘密，明天就登在报上了。”冯·京特说道。他在办公室门口再次转过身来。

“我们偶尔也该聊聊私事，科尔贝，嗯。我们虽然天天见，却几乎互不了解。”冯·京特笑起来。

“科尔贝，伙计，您别这么一脸苦相。您去娶那个女人吧。您娶她吧。而这个……”他又拿起那张纸，挥了挥，纸张白光闪闪，“这个，呸。”

布劳恩魏因夫妇死了，热爱音乐的同事哈弗曼死了。除了玛琳，弗里茨几乎没人可以交谈。每当玛琳在他身边，弗里茨就设法谈美好的东西，谈图书、电影或在大自然中的经历。他给玛琳讲他同比尔曼领事在马德里进行的长谈。

“你是因为这位比尔曼才回柏林的，是吗？”玛琳问道。

弗里茨回答说是的。他十分准确地回忆起比尔曼在电话里如何冲他嚷嚷。玛琳在夏里特医院有很多女同事，她是个开放的人，在所有的苦难和混乱之中，她总是设法挤出那么几分钟，跟一位女护士坐在小矮凳上或在院子里靠着墙吸支烟。她每两礼拜去看望她的女友吉泽拉一次，吉泽拉向她汇报自己的性经历，玛琳不加过滤，全盘照搬给弗里茨。弗里茨问她吉泽拉是否同意这样，玛琳说，吉泽拉一点也不在乎。相反，弗里茨在部里被当作怪人，虽然一直彬彬有礼，但与世隔绝。他觉得这样很好。

玛琳建议，他应该骑他的旧自行车去找这对比尔曼夫妇谈谈，换个人，随便聊聊。这对他肯定有好处。

比尔曼夫人请他就座。他俩住在夏洛滕堡一套四居室里，其中一个房间他们供一个因轰炸而流离失所的女人及其女儿居住。房间里散发出咖啡香味，弗里茨望着贴墙摆放的书橱里的书背。还有这种东西。一座私人图书馆。比尔曼领事走进房间来，弗里茨真诚地与他击掌，这是过去在非洲时的问候方式。

“您脸色很差，科尔贝先生。”老人坐进一张沙发椅里，“您来看望我们，真是太好了。”

“我们身边变得安静了。”比尔曼夫人说。弗里茨从她手里接过装着咖啡杯和壶的托盘，夫人将她的拐杖靠到沙发上，坐下来。

“能麻烦您吗？”比尔曼夫人问道，指指托盘。弗里茨倒好咖啡，递给两位。听不到楼下大街上有什么响声，柏林的交通瘫痪了。弗里茨在这房子里有点感觉像在瑞士——一个貌似中立的地带。坐在这里，喝杯咖啡，望着两张熟悉的老脸，让他觉得舒服。这两人之间的纽带不同于杜勒斯、普里斯特和斯通之间的纽带，但它们同样牢固，不过是出于爱而不是因为职业。就像人们曾经听说的“泰坦尼克号”上的伴侣们，比尔曼和他的妻子将厮守到最后。

“有人来过这儿，”比尔曼说，“一位上校。他拐弯抹角，打听我与外交部的联系。背叛。一场政变。反对那个怪物。我们太老了，干不了这种事。另外我也得考虑我的妻子。”

“比尔曼先生，您不必为自己辩护。”

“如果不是在这种时代，科尔贝先生，一个人应该何时为自己辩护呢？”比尔曼夫人问道，她细瘦的手抓着拐杖的把手。

“话语，科尔贝先生，”比尔曼说道，“我们所有的外交活动将我们引向了哪里？所有那些话语，所有那些交谈？好吧，我们那时在万里之外，但是外交，伟大的外交史与这里发生的正好相反。

我们全线惨败了。很荒谬，科尔贝先生：这个德国还要外交部做什么？干什么用？1933年我们就该辞职的。”

是的，我们该辞职的，弗里茨想道。他为什么坐在这儿？他根本不想彬彬有礼。他想告诉比尔曼，他对他感到失望，领事根本未能兑现在非洲的承诺。可他周围糟糕的事情难道还不够多吗？

“有书真好。”他说道。

有一阵子他们谁也不说什么。

领事用拳头无力地捶着沙发椅靠背。

“1933年我们就该这么做的。”他说。

“可我们没有做，领事先生。”

比尔曼望向窗外。

“如果你做了什么，别人因此受到伤害呢？”弗里茨问道。

壁钟“嘀嗒”，比尔曼夫人神思恍惚，盯着她的杯子。

“自揽责任，科尔贝先生，”她说，“这都是老故事了。”

“瓦尔特和凯特·布劳恩魏因死了。”

“噢。噢，我十分抱歉。”老人说。

“就是那个很漂亮的女人，对吗？”比尔曼夫人问道。

“她开枪自尽了，在得悉丈夫的死讯之后。”

“你要是走的话，我也会跟随你。”领事说道。

两个老人对视着。弗里茨知道，他们不会离开这座城市。

“好吧，”比尔曼说道，“说服您回到了这个国家，我本人十分抱歉。这是我一生最大的错误之一。但我希望您能原谅我。我真诚地希望，您会从这整个的疯狂中幸存下来。”

“我在这里或许也有某种好处。好处——与坏处。”

“好与坏，这是……”

“现在不谈哲学。”弗里茨说。他听到比尔曼夫人在粗声吸气。

但还有音乐，比尔曼引入话题。他这里有张很好听的贝多芬旧唱片。音乐永远不会有害，比尔曼夫人说道。她打开箱式唱片机，从纸袋里倒出一张唱片，搁到唱片机上。她放下唱针，对于合唱始于哪个唱片槽一清二楚。

“欢乐女神圣洁美丽，灿烂光芒照大地！我们心中充满热情，来到你的圣殿里！你的力量能使人们消除一切分歧，在你的光辉照耀下，四海之内皆成兄弟。”弗里茨开始哼唱，比尔曼跟着唱，之后他夫人也唱起来。他们一起唱，唱得难听，断断续续，但无所谓。他们唱着，弗里茨的眼泪从脸上簌簌滚落。

“好了，科尔贝先生，”比尔曼夫人说道，“别哭了。”

“您听到过卡特琳的什么消息吗？”领事问道。弗里茨擦擦眼睛，摇摇头：“我不认她了。”

“不，”比尔曼夫人说，“您让小姑娘免遭这一切，这样好，科尔贝先生。您不要自责。”

后来老领事送弗里茨到门口。比尔曼走路费劲，膝盖和臀部僵硬，他的胡子长长了。门厅里挂着镶金框的风景画，林涛阵阵，溪流奔腾。大自然始终是个安慰，他说，就他所知，弗里茨也是这样的看法。比尔曼的头后面，一座山脉映照在阳光下，积雪覆盖的山顶像领事的头发一样白。直到现在弗里茨才明白，他丝毫不能肯定，比尔曼是否会赞成他的背叛，他真正的、实实在在的背叛。可能老人的思维里不存在这个词。

"事情很严重吗，科尔贝先生？"

"是的。"

"做人必须坚持立场。您可以撤退回内心，在这样的年代您甚至必须这么做。但没有别的选择。坚持立场，设法贯彻自己的意志。别做蠢事。别误入歧途。我不知道您刚刚的暗示是要告诉我什么。我也不想知道。请您留在岗位上，等这一切结束了，再重新占有自身，届时您还是完美的。那时您就会理解了。如果您现在做错事——后果无法预测。另外，一旦摒弃个性，就无法弥补了。祝您生活愉快，科尔贝先生。"告别时的握手透出看穿、猜测的意味。"请您别来这里了。"

"我为什么要再来找您呢？"

老人颤巍巍地走回去。他的后脑勺碰到了风景画。

在楼下的大街上，弗里茨抓紧他的自行车。比尔曼察觉了，这位老领事看穿了他，不再与他来往。无法忍受，再也无法承受了——从来就无法承受，现在更加不行了。

英国情报机构很出色，弗里茨说，或许都柏林的电台根本不是因为我的情报才被发现的。军情五处和军情六处的人员也许自己跟踪一条线索，去到爱尔兰，窃听了与一艘潜艇的无线电通信，谁知道呢？

弗里茨从箱子里翻出更多更多的照片，用钉子将它们固定在刷了石灰的梁上。他和瓦尔特在西南非洲一次狩猎旅行期间的照片；在针对他们的暗杀发生之前，他和玛琳坐在汽车里的一张照片；洛伊纳厂[1]冒着烟的残骸的照片，黑色厂房的骨架，巨型钢车床，被爆炸的威力扭曲得像条章鱼。

我将工厂坐标交给了美国人，他说，就在空袭过后——我走出防空掩体时能够看到火——我考虑骑车过去。但我没有那么做。

薇罗妮卡·许格尔看着韦格纳，韦格纳在做笔记，嘀咕说，他理解。

您很长时间没与战略情报局联系？

我厌烦了，我的天。您能想象我承受着怎样的压力吗？由于我告诉了玛琳，一切变得更加糟糕。

1　“二战”期间，美军对这座化工厂进行过二十次轰炸。

他的心在狂跳,他按摩额头,好像能阻止头脑里的东西似的。他累坏了,感觉空虚,精疲力竭。过去的威力很大。

对柏林的袭击越来越猛烈,来自东方的首批逃亡者涌进城里,玛琳所在的夏里特医院终于乱成一锅粥。

可她现在在哪儿呢?薇罗妮卡·许格尔问道。

弗里茨的目光越过她身旁,望向窗外。

或许她与欧根·扎赫尔和他的妻子一块儿外出吃饭去了,他说。

太阳越过山巅,群山的阴影紧靠山坡缓缓落进山谷,一些灌木丛变成蓝色,沿群山蜿蜒的小溪变暗了。六年战争,他想,过了六年的双重生活。他从没有停止撒谎。谎言,平行世界成了他独有的,他一次次陷入迷惘。有时候他像是患了失忆症,不得不靠照片和笔记、靠黏合起来的地球仪和折叠处撕坏了的城市地图重新找回他的身份。他很想摆脱这些,很想最终真的将其写到纸上。这想法仍像当年那么强烈。当时,由于有人在使劲擂门,他和玛琳吓了一跳,玛琳要求他做最糟糕的事情。是玛琳,弗里茨说道,我是为了她才继续干下去的。

事实是,美国方面派人来找您谈话了,韦格纳说道。

也许他本不该来,弗里茨说。

您就事论事吧,韦格纳说。

您真的不理解,是吗?

噢,理解,科尔贝先生,我很理解。可事实是存在的。别争了。希特勒是存在的,堆积如山的被毒死饿死的人是存在的,不管我们喜不喜欢。这些都是事实。您要知道,我一清二楚,所有这些死人体内曾经都有一颗心脏在搏动。可在这里,我们必须继续。我是在写一篇文章,主人公也许是"二战"最重要的反纳粹间谍。那么,战略情报局真派人去柏林了?

弗里茨从一堆照片里抽出欧根·扎赫尔的照片。灰西服,白衬衫,总是面带微笑。

他们不怕让欧根遭受这一危险。当时他认识了玛琳。和我。

和我——您这话什么意思?薇罗妮卡·许格尔问道。

好像我这么长时间一直在谈论某个我不认识的人似的。谈论某个我永远不想成为的人。这不是弗里茨·科尔贝,也不是乔治·伍德。我不知道一个人得有多疯狂,才能够应付这一处境。我精疲力竭了。您知道欧根·扎赫尔一定要我去看精神科医生吗?不知道?好吧,那您现在知道了。

有一阵子,弗里茨和玛琳设法将拉下窗帘的住处变成一个没有战争的空间。他们打算,在这里,当他们在一起时,不再谈论所有那些恐惧、死亡和灭绝。

玛琳来到弗里茨的住处,当啷一声,将她的婚戒扔进餐具抽屉,玛琳让这事变成了一种仪式。当他为她打开门时,她一声不吭地经过他身旁，走进厨房，伸出戴戒指的手指，褪下金戒，戒指消失在刀叉间之后，她就扑进弗里茨的怀里。

如果有时间，他们就去废墟间散步。他们的恋爱场所是施普雷河畔的断栏杆旁，河里不停地漂着烧焦的木头、运货驳船令人费解的残骸，他们的脚陷在碎石山的陡坡里，他们站在那里，越过被炸毁的城市眺望远方，手牵着手穿过只剩山间羊肠小道那么宽的街道，踩在曾经耸立着房屋的荒地上，是一股末日似的威力掀翻了那些房屋。

他不再从事间谍活动，玛琳不打扰他，经常连续数礼拜提都不提，然后又完全出乎意料地在交谈中间做个暗示。她对他的爱有多少与他为战略情报局工作过有关呢？不正是这造成了他与她所嫁男人之间的巨大差别吗？每当他送文件去销毁时，他胃就灼痛，像是火焰从火炉里跳进他体内似的。他现在销毁的材料，杜勒斯能用来做什么呢？他一次次看到冯·京特坐在他的办公桌旁，说，瓦尔特·布劳恩魏因死了。他没有立即跑去找凯特，反而是让痛苦俘虏，对自己说，明天，我明天去找她。可明天已经太迟了，明天凯特死了，一颗子弹的弹孔横穿过所有回忆。

一次心不在焉的散步之后，在厨房里，玛琳端着杯咖啡站在他面前，问起秘密文件的事。

“我本想做正确的事情，玛琳。”他在眼睛的高度攥起双拳，“正确的事情？这是什么东西？玛琳？是什么？”

她将一张椅子搬到厨柜前，爬上椅子，他赶去她身边，托住她臀部。她抓住柜子，摸索着，将一张发黄的、边缘有点卷的纸递下来给他。玛琳居高临下俯视着他，从这个角度看，她宽宽的下颌骨和鼻子特别迷人，几乎有点傲慢。

“英国南部的一位德国间谍，化名勃兰特。是你用你的疯狂笔迹写下来的。”

她手又伸向柜子上方。

“盖伦将军的一份报告，被你改写成了简短的笔记。拿着！”

他左手拿着那些纸，右手托着玛琳的臀部。他含糊地说，她该下来了。

“重新振作起来吧，”她说道，“我儿子死了。我的孩子，弗里茨。我欺骗了那个获准娶我的男人。你信赖我。我们命悬一线。这一切都白忙了？我们做这一切，就为了让你现在停下来？不能停，弗里茨。这样不行。这——这将是背叛。真正的，实实在在的背叛。”

有人敲门。弗里茨盯着黑暗的门厅，将那些纸递给玛琳。敲门声很轻，很友善。真奇怪，什么都能听出来。

“谁啊？”

“一位老朋友。”

弗里茨立即听出了那声音。欧根·扎赫尔。他们拥抱，扎赫尔身上散发出刮须水和洁净的味道，不是战争和匮乏的气味。弗里茨将他拉进屋里。在越发颓丧空洞的柏林市中心,竟还有个朋友在身边,他简直不敢相信。“这房子好温馨。”扎赫尔说道。

当瞥见玛琳靠在厨柜上时,他鞠个躬,吻她的手。他的大鹰钩鼻碰到了她的手腕。弗里茨替他俩做了介绍。扎赫尔说,他带来了巧克力,玛琳幸福地叹了口气。弗里茨从柜子里取出一瓶摩泽尔葡萄酒。玛琳说:“弗里茨如今很擅长偷酒了。”她洗净三只水杯,对着苹果汁色的灯光照照,每人分发了一只。她说,请扎赫尔谈谈伯尔尼的情况吧,谈谈一个没有炸弹掉落的城市的情况。拜托,拜托,她说,让扎赫尔带她在城里小逛一圈。他们碰杯,欧根·扎赫尔讲起来。玛琳闭上双眼,当听到橱窗里摆满香肠和奶酪时,她深吸了一口气,弗里茨看到她的鼻子十分迷人。

扎赫尔询问弗里茨为什么中断了与伯尔尼的联系,弗里茨结结巴巴,讲了布劳恩魏因夫妇之死。

他们沉默了一阵,听到邻居房子里有什么东西摔碎了,像是在挪动家具。

“欧根,有人看见你过来吗?”

“没有,我相信没有。”

“他们怎么能冒这种风险呢?”

“恐怕你必须选定一方。”扎赫尔说道。

“谁说的?”弗里茨问道。扎赫尔拒绝地抬抬手,请求原谅。

“我选定了。”弗里茨说道,“只是至少有两方。你懂了吗,欧根?”

“是的。是的,好吧,弗里茨。”他喝口葡萄酒,笑望着玛琳。

“端坐在瑞士。”

“弗里茨,拜托。”玛琳说,“这不公平。”

“你听我说,弗里茨。”扎赫尔说道,“没有什么不好的,一切正常。我理解你呀。听我说,杜勒斯询问的是:部队调防西线的情况——从俄国,从意大利;法国的改编;补给途径,海岸防御工事,师团指挥官。”

“入侵!”

“但愿如此。这种疯狂总得有个结束的时候。”

“我的天哪,”弗里茨说道,“在法国登陆!这会毁掉那头猪猡。终于等到这一天了。”

“杜勒斯当然什么都没告诉我。”

“他们擅长啥也不说,欧根。”

“你可是十分看重杜勒斯的。”

“现在大大减轻了。”

“他们帮我弄了本伪造技术一流的瑞士外交官护照。他们一点也没有强迫我。他们问了我的意见。我是随一个商贸代表团来这里的,做生意。我时间不多。我该怎么对杜勒斯说呢?”

弗里茨望望玛琳,她的目光诚实,具有挑战性。玛琳打开厨柜,将里面的一些东西推来推去,取出样东西。她将它粘好了。

她将地球仪放到桌上。

“我的地球仪！完好如初了。你连德国都修好了。”

扎赫尔的手指小心翼翼地摸过松脂的粘痕。“世界可不像它总是被呈现的那样光滑浑圆。”他说道。

“我有多少时间?”弗里茨问。

“一小时。”

“行。我出去会儿。”

“外面情形很糟。”扎赫尔说。

弗里茨走了。

他在一堆瓦砾上坐下来,被炸碎的石头在他的重压下垮塌了,灰尘和土粒滑进他的鞋里。有一辆卡车驶过,有个男人骑着自行车经过,不时有辆落满灰尘的汽车开过去。不足一小时的决定时间。他感觉到上装口袋里沉甸甸的左轮手枪。他望望被毁的街道两头,视线越过灰色的瓦砾、倒塌的房屋,其中有几座从两面压向道路中央,像是要扑向对方似的。他内心实在习惯不了这样的景象、这样的恐怖。

他点燃一支弯曲的烟,吐出烟雾。卡特琳,你怎么看?丫头,我杀死的那些人不全是纳粹,他们不全是猪。我总想正派做人,保持镇静。可我是怎么做的呢?这里的一切。你看看这儿,卡特琳,你看看!这一切都不可能是真的。

他听到一台发动机嗡嗡响，踩油门时的轰鸣声，换挡后的第一声轰响，然后是机器运转的声音，一辆军用运输车在街上颠簸，灰色的掩护篷布放下了，暗淡，吸光。弗里茨掏出左轮手枪。“砰。”他说道。街对面有个女人望着他，手里牵着她的女儿。

“您离开柏林吧，”弗里茨喊道，“您带着小姑娘离开这座城市吧。今天就走。”小女孩望望她母亲，说了句什么，女人牵着她瘦小的胳膊继续走。小女孩一瘸一拐的，她的右腿僵硬，每走一步肩都往上一耸。就连孩子们都逃不过，弗里茨想道。他收起手枪。如果不为艾伦·杜勒斯做间谍工作，他该如何与玛琳一道生活？他该如何向自己交代？讲起来真可怕——可英国、美国、加拿大、俄国、法国的士兵们，当他们射击德国男人时，他们是在射击真正的人。父亲们，儿子们，丈夫们，地图绘制员们。瓦尔特·布劳恩魏因。太恐怖了，却又无法改变。弗里茨将烟蒂弹到街面，烟蒂白色，冒着烟，飞进一个弹坑，再也看不见了，只有一缕细烟从被掀开的地里升起。在他读过的书里，每当人们要做出决定时，总有关键性事件发生。这回是他和他的思想，他的不幸和他与玛琳的幸福，一个在爱情上运气不会好的瘸腿小女孩和死去的布劳恩魏因夫妇。他将帽子往上推推，奇怪这决定突然来得这么容易。我要干掉你们，他想着，走回住处。

“告诉杜勒斯，我重新开始提供情报。别的啥也别说，一句也别提我们在这里谈的内容。别提布劳恩魏因夫妇。你就告诉他，伍德又回来了。另一个伍德。”

“狂怒?”

“伍德。”

“一个 u 还是两个 o?”[1]

“两者都是。”

1 一个 u 是 Wut,“狂怒”的意思;两个 o 就是 Wood,是名字“伍德”。

十一　入侵和暗杀

“夫人，可以邀请您陪我跳支舞吗？”弗里茨在厨房里邀请玛琳跳舞。这是 1944 年 6 月 7 日的夜里。盟军已在诺曼底登陆。

“可以，先生。”

他们将桌子推到一边。玛琳轻声哼着一支华尔兹舞曲。唱歌真好，她说，唱歌让人快乐。她曾经参加过合唱团。他现在可别想，她说，这多少有点庸俗什么的。

“我不想，”弗里茨说道，“音乐不庸俗。”

“好吧，那纳粹的音乐呢？”

弗里茨叹口气。“让他们全来亲我们的屁股吧。”

玛琳“哧哧”笑起来。“那可不行。”她说道，“你可以得到我的。别人可不行。”

人民电台里的声音总是很兴奋，弗里茨苦涩地笑了。不管希特勒的军队不得不遭受怎样的失败，总被描述为胜利，描述为天才的军事手腕，敌人会付出巨大的代价。全都是遵照伟大元首的意思。戈培尔声嘶力竭地对着麦克风喊叫。弗里茨透过一只白兰地酒杯望着玛琳。或许他也变得歇斯底里了——事关她的时候。“我可以忍受。”她说道。

她嘴角的小皱纹变深了。有时候，她站在镜子前说，看到所有那些残疾人的样子和摆弄叮当响的义肢让她发疯。她说时站得远远地俯向镜子，像是在自己脸上找什么东西似的——义肢用得越来越少。“现在是截肢，想办法救命。不再是换掉什么。”不再谈研究，也不谈人体实验。

“他很和气，弗里茨，”玛琳说道，“那位教授。是个平易近人的人，礼貌，有教养，对员工宽厚。这，我是说，这不可能是真的，但这个人，他是——哎呀，我不知道我想说什么。”

“你喜欢他？”

她举起双手，不知所措，不敢相信自己。

“我必须先思考，才能厌恶他。如果不思考，我就喜欢他。”

“我也不理解，一个人身上都会有些什么。无法看透。”

“最近他在偷偷喝酒。他将白兰地倒进咖啡杯里。”

晚上吉泽拉来找他们。玛琳给她讲过，弗里茨又在外交部偷葡萄酒了，是他的一个特长。吉泽拉在许多句子讲完时都会笑一声。弗里茨对她那无动于衷的样子感到既困惑又好笑。他实在不清楚，这个紧绷绷圆嘟嘟的女人怎么笑得出的。这种人，他想道。也许她愚蠢——可她善良，那么善良，让她的周围充满喜悦。

“现在，在入侵之后——我对那些美国小伙子满怀好奇。”吉泽拉说道。弗里茨心里升起一丝疑惑。他很准确地记得与玛琳的谈话，她讲吉泽拉问过一种轻松的三角关系。

“这多少是有好处的，”吉泽拉说，“许多民族在一个国家相遇，对吗？你们怎么认为？所有那些边界，是它们才让这整件蠢事成为可能。”

“我们将结束这种愚蠢。”弗里茨说。

“真的吗？嗨，那倒不错。玛琳，美人儿，这些黑人鸡鸡很大，你认为这是真的吗？”

玛琳笑起来，望着弗里茨。他无奈地用一只手遮住眼睛。

弗里茨希望能很快得到再去伯尔尼出差的机会，但送信的差事越来越受到限制和监视。当他获悉一位同事不久后将首次去瑞士时，弗里茨试图说服对方将这个出差机会让给自己。那个人笑了，说：“这不行！”弗里茨不能过分坚持。他考虑夜里开枪打死那个人，或在部里将他推下楼梯，但他不能再做坏事了。战略情报局的人才干得出这种事。他不行。

冯·京特看上去紧张，苍白，他派弗里茨去巴黎。这是半官方性质的，他说，他知道可以像平时一样信赖弗里茨。这对弗里茨不会有害。冯·京特要他将一份文件亲手交给那边领事馆的一个人，让对方签了字再回来。

“当伟大这个抽象概念遇上现实这个具体概念时……”冯·京特开口说道，但没有讲下去。外交部走廊里，人们三五成群，笑得很勉强，说要让美国人和英国人出血。众人分开时，弗里茨从他们眼睛里看到了恐惧、担忧和不安。时而有人低声交谈，直到有人走过时大声说“希特勒万岁”。

听到冯·施陶芬贝格伯爵[1]用炸弹暗杀希特勒的消息时，弗里茨正坐在巴黎香榭丽舍大街的一家露天咖啡馆里。希特勒又一次逃脱了死神。弗里茨一拳擂在小圆桌上，餐具叮当，阳光颤动。士兵和军官们望着他。“这些猪猡。”弗里茨说道。“希特勒万岁。”几名军官说道。

施陶芬贝格。收音机不再报道别的了。有人将一只收音机放到一张咖啡桌上，大家都紧张地聆听，阳光下竖起耳朵，神情严峻。收音机里谈到一小群傲慢无礼的军官和领导层的狂热报复。柏林一定出现过几小时大混乱，直到希特勒本人毫发无损地与市指挥官通电话。“我们的元首是杀不死的。”一位军官说道。弗里

1　克劳斯·冯·施陶芬贝格（Claus von Stauffenberg，1907—1944），纳粹德国陆军上校。1944年7月20日，他将装有炸弹的公文包带进狼穴的会议室，试图炸死希特勒。刺杀失败后被一个临时军事法庭判处死刑。

茨拳头插在裤兜里，在阳光下，在宽阔的巴黎大街沥青上的“咔咔”军靴声中漫无目的地瞎跑。他一直认为，希特勒一死，纳粹帝国就会瞬间瓦解。战友，统一，团结——这一切只是词汇。一旦希特勒最终死了，消失了，他们就会互相残杀。

穿过埃菲尔铁塔的钢铁支架，他抬头望向太阳。他尽量简短地概括了他能找到的有关西线调防的情报，寄去了伯尔尼。兴许这有帮助。它一定有过帮助。

此刻他站在塔脚，抬首仰望。一辆军用卡车“咣当咣当”地驶过，他听到某处传来沉重装甲链的“当啷”声，大地震颤，但他没有回头张望。他们怎么还不放弃？彻头彻尾的愚蠢。只有毁灭。迷恋死亡。英勇死亡被当作伟大事件——仿佛死在一辆装甲车下或一架燃烧的飞机里具有特殊意义似的。施陶芬贝格那帮人如何做到将一颗炸弹安放在希特勒身旁，而炸弹又没有杀死他的呢？情况会变得更加糟糕。他听说，柏林到处都有人被捕，第一批处决已经执行。据说外交部里也发生了这种事。外交部全体人员，暗杀发生时正在国外的，都受到最严厉的审查。他必须回去。重新返回杀人的柏林，重新返回这座臭烘烘的地狱。返回玛琳身边。弗里茨乘地铁去卢森堡公园，他还想窃取一小时的安宁，稍稍感受一下太阳。巴黎——表面上——如此健康。武装的国防军士兵在平民之间巡逻，圣米歇尔林荫大道的出口悬挂着纳粹旗帜，一名穿深色服装、头戴帽子的女子坐在一张公园长椅上吸烟，望着两名德国士兵的背影。那两人走开几米之后，她冲他们的背后吐唾沫。弗里茨咧嘴笑笑，见到这么个优雅的女子吐痰，实在不相称。他转向士兵们，冲路上吐了口痰。那女子莞尔一笑。她还以为他是德国人呢。她说他长得像德国人。

“我是德国人。”

女人皱起眉头。

“亏您好意思说。”她说道，站起来，穿过几棵树的树荫，走向公园铁栅栏门。你怎么做都错，弗里茨想。他从一个花坛里抠出一点土，装进一只铁皮罐，在盖子上写下“巴黎”两字，然后收起铁皮罐。

火车站大楼高大沉重的屋顶下挤满了士兵。轨道尽头，太阳软化了道沿，弗里茨看到了烟雾，一面纳粹旗帜在熊熊燃烧，火苗呈之字形快速上蹿，将旗帜吞噬。士兵们手端卡宾枪追赶一个男人，跑去了外面。“我祝你好运。”弗里茨呢喃道。

最后一次空袭时外交部被击中了。弗里茨担心地询问冯·里宾特洛甫外长当时在不在部里。不，幸好不在，米勒说道。

“您到底去哪儿了，科尔贝先生？”

“关您什么事，米勒？”

年轻人逼近弗里茨：“我会逮到您的，科尔贝先生。”他挺直松垮制服里的身体，伸出右臂行了个希特勒礼。德国的形势越严峻，米勒的自信增长得越快。有一瞬间弗里茨几乎为小伙子感到遗憾。

外交部的上面几层无法再使用，瓦砾被铲进内院，大部分窗户被炸掉了，取而代之的是笨重的木板，即使大白天走廊里也是阴暗的。无线电台最终被安置在各个地下室里，通信渠道遭到了破坏，不停地有官员奔走在潮湿的走廊里，寻找各种电报的收件人。米勒绝望地试图将他的岗位变成所有新消息的汇集中心，在走廊上冲灰头土脸的摩托车司机叫嚷。冯·京特又不知到哪里去了。

弗里茨负责让部门正常运转。他办公桌上堆的文件比平时更多。冯·京特打来祝贺电话，人家向他汇报，弗里茨以德国官员的勤勉掌控了形势。

“真难掌控啊，大使先生。”

弗里茨与玛琳抄写有关附庸国的文件，保加利亚，罗马尼亚，匈牙利，到处都在撤退，这些情报对美国人有可能很重要。他用密码记下日本师团指挥官的名字，将它们随信使邮件寄去伯尔尼。大多数领导躲去了萨尔茨堡，有一个消失得无影无踪，三四个在暗杀希特勒一事之后被捕了，再也没人见到过。米勒报告说，许多员工受到审讯。“也会轮到您的，科尔贝先生。”

“米勒,我没什么好隐瞒的。什么也没有。我是忠诚的。”

“忠诚至死吗,科尔贝先生?”

“是的。您呢?”

“当然是这样。”

“是啊,当然是这样。”

十二　剥落的伪装

柏林，1945年初

冯·里宾特洛甫让人将数十封通知寄到部里。他认为特别重要的是，从部里招募更多有作战能力的男性参加国防军，这完全符合元首的意思。“这当然不适用于您。”冯·京特说道，他亲自安排，让弗里茨继续免服兵役。其他男人都垂头丧气地收拾他们的所有物，从办公室里消失了。冯·京特很少坐在他的办公室里，弗里茨有一回见到他时，这个大男人正在啃大拇指指甲。冯·京特一直很重视身体护理，但身上有汗味。他谈到貌似绝望的形势下狂热主义的力量，谈到绝对意志的力量和恐吓、夸张悲剧的动员效果——满指望千年后还有人歌唱它们。

“也许，科尔贝，狂热主义是一种形式……”

“伟大？”弗里茨打断道。冯·京特看着他，动了动嘴以示高度赞许。

“是的，科尔贝，是的。您还是学到了些东西。这件事，”他抬起食指，“是很有意思的，是的。”

冯·京特让人从办公室里清走了他的所有私人物品。现在，外交部内院里的油桶不停地烧着，在灰蒙蒙的冬季天空下闪烁着橘黄色。如果弗里茨真听到了什么有关希特勒的消息的话，那就是，他在伯格霍夫[1]一次又一次暴跳如雷，他的独白越来越长。关于丘吉尔，弗里茨只知道，他在德国空袭后定期出现在伦敦的废墟，来到人们身边。而希特勒只在胜利的时候露过面。

冯·京特不在部里时，弗里茨经常锁起门打太极拳，直打到恶心想吐。他尽可能以此排遣体内的东西。就像他一直想要希特勒死一样，他一定要玛琳·维泽活着。在家里，他拿一把肉叉戳报纸上希特勒的头像，连叉子都戳弯了，他拿它横着划过那张长着粗俗髭须的黑白的脸，直到只剩下窄小、卷起的纸条。时间紧迫，纳粹政权采取越发严酷的高压手段。处决数量快速上涨，在曾经灯火通明的首都，他看到男人头歪向一侧，被吊死在路灯柱上，脖子上经常挂着块牌子：“我是个胆小鬼。”有些人裤子被褪下来了，就这样吊在那里，脸色发紫，表情惊恐，全部尊严都被剥夺了。

某个时候传出消息，说希特勒来柏林了，躲进了被炸毁的帝

1　伯格霍夫，又叫元首山庄，是希特勒的度假别墅，位于德国巴伐利亚境内阿尔卑斯山间。

国总理府地下的防空掩体。弗里茨离他很近。

冯·京特将他叫去办公室。档案柜的门全部敞开，地毯不见了。

“我让人将我妻子和孩子们接出城了，科尔贝。”他说道，咬着大拇指指甲。他的目光左右忽闪，像在观看一场荒谬的网球赛似的。

“元首说，将会足够早地制造出新式武器，战胜这场危机。我想，尽管如此，我们还是必须做好准备，以防万一，嗯。要是里宾特洛甫在这里就好了。”冯·京特的眼皮在跳。他一定明白，弗里茨想，他一定明白，事情完了。

“您听着，科尔贝。您还得去一趟伯尔尼。我准备了些材料交给魏兰。只给魏兰，您理解吗？”

“是，大使先生。”

“之后您尽快回来。我要请您帮一个忙，对您不会有害的。您将离开这座城市。现在我只能告诉您这么多。”

“您将在哪里呢，大使先生？万一敌人长驱直入柏林的话？”

“他们做不到。但是，暂且这么认为吧，只是纯理论上这么认为一回，那我们就必须将目光投向西方。投向西方和未来。您私下里结识过美国人吗？”

“美国人？我？没有，大使先生。”

“他们倒没有那么邪恶。原则上他们也是布尔什维主义的敌人。我们，科尔贝，我们是外交官。至少曾经是。永远都是，对。”

冯·京特递给弗里茨一只褐色信封。上面模糊地盖着一枚部里的印戳。汉森夫人不在部里了，冯·京特说道，他亲自为弗里茨出具了签证。

“去伯尔尼不会那么简单了。专用车厢和类似特权都被取消了。车轮必须为前线运转，科尔贝。但还有一列火车在开，明天上午从安哈特火车站出发，十一点三十分。另外，根据新公告，您不可以单独出差。米勒将一直陪着您去伯尔尼。”

“米勒？”

“您有异议，是吗？”

窗玻璃颤动起来，尘雾笼罩了被击中的屋顶。冯·京特走近窗户。三辆旧坦克晃着铁链，沿着威廉大街驶向南方，地铁入口聚集起一群衣衫褴褛的逃亡者，他们四处张望。宣传部对面，褪色的纳粹旗帜沾满尘土，沉重地挂在弯折的旗杆上，其他的弗里茨就看不到了。他从内袋里掏出烟盒，递给冯·京特一支，他们站在窗前吸烟，望着窗外被炸毁的广场。

“我要请您帮的忙，嗯，维泽夫人——她是姓这个，对吗？嗯，她也能从中获益。您就相信我好了，就像我一直坚定不移地信赖您一样。还有……”他将烟举到头的高度，“我一直在为您扫除后顾之忧，嗯，科尔贝。请您不要忘记这一点。您从来就不是国家社会党党员，是本部唯一的例外。您欠我点人情，科尔贝。您欠我很多。”

“我可以带上玛琳。明天。”

冯·京特眼睛眯成了缝。弗里茨做得太过了吗？他从冯·京特的眼里读出了不信任，但没有感觉不安。

“您疯了吗，科尔贝？”

有些东西结束了。可能是因为离战争结束越来越近，反正弗里茨无法再压抑，无法再全部压制下去。这不是下属在面对大使，不是演员和骗子在面对大使——这是男人弗里茨·科尔贝在面对男人恩斯特·冯·京特。弗里茨尽最大努力想摆出一脸顺从的样子，但没有做到。冯·京特沉默着，拳头举在唇前。他现在终于识破弗里茨了吗？然后有什么东西返回了冯·京特的眼睛里。

“给我出去！”

战争结束后，弗里茨想，我会再见到你。当他将手放在门把手上时，冯·京特在身后叫住他，那些话在空洞的办公室里回响。

“科尔贝，魏兰是条灵敏的狗。我们在瑞士有大批人员。有些人现在生出了怪念头。”

“是，大使先生。”

“损失掉这个矮小老实的官员[1]就可惜了，对不对?”冯·京特将大拇指和食指的指尖分开一厘米左右。

“这位老实官员会活到战争结束的。玛琳·维泽也是。”他用信封敲敲自己的额头。

弗里茨随手关上了门，从墙上摘下阿尔高风景画，打开保险箱，将秘密文件塞进上装和大衣的内袋里，离开了办公室。在走廊上他没有碰见谁，听到一间办公室里有两人在对嚷，另一间办公室里传出打字机键盘声。他走出来，走到落满灰色粉尘的威廉大街，从地铁入口的流亡者中间穿过，想解开他的自行车的铁链。他看着所有这些苍白的脸，闻着这些人的衣服和他们有病、饥饿的呼吸。他跑回去，从办公室里取出剩余的巧克力，分给几个孩子。天气凉爽，太阳照耀着尘土飞扬的废墟和可怜的羊毛帽，在远远的东方，他看到有根黑色斜烟飘在空中。他经过破衣烂衫的士兵队伍，沿大街北上，骑往施普雷河岸，桥被炸毁了，他沿河骑向最近的便桥。流进河水的垃圾和被炸飞的泥土使施普雷河变成了褐色，他看到河对岸躺着一排尸体。

夏里特医院周围停着盖有红十字篷布的卡车，楼前停放着数百只担架，担架上躺着紧急处理过的伤员。黑暗的大楼成了数千声呻吟和恳求的发声体。弗里茨穿过过道，挤去玛琳的办公室。

1 指弗里茨。

她不在。她房间里堆放着包扎用品箱，床上堆着义肢。他向一位哭泣的护士打听她。她在手术室协助教授。哪个手术室，弗里茨问，整座楼都是手术室。在地下室，教授只在地下室工作。

她坐在一张木椅上，外套上的血渍变成了粉红色，怎么洗也洗不掉。她低垂着头，手指间夹着一支烟。弗里茨在她面前蹲下。与此同时有人拉开一面窗帘，拎着一只桶走过他身旁，血滴落在地面。那只桶摇摇晃晃，七只被剥掉皮的手似乎在向弗里茨招手。“这儿好。”他说道，伸手去抓玛琳的肩。她看看他，满是黑斑的眼睛望向远方。

“我好爱你。”他说道。她眨眨眼睛，挤掉眼泪。

“我还得去一趟伯尔尼，玛琳。明天。等我回来，我们就离开柏林。我会得到必要的证件。也包括你的。我们逃出这里。我带你去安全的地方。”

她吸烟，让烟雾消失在她的体内。

“你照顾好自己，弗里茨。”

他目光越过佝偻的伤员，掠过护士匆匆的腿，落在武装士兵们皮带横斜的背上。

“柏林守不住了，玛琳。将出现一场难以想象的混乱。一场大屠杀。我们走，玛琳。我们离开这里。”

她将香烟扔地上，抬起脏鞋踩熄烟屁股。她的目光顺着水泥样灰暗的走廊扫来扫去，某个地方有人在喊，像是透过一块布。空气中弥漫着消毒液、烟草和粪便的味道。

“我今晚来这里接你。”弗里茨说道，“玛琳，今天夜里我们一起睡。睡在我们的床上。你听见吗？你和我。”

“我不知道我能不能离开这儿，弗里茨。”

“我八点到这儿。”

她使劲拥抱他。他重新抬起头来时，看到一个穿白大褂、疾步行走的男人的宽背。“这是教授。”玛琳说道。

“你最想要什么，玛琳？告诉我。我一直很喜欢听你说出来。”

“生活。”她耳语道。她的泪水濡湿了他的耳朵。

生活，她总是这么说。生活。

他听到她喊。他设法转身，但那该死的弯曲的铁皮不让他转身。汽车翻了个筋斗。

柏林的毁灭，他说，最后一次出差去伯尔尼，逃跑。战争结束时就该完了的。可事实不是这样。事实更糟糕。我们躲过空袭，幸存了下来，我们从我的间谍活动中幸存了下来——然后呢？

韦格纳望着他，眼里似乎有话要说。弗里茨想，韦格纳现在能够猜测他有可能指的是什么。

弗里茨从小屋旁边的一口井里取出三瓶啤酒，抹去上面的水,标签错位了。可以为这段时光喝一杯,他说。他们打开瓶盖,碰杯,瓶子"叮当"碰在一起。韦格纳坦率地直视着薇罗妮卡·许格尔的眼睛,她友善地笑笑。弗里茨在想着玛琳。当他逗她笑或恭维她时,她常将脸侧转开一点,低下头,从眼角瞟他。那模样总是很美。

你们去了很远的地方,科尔贝先生,薇罗妮卡·许格尔说道。

不断地来来去去,弗里茨说道。

有一回,他讲道,有人发疯似的敲我们的门。他喊我的名字。玛琳和我,我们正要抄写文件。我们想,完了。盖世太保,党卫军,谁知道呢。玛琳——她要我开枪打死她。我将文件扔进炉子里,手握左轮手枪走向门口。惊慌,恐惧。我差点就开枪了。可后来我醒悟过来,盖世太保或党卫军是不会敲门的。绝对不会。那是新来的街区看守,是个溜须拍马的纳粹猪。我的窗户没有遮好!就这事。您知道,为什么我朝向选帝侯大街的窗户没有拉好窗帘吗?我比玛琳早到家。我拆掉了硬纸板,好看到街上。我想看到她向我走来。当这个女人向我走来时,我想看着她。

这种压力之下的爱情,薇罗妮卡·许格尔说道,感觉不一样吗?

是的。

您还没有给我们看过她的照片,薇罗妮卡·许格尔说道。

会给你们看的。

韦格纳用铅笔在他的资料里画了根线，画了两个小圈圈，松开领带。

我父亲被盖世太保从瑞士拖走了，他说道，我们一直没弄明白为什么。一定是搞错了。他是个普通人。

我也是，弗里茨说道。

他从没做过什么违法的事。从没。他不敢做。我这不是指责他！不过，他的一位好友……人们说他刺探过情报。我们再也没听到父亲的什么消息。消失得无影无踪。一切都结束后也是杳无音信。像是被大地吞没了。我母亲后来嫁给了那位朋友。

您父亲的事让我很遗憾，弗里茨说道，不知道发生了什么事，这很糟糕。

他喝口啤酒。真奇怪，将冰凉的瓶颈贴在嘴边，让酸涩流淌，将它吞下，感觉精神和肉体都放松，这是多么适意啊。在纳粹当中，他说，后来有许多酒鬼。谁弄到一瓶，就会喝下去。行将毁灭的柏林在荒诞地纵酒宴乐，再谈不上什么纪律、秩序和立正了。

紧接着您的第三次伯尔尼之行，韦格纳说道，出现一起死亡事件，它对您的影响很关键，让您在新德国成为——我该怎么说呢？

“不受欢迎的人”(Persona non grata)。在新德国，跟当年在开普敦一样，我是个不受欢迎的人。他们宁愿我从未存在过。这是那些从未采取行动、从未反对希特勒的人的良心。他们无法容忍身边有个像我这样的人。当然还存在死不改悔的纳粹分子,但更多的是随大流的人。他们无法忍受我与他们坐在同一个办公室里。那些人现在又慢慢爬回到领导岗位上,他们更加不能容忍。

他将纽伦堡审判期间一位被告的照片放到桌上,脸孔和城市地图交叠在一起。

所有人都为自己辩护,声称无罪。底层的纳粹好多被无罪释放了,另一些判刑太轻了。冯·京特也是。他十分感激被拘留。他们受到热烈欢迎。而我呢?我是泄密者,对死亡负有责任。天哪,有多少谋杀是他们的责任啊?一位曾经参加过万湖会议的男人,至今还作为税务顾问生活在柏林。您知道万湖会议期间做出了什么决定吗?

当然知道,薇罗妮卡·许格尔说道。

韦格纳望着弗里茨。他的目光里既有欣赏也有怀疑,和从前在伯尔尼时威廉·普里斯特的目光一样。

良心是个依据吗,韦格纳先生?

我不知道。慢慢地我也这么想了,嗯。

薇罗妮卡·许格尔双手抹过照片和城市地图,直视着冯·里宾特洛甫的眼睛,把盖伦将军转到光线里,抹平一张报纸上的照片,照片上,一堆奥斯维辛的灰色骨头和头颅在呼喊。

我钦佩这位摄影师,她说道,可您的照片在哪儿呢,科尔贝先生？

我的？

您有那么多理由可以骄傲，韦格纳说道。

年轻人的恭维打动了弗里茨。有谁不爱听恭维话啊？可它在弗里茨那里又撞得头破血流，他心里有什么在抵抗。在希特勒德国的整个肮脏生活，那些死者，玛琳的呼喊，码头上的卡特琳。

如果你做正确的事情，他说，你就得为此付出代价。

韦格纳记下弗里茨的格言。薇罗妮卡·许格尔从长椅上站起，离开了小屋，两个男人望着她的背影。

恋爱了吗，韦格纳先生？

我结婚了。

许多人都没有和他们想要的人在一起。

薇罗妮卡·许格尔走回来，门摩擦着木地板。年轻女人手里拿着相机。

现在必须拍，科尔贝先生。拜托。

好吧——同意。

您重复一下刚才那句话好吗？付出代价那句？

如果你做正确的事情，你就得为此付出代价。

“咔嚓。”相机快门开始工作。弗里茨只看到薇罗妮卡·许格尔的下颌骨和额头。

弗里茨坐到桌旁，双手搁在纸箱上。过去的事实无法清理。

但你可以解释它们。照片，他想道，没有背景的瞬间。那些听不见心跳的情境的照片。没有谎言，没有欺骗——对吗？他将一张照片放到桌上。

打败法国后，我们在冯·京特办公室里饮酒，他说道。薇罗妮卡·许格尔端详那张照片，韦格纳俯向她，他们的肩碰在了一起。弗里茨不必看那张照片，他认识他们所有人。他就站在冯·京特旁边，冯·京特身穿西服，像平时一样，系根领带，个子不是很高——他忍不住会心地笑了。他从不说自己个子矮，弗里茨说，即使说，也只说他不是很高或中等身材。他从不喜欢仰头看人。照片上只有男人，在纳粹时代这是典型的。他们胳膊弯曲，手执香槟瓶，背景是一张希特勒半身像，所有人都在笑，弗里茨闭嘴微笑，没露牙齿。

现在，由于什么都知道了，薇罗妮卡·许格尔说道，可以认为，您不属于他们。

一张照片算什么，许格尔小姐？

她抬起食指，从左向右晃动，像个节拍器似的。它们不撒谎，她说。噢，它们会撒谎的，弗里茨说道。她笑吟吟地望着他说，我们应该讨论讨论。

弗里茨拿出另一张照片。他坐在伯尔尼酒店前的长椅上，双腿交叉，手搁在膝上，手里夹了支烟。帽檐遮住了他的眼睛。这是欧根·扎赫尔拍的。

接下来的照片他没有拿出来——他看着毁坏的汽车，又听到玛琳在喊，穿过岁月和种种事件。他翻转那张照片，拿起下一张。冯·里宾特洛甫身穿黑色党卫军制服，在接见一个意大利代表团。冯·京特在笑，斜背后站着弗里茨，他有可能在盯着冯·里宾特洛甫。

您真的身在其中，韦格纳说道。

没有比这更好的情报来源了，弗里茨说道。他还从未这么表达过，从没有说得这么直接过。这让他感觉舒服，他感觉很愉快。

这儿，他说道，战后我和艾伦·杜勒斯在柏林的一次短暂会面。那个善良的人几乎没时间理我。

他也抛弃您了吗？

弗里茨将那张照片像一张牌一样弹到桌上。

杜勒斯在他这一行成就斐然。美国最大的老板。也是他让盖伦将军学会社交应酬的。要不是那么恐怖，真会让人笑出来。这张，我和威廉·普里斯特，同样是在柏林。一个好人，我后来开始喜欢他了。他当时疯狂地迷恋德国啤酒，觉得它了不起。请您别误会，这人不是酒鬼。酒鬼是讨厌的家伙。再来一小瓶啤酒吗？

两个年轻人点点头。他们之间的气氛发生了变化，似乎形成了一种安静易碎的默契。他讲了很多，终于讲出了布劳恩魏因的故事，但又略去了一些，在内心做了处理，抵抗的墙壁破碎了，他心软了，这对他有好处。他从井里取出另外三瓶啤酒，望望山峰。太阳逆着浑圆的山顶运行，一侧的岩石闪闪发光，另一侧显得暗淡危险，影子变长了，山谷灰蓝，河流变暗了，水涌上石头的地方，有细碎的白斑。

弗里茨打开办公桌上方的灯，塑封照片上出现光纹，他只有摆动头，改变与光纹的位置，才能依稀认出它们来。

那好吧，韦格纳说道，最后一次伯尔尼之行，逃出柏林。

最后一章，科尔贝先生，薇罗妮卡·许格尔说道。

暗杀，科尔贝先生，韦格纳说道。这一次他直接凝视着弗里茨。

弗里茨摇摇头。最后一章还一直没有写下来呢，他说道。他身体后靠，伸出双腿，为自己点燃了一支烟。

我不会认输的，他说道，说什么也不会。那将是背叛。对生活的背叛。还有，女士，先生，我无所谓这听起来有多做作。我说的都是大实话。

在门外，他站到玛琳面前，将她的双臂搭在他肩上，将她背了起来。

“弗里茨，”她呢喃道，“我比你高。”

“我是运动员。我现在背你上楼，可能会有点不舒服，我们得忍忍。”

“忍了。”玛琳“哧哧”笑道。楼梯被两人压得嘎吱响，由于费劲和爱情，弗里茨笑了起来。在室内，玛琳任大衣滑落地面，溜进厨房。弗里茨为她煮茶，给她涂了一份果酱面包，又替她将一只苹果切成了块。

“你必须脱掉那臭烘烘的衣服。”他说道。他帮她脱衣，将胸衣、裙子、袜子和内裤挂在窗旁，在厨房里烧水。“等到暖和了，”他说道，“就跳华尔兹。”一丝不挂的女人笑着张开胳膊。弗里茨右手放到她背上，抓起她的手。“一，二，三。”玛琳说道。他吻她。“我们做到了，美人。我们做到了。”她双臂交缠在他的颈背，抱紧他，让他贴得那么紧，他都感到疼了。他知道，她闭上了眼睛，正在享受这宁静、亲热的瞬间。“你，”她说道，“你，你。”

他用一块热腾腾的毛巾擦玛琳的脖子，她的腋窝、乳房，她的大腿汗津津的内侧，替她盖上。他将所有垫子垫在她背后，让她可以好好地吃喝。弗里茨肯定想和她上床，虚弱和过度疲乏的玛琳可能也有同样的欲求，但这不会实现，不管他明天是不是出差。这欲望被掩埋得太深了。玛琳睡眼惺忪地冲他笑笑，他吻了吻她的鼻翼、脸颊和嘴。她睡着了，他坐在她身旁，小心翼翼地抱起她的后脑勺，抽走几只垫子，熄掉灯。

厨房桌上摆着秘密文件，灯光下纸张皱巴巴的，色泽暗淡。天知道他们一个个为什么都想死。为屠夫和蔑视生命者而死，这是什么荣誉？荣誉归于生命，而不归于一位皇帝、元首甚至一个想法。狂热的日本人跟希特勒的部队一样被打败了——他们干什么了？弗里茨翻阅着，笑了，看看吧，日本人欠德意志帝国六千万马克。

东线某些地区的撤退多少可以看作结束了，他读道，无法理解怎么会有人写这种东西。

他翻阅有关日本人武器的报告，大正机关枪（Taisho MG）每分钟能发射五百发子弹。

有人向冯·里宾特洛甫这位"万分尊敬的帝国外长"汇报，入侵受到欢迎。"您知道，冯·里宾特洛甫先生，起决定作用的不是物资多少，而是部队的精神。"外交部门当然知道占领的事，敌人不可能隐瞒住这种行动。

弗里茨一只手放到额上，摇摇头。难以置信。他将大拇指放到纸张下，一页页地翻过。"严格执行。"往车厢里塞进更多犹太人。为前线保留兵力。"亲爱的冯·里宾特洛甫，如果犹太人在集中营里丧命，那就更好。"弗里茨记下西线坦克后备军和坦克教导营的编号。那个来自东京、称冯·里宾特洛甫为"阁下"的男人谦恭地描述了非常可喜的狂热主义。

"亲爱的冯·里宾特洛甫，我们私下问问，你确定知道盖伦将军在做什么吗？"

接下来是一份被归为机密的冯·里宾特洛甫本人的通告，宣称不能容忍负责接待的夫人们行为疏懒。

丘吉尔错估了形势。

代号 X2Z 的银行在瑞士各网点的黄金储备。瑞士来的警备队。一丝不苟地检查信差。胜利万岁。

弗里茨从桌面推过纸张。审查信差。审查弗里茨·科尔贝。逮捕玛琳·维泽。将卡特琳永远留给未知的命运。他骂了一句，又拉近那堆纸，继续阅读有关意大利所谓秘密谈判的报告。不管级别和名字，必须立即清除背叛者。

盖伦将军斥责冯·里宾特洛甫，说他掌控不了他的部门。没有其他人敢用这种腔调对冯·里宾特洛甫说话。盖伦似乎胸有成竹。"您仔细读读，里宾特洛甫！"后面是惊叹号。

接下来是一封新近寄自日本的信，这回寄信人没再用阁下称呼外长。然后，弗里茨又发现一份有关将钱运去瑞士的报告。

他们在将钱撤到安全的地方，他想，数百万。

他对尽可能多的信息进行归纳，主要是关于西线进展，关于盟军兵力和太平洋地区的分析。他试图汇总帝国和瑞士之间运钱的全部说明，记下西班牙、意大利和法国的每一次情报活动，以及东欧或多或少公开反对希特勒的领导人的名字。

他站在卧室门口，目光在玛琳和文件之间扫来扫去。帝国机密。一个沉睡的秘密女人。

他坐在一节冷飕飕的货车车厢里。当他爬上一只箱子，透过装有栅栏的瞭望窗张望时，就能看见外面的田野，白雪皑皑，中间露出一块块褐色泥土。他看到一座车站被炸成了废墟，站前挂着一面卐字旗，难民们蹲在那里，眼神茫然，疲累。

有一回门被推开来，金属接缝里嘎吱响，盖世太保的成员牵着饥饿的狼狗，在始终黑乎乎的车厢里检查人们的证件。米勒立即跳起身。"希特勒万岁。"一位男子被两名盖世太保成员拽着胳膊拖出了火车，在快要散架的站台上戴上了手铐。弗里茨准备好他的外交证件和签证。检查他的那位军官不止一次直视他的眼睛。

"混蛋外交官。"

弗里茨一声不吭。他知道，说错一句，这些人就会将他拖出火车搜查。他又不得不沉默，缩头缩脑，卑躬屈膝。弗里茨不认识那个低垂着头的军官，不知道他在想什么，他爱谁，他做过什么——可弗里茨是那么恨他，恨得手伸进大衣口袋摸左轮手枪。那个人将证件还给他，冲下一位吼起来。当他让米勒出示证件时，弗里茨看到米勒向那个人鞠躬，对他耳语什么。"请您别告诉我该做什么！"弗里茨冲米勒笑笑。卑鄙和凶残在狭窄的车厢里触手可及。

虽然弗里茨方向感很好，但他说不出火车是怎么逶迤穿行于德国的。它需要五十多个小时才到达边境，夜里有时火光忽闪，他们听到空袭的轰隆声。有一回火车倒着行驶，然后在某个地方一停数小时，人们散发出汗水和干渴的味道。弗里茨感觉德国像是躲在一件臭烘烘的灰大衣下面，大衣会让它窒息。

“我们不会让这败坏掉我们的心情的。”他说道。其他人看看他，又望向别处。“希特勒万岁。”米勒说道。弗里茨挤去他身边，车厢灯光里，年轻人白皙的脸一片模糊。

“您当时在场吗，米勒？在船上？您想扔我下船吗？”

米勒笑笑。

“光是因为我的职位，我为真正的德国所做的就比您多。”

“希特勒万岁，科尔贝先生。随您怎么说吧。”

“我感觉就像在从南非回德国的航海途中。”

“我不知道您什么意思，科尔贝先生。”

“哎呀米勒，您很容易让人怀疑您的理解能力。”

巴塞尔火车站的检查员与弗里茨上次过境时是同一位。钢轨孤独冰冷，火车站静悄悄的，检查员的桌前仅站着四个人，弗里茨只能看见他们绷紧的背。

“啊，科尔贝先生，又去伯尔尼？”那个人声音友好。他长出了髭须。检查员回过头张望。两名怏怏不乐的国防军士兵身穿旧制服，背着卡宾枪走来走去，他们的靴子踩得石板地“嚓嚓”响。

“实际上根本不远。就几步，”检查员说，“然后就到瑞士了。”

那个人干咽一口，他的喉结在蠕动。“您待……”他看着证件，“三天，然后就回来？回德国？”

“当然。”

那个人将弗里茨的签证贴近眼前，又朝向两名士兵转了下身，然后端详起证件背面。

“这么一张纸意义多大啊，对不对，科尔贝先生？我一直只是规规矩矩做好我的本职工作。至于那后面发生的事情，”他指着小房子，“不是我的责任。我从未加害过谁。”

“请您原谅，可我现在得走了。”

“是的。当然。”他将签证举到眼睛的高度，笑望着弗里茨。弗里茨多么熟悉这表情啊——这是欲言又止的表情。弗里茨不知道检查员在担心什么，人家肯定不会将他当作战犯送上法庭的。也许他是害怕被他送进去搜身的那些人报复，弗里茨不清楚有谁又为什么被这个人出卖了。但他肯定，复仇会像把镰刀，弯弯地高悬在德国上空，长达数年。那么多无法抵偿的野蛮行为。就算他们把集中营看守拖上街头，就算他们饿死党卫队员，让盖世太保成员坐二十年牢，他也无所谓。所有关于复仇的哲学观点——复仇不道德，将复仇者变得与被复仇者一样糟——他都无所谓。他太理解复仇的感觉和理由了。他热切希望，没有一个集中营指挥官会得到袒护，他希望，戈培尔、戈林、冯·里宾特洛甫、卡尔滕布鲁纳这些家伙，不管他们叫什么，都会被迫在法庭上做出解释。

“如果我曾经对您不礼貌或粗暴，那就对不起了，科尔贝先生。我在这里也承受着压力。”

“明白。承受着压力。”弗里茨差点阴险地拍拍那个人的肩，向他侧过身去。

“现在将我的证件给我，你个混蛋。再说错一句，我就开枪打掉你的蛋蛋。几天后我就回来了。你这可怜虫。听明白了吗？还是说我们之间存在什么我毫不知情的沟通困难？”

那个人霎时间脸色苍白。他的眼睛恳求道：“没有，科尔贝先生。抱歉。”

“后面马上会过来一个名叫米勒的人。他一路上都让我不舒服。这人发表悲观言论。我强烈建议您仔细搜查他。”

“是，科尔贝先生。希特勒万岁。”

在伯尔尼火车站前，弗里茨直接走进一个电话亭。他用常用密码给战略情报局的人打电话。他不问约定时间，而是直接说了他什么时候去。然后他要求接通欧根·扎赫尔。

他站在酒店房间的窗旁吸烟。一层软雪覆盖着布本贝格广场，路牙的黑斑闪着亮光，像冰钓时的窟窿。纪念碑被脚手架包围了，微风吹动灰色篷布，轻轻甩落下水滴。山顶的天空灰蒙蒙的。弗里茨在热乎乎的浴缸里泡了很久，洗净了旅途的气味和复仇的念头。

他于约定的时间在后门口等扎赫尔。扎赫尔将帽子拉得低低的罩在脸上，竖起了大衣领。弗里茨将他拉进门厅，两个男人热烈拥抱。来到楼上的房间，弗里茨倒上威士忌。

“这里真好。”扎赫尔说道。

“有人找过你吗？”

“瑞士警察局的一名中尉。他问我认不认识你。”

“还有呢？”

“我说从前认识的，在西班牙的时候。在这儿我没见过你。”

“你说在这儿没见过我？尽管他没问你？”

扎赫尔迟疑一下：“我相信是的。”

“哎呀，欧根。”弗里茨呢喃道。他望向外面的广场，只见人们冻得缩作一团，行走在廊檐下，汽车川流不息，一个报架被寒风吹得东倒西歪。

“快要结束了。”扎赫尔说道，“他们必须投降。”

“你有预感。”

“所以你就留在这里吧。”

“欧根，我要从那里接出玛琳。我得回去。”

“弗里茨，他们会越来越疯狂的。他们不会再信你的把戏。你再也伪装不成了。”

“胡说。”

“你干得十分出色。我几乎不敢相信。可你看起来不一样了。”

扎赫尔喝下威士忌，给自己重新倒上。

“你不会掉以轻心吧？”

他肯定不会掉以轻心，但他的保护层越来越薄。扎赫尔说得对，他的戏更不可信了。一礼拜又一礼拜。随着驶近柏林的每一辆坦克，随着从部里消失的每一个人和被清空的每一间办公室，他的伪装都在剥落。致命的是他感觉良好。

振作起来，他想。他将一张椅子拉近扎赫尔，在他身旁坐下来。“我很快就得走，”他说道，“可走前我还想跟一位老朋友坐在这儿，喝喝威士忌。”

“你听到过卡特琳的什么消息吗？”

弗里茨望向窗外，将一只手搁到扎赫尔肩头。

“欧根，老伙计，给我讲讲你的最后一次远足吧。给我描述一下你看到了什么。我从前经常与瓦尔特一起远足，有时也和你一起。在大自然中一待数小时。卡特琳向来都不是很喜欢。”他笑了，“玛琳会喜欢的。你要知道，她长着肌肉发达的大长腿。”

威尔拉丁路领事馆里的工作人员不及以前那么多了。走廊里摆放着钉好的箱子，许多都没有卐字徽章。弗里茨经过一间被清空的办公室，地板上有只空酒瓶，一面墙上挂着一张希特勒像。

魏兰在走廊里截住了他，问他住在哪儿，伸手索要冯·京特的信封。魏兰挥着信，嘴里呢喃着“好，好”，随手关上了门。就在这一刻米勒到了领事馆。他盯着弗里茨，嘴唇紧闭，毫无血色。弗里茨告诉他，委托他们的事情自己已经全都处理好了。有不满可以去找魏兰先生。他指指办公室门。米勒怒火中烧，敲门，将门推开来。弗里茨等在那里，几秒钟后才听到魏兰喊叫。当米勒重回到走廊上时，弗里茨递给他回程车票。“您的任务是一直陪着我和文件到达领事馆。您已经做到了，像平时一样堪称模范。您去吃点东西，休息上一小时。然后您的火车就返回帝国。顺便问一下，火车站发生什么事了?”米勒从他手里夺过车票，“咚咚”地跑过走廊，跑进灰色的日光。弗里茨摸了摸上装口袋里的左轮手枪。

冯·吕佐夫面色苍白地坐在他的办公桌后面，签署着文件。

“一张来自柏林的脸。来自部里，太好了。”冯·吕佐夫说道。他在出汗，拿自来水笔的手明显不安。他的两鬓灰白了，有了岩石的颜色。他请弗里茨介绍冯·里宾特洛甫有关柏林和伯尔尼之间通信渠道，以及重设信使服务的最新通告。冯·吕佐夫被绕过了，冯·京特和柏林来的其他官员与伯尔尼的魏兰在背着他活动。不再是为了最终胜利和希特勒的秘密武器。事关钱。只关系到钱。

“科尔贝先生，帝国外长冯·里宾特洛甫先生怎么样了？我必须承认，我们在这儿能偶尔听到他的消息，就已经不错了。我感觉有点被抛弃了，如果您理解的话。”冯·吕佐夫将相框里他妻子的肖像照拉近自己。

“冯·里宾特洛甫早就躲进他的宫殿里了。部里几乎再也见不到他了。”

冯·吕佐夫嘴角哆嗦，像个强忍着不哭的小孩。弗里茨没有询问是否允许，就给自己点了支烟。

“也听不到任何希特勒的消息。”他说。冯·吕佐夫发出一种声音，弗里茨一时以为对方想训斥他，可那个人已经没有力气这么做了。这一刻，冯·吕佐夫终于成了弗里茨的一个攻击目标。“可是，在柏林，人们已经认为……我是指，对最终胜利的信心还在。对不对，科尔贝先生？”

“柏林？人们在饿肚子。空袭后我遇见过一名男子，怀抱着他死去的女儿。人们不需要话语，需要的是温暖。是食物和栖身之地。还有，”他停了停，“和平。”

冯·吕佐夫旋上自来水笔，望向领事馆的灰色院子。他们听到一辆卡车驶近，旋即别墅里响起命令。

“请您想想您的妻子和三个女儿。”弗里茨说道。

冯·吕佐夫站起来，望着弗里茨的背影，双手撑在办公桌上。魏兰等在走廊里，胳膊下夹着文件，下巴指向冯·吕佐夫的门。

“他吓得尿裤子了。”

“有可能，魏兰先生。”

“那您呢，科尔贝？您不会在瑞士这儿产生什么滑稽念头吧，会吗？”

“过两天我就动身回柏林。故乡前线。很快就是前线城市。人民冲锋队会当场接受您这样的人的，魏兰。”

“我的阵地在这儿。”

“您在这儿产生了滑稽念头吗，魏兰？”

天哪，他这是怎么了？他怎么能这样招惹是非呢？他怎么能忘记他在演戏呢？他听到魏兰谈最终胜利、祖国、元首最后的子弹，他一再听到的所有那些乱七八糟的东西。他陡然转过身，沿着走廊往前走。魏兰在身后喊他，但他没转身。

“科尔贝。科尔贝！”

冯·京特从前有时候会这么喊他。弗里茨转身朝向魏兰。他们之间的走廊又长又暗，木箱吸收着光线。一位男子抱着台打字机，切断了他们的视线。

“希特勒万岁。”

“那当然，魏兰。”弗里茨低声说。

傍晚时分他走回酒店。门卫说，他很抱歉。弗里茨快步赶回他的房间。衬衫和内衣散落一地，像缀着补丁的地毯。衣柜，床头柜，他的箱子，全翻乱了。他的《安提戈涅》和《米歇尔·科尔哈斯》被撕碎了。对图书如此仇恨——心胸狭窄者对陌生的思想和观点如此害怕。他捡起纸页，将它们抹平、分类，将那些纸插回封皮，抹平。没人在这里找到任何可疑的东西，秘密文件他一直随身携带着。可这是谁干的呢？

他在黑暗的冬夜横穿银白色的布本贝格广场，鞋踩在渐渐冻结的软雪里，“嘎吱嘎吱”响。他紧贴着官署巷的房子走，多次穿到街对面，在赌场附近钻进一条没有灯的巷子。在那里，他头一回听到了他尾随者的脚步声，虽然一离开酒店他就感觉有人在跟踪他。他心里有点害怕，紧攥着左轮手枪。弗里茨不认为他会被杀害。搜查房间的有可能是魏兰的人，也可能是瑞士警察，也可能是俄国人干的。他不知道到底是谁，但鉴于被撕坏的书，他估计是魏兰的人。他向下走向阿勒河，它黑乎乎的，大声喧哗着，他溜进教堂轻便桥桥柱的影子里。他听着对方的脚步声，等他走过去。

“晚上好。”弗里茨的声音在桥下响亮而生硬。

那个人缓缓转过身来。弗里茨看到的是个影子，是河流单调光泽里的轮廓。他一时以为那个人在点头，然后陌生人继续朝东走去，消失在黑暗的夜色里。

弗里茨在大教堂[1]的纬度[2]拐进市中心，重新拐个弯，走向赫

---

1 伯尔尼大教堂是伯尔尼具有代表性的建筑之一，始建于 1421 年，花费近一个世纪才完成。19 世纪末，教堂顶上增修了一百米高的尖塔，伯尔尼大教堂因此成了瑞士最高的教堂。

2 弗里茨走在一条南北向的巷子里，但不是走在大教堂所在的那条街上。

伦巷，在战略情报局的秘密窗户下将他的打火机点亮了三下，好像打火机失灵了似的，好像它不想点着他的烟似的。打完这个信号之后，他又按照约定，沿街走向赌场方向。他等了五分钟，往回走，跑进侧巷，推开冷冰冰的院门。

门后站着威廉·普里斯特。

“伍德先生。”

“普里斯特先生。”

那个人热忱地握了握他的手。“这么说您被人跟踪了？”

“我的房间还被乱翻一气。他们毁掉了两本书。”

“真卑鄙。”普里斯特说道。弗里茨没那么紧张了，低声笑起来。普里斯特将一只手搭到他肩上，两个男人站在铺着地砖的门厅里哈哈大笑。

“《安提戈涅》和《米歇尔·科尔哈斯》。”

“《安提戈涅》我读过。可谁是‘科尔哈斯’？”

“德国文学。《米歇尔·科尔哈斯》，海因里希·冯·克莱斯特。很好的书，普里斯特先生。”

“我要读读。”

“真的是本好书。您一定要读读。科尔哈斯对极大的不公感到不满，反抗国家权力。不过后来犯了几个小错误。”

“什么错误呢？”

“我想，他烧毁了两座城市。”

“我觉得如今这听起来没那么严重。他成功了吗?”

“非常成功。不过最后丢掉了脑袋。”

“那我们要好好保护您。喏,您跟我来吧。”普里斯特说道。他们沿弗里茨熟悉的路走去艾伦·杜勒斯的秘密办公室。

弗里茨感觉不久前才见过杜勒斯似的。杜勒斯身穿灰色三排扣西服,吸着他的烟斗。他向弗里茨打招呼,他们将沙发椅拉近炉火。普里斯特为他们倒威士忌。“斯通小姐哪儿去了?”弗里茨问道。

“华盛顿。”普里斯特说道,“她让我们代问您好,伍德先生。她祝您万事如意。”

“还有呢?”弗里茨问道。

“不管发生什么,您应该继续干下去。”

“我现在不会感到吃惊。”弗里茨说道。

“她喜欢您。”普里斯特说。

“格蕾塔·斯通? 我?”

普里斯特举起他的威士忌酒杯。

“她是想摆布我。”弗里茨说。

他和战略情报局的这三人已经很熟了。他无法设想哪次碰头格蕾塔·斯通会不在场。虽然他从来不知道该如何看待这个女人,但他思念她——她的正直态度和从不令人反感的奇怪的冷静。他问她在华盛顿做什么。“推动美国向前发展。”普里斯特说道,“伍德先生,我们也思念她。”

“好了,言归正传吧。”杜勒斯说道,“您知道是谁在跟踪您吗?”

“您知道吗?”

杜勒斯笑笑,用烟斗柄指着弗里茨。

“我猜测,是魏兰的人。”弗里茨说道。

“他们全都会越来越不安的。”杜勒斯说道,“好吧,除了这一切,斯通小姐还感兴趣的,我也很感兴趣的是:希特勒是如何组织对国内民众的监视的?根据我们的分析,盖世太保和其他机构拥有一个精心设计、行之有效的全面监视体系。我们当然拒绝这种东西,因此对它更感兴趣。”

“有关盖世太保的组织我无法告诉您多少。它管用。它唬人,它行使巨大权力。它不用得到许可。它什么都可以做。正是这一特征让它如此强大。”

“毫无疑问。什么都可以。”杜勒斯吸口烟斗,跷起二郎腿,“有趣的表达。纯粹是理论上,伍德先生……您认为,他们搜集每个公民的材料?”

“他们当着某个人儿子的面将他扔出窗外。他们不需要他的材料。”

“理解。”杜勒斯说道,“好吧,您给我们带东西来了?”

“很多。”弗里茨说道，从上装和大衣口袋，从袜子和裤腰里掏出材料来。

“很好。”普里斯特说道，“西线国防军的坦克后备军。改编，对德国将军的怀疑。很好，很好。还有这儿，哎呀，喷气式飞机，ME 262，了不起。不过，伍德的笔迹，真正的战争灾难。伍德，您能读懂您写的字吗？”

他们审阅材料不足五分钟，杜勒斯就看看表，告辞了。他还有个约会。普里斯特观察着弗里茨目送杜勒斯离去的样子。

“最高层，伍德先生。艾伦与一位来自意大利的党卫军将领碰头，意大利贵族，一位国防军上校，还有几名高级流亡人员，他们是从瑞典来的。很大的人物。”

“那这些呢？”弗里茨推推那些纸。

“您是他最优秀的情报人员。但艾伦如今爱在较高层圈子里周旋。华盛顿已经为他准备好了一张椅子。一把大椅子。”

弗里茨在办公室里环顾一圈，听到壁炉里柴块“噼啪”响，他盯着罗斯福总统的眼睛。这出室内间谍剧现在只剩两人了。

“您可别以为这事是针对您个人的。”普里斯特说道。

“我也只能失去我的生命。完全是我个人的。”

普里斯特笑望着他。“杜勒斯现在的表演领域多得多，而且是几个让他感觉更舒服的领域。我看到许多情报人员在这儿来来去去，比您估计会想到的还要多。纳粹反对者，平庸的泄密者，女人，男人，可能的双面间谍，谁知道呢？可像您这样的人？不。我相信您是唯一深获他信赖的人。”

“现在是了。”

“一开始我以为您是个幻想家，或更加糟糕。可是，其他所有人至少都设法让自己获得安全保障，或者拿到钱（顺便说一下，是一大笔钱），而您来到这里，提供了我们亲眼见过的最机密的材料。您什么也不要。另外，格蕾塔喜欢您。”

弗里茨抹抹稀疏的头发。“她有男人吗？”

“如果有，我也不愿是那个人。”

他们笑了。普里斯特添加柴火。

“您叫我弗里茨吧。”

“威廉。我朋友叫我威尔。”

“好。威尔。在德国，人们正将巨额钱款运来瑞士。”

“我们得到风声了。我认为冯·吕佐夫是个薄弱点，您同意吗？我们能瓦解他吗？”

“我已经开始这么做了。”

普里斯特会心地一笑。“我觉得可以。可请您切莫将这种自作主张的行为告诉艾伦。”

“魏兰盯着冯·吕佐夫。”

“这个问题会解决的。”

“银行的事呢？”

“没有它就不会有这场战争。毫无新鲜感，弗里茨……先生。”

“弗里茨先生，这样听起来才合适。”

“可您有一个地道的德国名字。”

“我是一个地道的德国人。甚至乐于这样。德国文学，德国音乐，德国哲学。纳粹分子，他们根本不是德国人，他们没有文化。他们焚烧人，他们焚烧图书。他们只有痛苦的酒后嘶喊。我最听不得希特勒是个伟大演说家这样的蠢话。这是愚不可及。丘吉尔是个演说家，希特勒是个愚昧的爱吵闹的人。压根儿没有内容。他总是躲躲藏藏。”

“您曾经常年生活在国外。这眼光会不会由此而来？非洲的狩猎旅行？怎么样？”

“西南非洲。与我的好朋友瓦尔特·布劳恩魏因一道。”弗里茨喝口威士忌，回忆漫进喉咙：畅谈，瓦尔特的笑声，哟嗬，凯特在南非头戴太阳帽，坐在汽车里卡特琳身旁。“我最好的朋友。他死了，威尔。您知道为什么吗？因为我出卖了他。就在这个房间里。却没意识到。您还记得吗，都柏林附近的秘密电台？瓦尔特在那里。”

“该死。”普里斯特搓着下巴，“弗里茨，这事我很抱歉。您最好的朋友？”

“他妻子自杀了。凯特。”

普里斯特盯着火堆。弗里茨熟悉这目光，这一瞬间，脸颊温暖，整个存在集中到火苗的吸引力上，既失落又专注。

“就因为这个才中断的吗?”普里斯特问道，“因此我们那么久没有您的任何音信?”

“我没法继续下去了。”

“但在这一切之后您还是继续干了。”

“听了玛琳的话。”

“那是怎样一个女子呢?”

“最了不起的。”

“我会向您的朋友艾伦解释此事。”

“别解释了，威尔。我给您讲过了。我要将它讲给其他真正有关的人听。但是，请将杜勒斯排除在外吧，拜托。”

“我们全都付出了许多。”

“您也是?”

“不及您那么多，弗里茨。不是这样。可我三年未见我爱人了。她不是个伤心的孩子。如果您理解的话。”

“我最早听到玛琳的声音就是笑声。”

他们还默默地挨在一起坐了一阵，观看火苗如何绕着黑色柴块升腾。弗里茨说，他一路很累，得上床睡觉了。他们相约明晚再见。弗里茨问他有没有必要因为房间和跟踪者的事而害怕。

“我不清楚。”普里斯特说道。

“有没有必要，威尔？”

“有。绝对。当然，没有一个纳粹分子希望自己曾经做过纳粹。到处都在开始保障行动——伪装，试探逃亡路线。弗里茨，您所做的事情一旦泄漏，有些人就会明白，您掌握哪些情况。到时他们就会想知道，秘密材料被怎么处理了，您对它们有多熟悉，您会不会甚至保留了副件。”

“太棒了。”

“有一点我向您保证：我们会关照您的。我本人。请您放心。您的左轮手枪还在吗？”

弗里茨拍拍上装口袋。

“必要时，弗里茨，始终瞄准中心。不要瞄准胳膊或腿，不要瞄准头。瞄准身体中心，总是瞄准中心。莫犹豫。扣扳机。转身。离开。您会吗？”

“我的天，威尔，这我怎么知道？这无论如何不是我想要的。”有人敲门。一名穿厚大衣头戴帽子的年轻男子走进来，对着普里斯特耳语几句，又走了。

“还有人在跟踪您。”

“糟糕。”

“您要是现在走，不必担心尾随的人。刚才那位是我的手下，最优秀的。战略情报局会越来越壮大。我们的人接受过专门训练，都很优秀。战略情报局将成为美国的支柱。没有这个部门美国将无法安全存在。这一切十分美妙，激动人心。您，弗里茨，您为此做出了贡献。”

“我要玛琳和卡特琳。这是我的全部要求。威尔，这女人必须从那里出来。”

“我看看我能做什么。”

“还有件事。我女儿，卡特琳。全世界最好的女孩。您能不能给她捎个消息呢？通过可能的途径，无法追查到的？您有没有什么办法秘密联系到那女孩，威尔？拜托。”

“我来想办法。”

弗里茨向他讲了斯瓦科普蒙德、希尔特露德和维尔纳·李希特旺。

“威尔，或许卡特琳此刻正坐在海滩上。如果是的话，那她就会双臂抱着膝盖。她总是让她的头发披散着。”

“我也很想有个孩子。”普里斯特说道。

“这是一个人所能做的最好的事情。”弗里茨说道。

领事馆里，电话响个不停，大多数电话都无人接听。别墅外面，一辆梅赛德斯豪华轿车驶上前来，穿皮大衣的男人从屋里抬出箱子，堆放进后备厢。

弗里茨想同冯·吕佐夫谈谈，但他正要外出赴约。他不能告诉弗里茨是什么事。魏兰说他会照顾科尔贝先生的。然后发生了点让弗里茨觉得十分有趣的事情。门厅里,在电话的嘶喊和打字机的"嗒嗒"声中,冯·吕佐夫在呵斥魏兰,要他一起去,说这是命令。弗里茨从没听过冯·吕佐夫这么讲话。可这样有效。一贯如此。即使是对魏兰这样一个混蛋。他气急败坏,但还是立即说道:"是,冯·吕佐夫先生。"几乎是身体的一种条件反射。弗里茨冲魏兰笑笑。魏兰跟着领事走向灰暗的室外,领事的胳膊摆动的幅度实在太大了。

弗里茨将通讯官员们召集到身边,向他们解释联系萨尔茨堡的新方法。外交部的许多部门都转移去了那里,包括下列科室……

在集市巷,他为玛琳购买了一只黑色胸罩和巧克力,在火车站购买了《华盛顿邮报》和英国的《泰晤士报》。回到酒店房间,他躺上床,吸烟,读报。他最大的渴望就是玛琳在身边,渴望将一只手贴在她的颧骨上;渴望在火车站迎接卡特琳的那个瞬间。他放下报纸,从窗户望向灰色的天空。部里真的还没人发现他吗?他的房间为什么遭到搜查,是谁干的?他觉得不可思议——自己正平静地躺在床上。他的身体完好无损,他感觉着正流淌过他动脉的血液,他手里的纸张。这一切是怎么回事?他折起报纸,站到窗前,俯视这座黑白灰的城市。玛琳上次见到一座宁静的城市,是多久之前的事呢?玛琳和他的生活,就是战争和秘密。一位穿黑大衣的男子独自横穿过广场,抬头望向被蒙住的纪念碑。

有五千至七千吨黄金，纳粹分子们试图将其运进瑞士。每个月，弗里茨说道。魏兰在这种事上从不享有全权，因此不能将冯·吕佐夫从宝座上推下去。我不是很清楚，为什么冯·吕佐夫直到最后都能保住他的职位，不清楚，很可能是靠走关系。某个人总是认识另一个人，另一个人又认识其他人。当威尔告诉杜勒斯，我自作主张做起了冯·吕佐夫的工作时，那位好人惊得目瞪口呆，脸色变得一片死灰，但他没说什么反对的话。

弗里茨·科尔贝解放了自我，薇罗妮卡·许格尔说道。

威廉·普里斯特说，他会亲自关照您，现在也会，还是仅仅在战争结束后？韦格纳问道。

那是他的声音。我听到他的声音是在……弗里茨沉默了。

是在什么？科尔贝先生？薇罗妮卡·许格尔举着她的相机。

他走进厨房，晚霞将物体的轮廓切割得十分明显。他准备了一盘奶酪、小红萝卜、洋葱和黑面包。他走出去，从井中的冷水里取出三瓶啤酒。他回头张望。这是怎样的景象、怎样的空气啊。他听到奶牛铃铛缓慢的叮当声，听到山谷小溪的汩汩流淌声，群山蓝蓝的，就像阴影里的草地一样。他推延了这么久。所有可怜的写作尝试都失败了，因为他几乎像纳粹一样残酷地隐藏了真相。欧根·扎赫尔担心他，肯定还在担心。弗里茨回忆起在韦格纳的邀请之前他与扎赫尔坐在小屋前的情形。

我来讲给他听，欧根，是我，不是你，他说道。

你真讲吗？你真的全讲给他听？否则你会憋死的，弗里茨。

是的是的。

恕我冒昧，弗里茨，你写的那东西——有一回甚至是用英语写的——《格奥尔格的故事》，格奥尔格是个普通的德国男孩……我的天哪，你不是作家，老朋友。

根本没那么糟，弗里茨说。

欧根·扎赫尔摆摆手，笑了。一场灾难，弗里茨。可不管怎样——那是你想做的。你必须那么做。

是的，弗里茨说道，望向群山，我必须爬上去。你知道，欧根，许多人都想不同寻常。我只想重归普通。

讲给他听吧，弗里茨。全部真相。

他双手紧握住湿瓶子，其中一只从他的手指间滑脱，掉在了地上。瓶子没碎，玻璃又厚又结实。他顺着自身往下看到他强壮有力的腿。玛琳的腿。他想起夏里特医院办公室里的义肢。这"当啷"一声响是事后清脆夸张的提示，他没能认出来。

哎呀玛琳，亲爱的。

他捡起瓶子，倚到小屋的墙上。他听到脚步声，薇罗妮卡·许格尔从拐角望过来。

您的样子像个酒鬼，她说。弗里茨举起瓶子。

这么一种饮料，这是真正的好东西，他说道。

我不觉得。年轻女子站到他身旁，他们越过山谷望向群山和变得更暗的天空。弗里茨递给她一瓶啤酒，他们喝时喉咙里发出咕嘟声。

有男人吗，许格尔小姐？

哎呀，科尔贝先生。当然了，有过几个，但是，我不知道。

弗里茨望着她，一位年轻女性，即使是微笑时，她的皮肤也十分光滑。玛琳一笑脸上就出现许多小皱纹，他喜欢这样，常将一只手贴在她的右脸上，长时间地亲吻左脸，玛琳秀挺的鼻子距离他的眼睛只有一厘米远。哎呀玛琳啊，他想。

山下的道路上，黄色的车灯在眨闪，一辆小轿车驶过桥面。它停在韦格纳今早停过的岔路口。几乎看不清前照灯灯光背后的车子，车子里面和车子周围都没有动静。车子往回倒了一截。如果走上岔路，它就会来到这儿。这条路不通往任何别的地方。

有什么事吗？薇罗妮卡·许格尔问。

耐心等待，弗里茨说道。

不管那下面坐在车里的是谁，一定都能清楚地看到小屋——窗户里射出黄色的灯光。现在车灯熄灭了，黑暗用一块黑布罩住车子，两人钻下车来。弗里茨看不清他们在做什么，距离太远了，天色太暗了。

他们是谁？薇罗妮卡·许格尔问道。

不清楚。您知道，在小说和剧本里，某种程度上一切都有意义。生活中可不是这样的。不是什么都协调一致的，不是所有圆圈都能合拢起来的。那样也许更美，但事实并非如此。小说里，罪责某个时候会回来寻找有罪的人。生活中呢？有时候是，可天知道，并不总是这样。

弗里茨看到山下汽车有动静。车灯又亮了，车子沿着道路行驶，将一块扇形的黄色光线向前推进，直到它消失在山谷里。

我们对韦格纳先生有点不礼貌，弗里茨说。

他们走回去，弗里茨取来准备好的奶酪，将所有东西放到桌上。小房间里布满画作和资料，墙上挂着照片、剪报、城市地图。韦格纳的笔记本写满了好多页，他正在翻阅材料。弗里茨打开壁炉的活页门，将一根火柴凑近准备好的纸，纸上的木块堆成了金字塔状。数秒钟后木柴“噼啪”响起，温暖从炉子里流出。弗里茨又等了等，然后添了块较大的柴。

文件被销毁了，他说。纳粹涂满了那么多张纸，全都记了下来，每粒子弹，每次谈话，每个人。希姆莱公开宣称他很骄傲，将消灭犹太人的后勤任务——一次知识分子的大挑战——执行得那么出色。他可能没有说“知识分子的”，因为希特勒痛恨知识分子。他们能够朝不同的方向思考，而希特勒只朝一个方向思考。我根本不知道，他是否真能思考。

多好的奶酪啊，薇罗妮卡·许格尔说道。弗里茨一时有点困惑，后来他看到那位年轻女子在鼓着腮帮子咀嚼。他笑了。您吃块小红萝卜，它们十分新鲜。

韦格纳拿笔敲着他的本子。

那是您战争年代最后一次出差去伯尔尼，他说。

最糟糕的一次，弗里茨说。那里没有炸弹掉落，那里没有坦克缓缓行驶。尽管如此……

十三　伯尔尼的无声射击

翌日，弗里茨在领事馆里只待了一小时。大多数员工面色苍白，绝望。人们交谈时，他能听出假装的忠诚和骗人的信心。这里的所有人都与我做着同样的事，他想。只有魏兰和冯·吕佐夫的办公室门关着。别墅花园里摆放着油桶，在灰蒙蒙的天空和长满苔藓的树干的衬托下，蹿升的火焰呈鲜艳的橘黄色。数百页可作为罪证的材料萎缩成灰，飞出油桶，空中飘满黑色小颗粒。

杜勒斯对弗里茨说过，他应该用在瑞士避难的可能性引诱冯·吕佐夫。弗里茨不知道这是否当真，但他无所谓。他要在这里从事他的破坏活动，然后尽快返回柏林，去将玛琳接出城。他肯定，冯·京特的提议是当真的。

他在走廊里与一位签证科的女子谈论南非的花卉，一直等到魏兰离开办公室，同一位神经质的瑞士海关人员一道往外走。他为这番亲切交谈向那位女子道谢，然后敲响冯·吕佐夫的门。他在冯·吕佐夫办公桌的对面坐下来，指指窗外。

“瑞士，一个美丽的国家。”他说道。“确实是，”冯·吕佐夫说，“尤其是湖畔，太美了。”

“和平年代这一切会更好。”弗里茨说。冯·吕佐夫没有回答，他的眼睛不安地眯了起来。

“要避难吗，冯·吕佐夫先生？在瑞士？为了您和您妻子及孩子们的安全。请您停止销毁文件。”

“您说什么？”

“您周围的人都开始溜走了。最高层在进行秘密谈判。您的上司里宾特洛甫坐在他的宫殿里，灌着他的私家香槟，尿了一裤裆。您没有义务向此人解释您的行为。”

冯·吕佐夫瞪着他，黑发里的润发油与汗水混在一起。

“您与我合作吧。”

冯·吕佐夫俯下身，拉近纸篓，呕吐起来。弗里茨望向窗外，天空中，长长的两团云之间有一抹蓝色。冯·吕佐夫拿块白布轻轻抹干净嘴。

“我马上让人逮捕您。”他喘不过气来，好像一口气爬上了群山中的一座似的。

“您不会这么做的，”弗里茨说道，“您不会有事。罗斯福、丘吉尔和斯大林要求无条件投降，他们不会与纳粹谈判。国防军被打败了。‘奇迹武器’，冯·吕佐夫先生，它不会来了。战争期间您一直待在伯尔尼这里，您没有犯过任何错误，或者没犯多少错误。人家欢迎您。”

“您都干了什么好事，科尔贝？”

“我可以为您的安全担保。”

冯·吕佐夫又向垃圾桶弯下身去，一股酸味飘浮在办公室上空。弗里茨从办公桌上拿起文件，扔进冯·吕佐夫面前的桶里。呕吐物和卐字，他想。

“我给冯·京特打电话。”

“冯·京特正在为逃出柏林做准备。”

弗里茨很少见到这样一个束手无策的人。冯·吕佐夫似乎要瘫痪了，就快要失去任何支撑，突然发现自己被孤零零、赤裸裸地抛弃在沙漠中央或一座高山之巅。

“您真以为，现在运进瑞士的所有那些钱，是为最终胜利囤积的吗？”

冯·吕佐夫扯扯领带，伸手去抓电话听筒，但他是那样紧张，听筒从他哆嗦的手里滑脱，“砰”地掉在办公桌上。弗里茨拿起听筒，重新搁回去。他知道自己在冒很大的风险，但他最近几天一直都在冒险。他越来越接近几年来的目标了。可是，就算冯·吕佐夫有可能真的不是罪犯，他也是希特勒的一名领事，听话，顺从，无能。弗里茨估计，此人从没有全面了解过希特勒的世界里发生的事情。弗里茨没时间顾虑了。

“如果您将此次谈话告诉别人，我就完了，冯·吕佐夫先生。但我的朋友们会得知的。一旦我出什么事——您就死定了。”弗里茨用夸张的手势从上装口袋里掏出左轮手枪，晃了晃。在多年来进行的游戏里，他觉得这个行为特别合适，一点都没去想他是否会显得粗鲁。

“您疯了吗，科尔贝？您丧失理智了吗？”冯·吕佐夫盯着武器，“您这个卑鄙的叛国者。”

弗里茨苦涩地笑笑。“毒气室，灭绝战，消灭人类。冯·吕佐夫先生，您可是一位有教养的人。是谁出卖了德国？我吗？”

冯·吕佐夫发出一种声响，它来自心脏、胃和思想。领事胸前的衬衫湿了，目光迷离。弗里茨继续表演，他表演得粗俗残暴，对这样做带给自己的酸涩愉悦感到震惊。

“如果有谁得知我们此次会面，完蛋的就不光是您，对您的家庭也会有害。巨大的损害。”这谎话他说得多么顺溜啊。他必须将这讲给玛琳听。或许不必。

“您……您……”冯·吕佐夫不知道说什么好。可后来他让这个人称变成一个问题，问题里浓缩了他对弗里茨·科尔贝的全部震惊。“您？”仿佛他无法理解坐在他对面、手握武器的人是弗里茨似的。弗里茨收起手枪。

“这些事不受我控制，冯·吕佐夫先生。若是按照我的意思，您的家庭会被排除在外的。"

"您是个拿人钱替人跑腿的。"

"一个没有报酬的,冯·吕佐夫先生。"

"一个人不应该出卖他的国家。"

"那些受您信赖的人,他们会毫不留情地干掉您。魏兰是这儿的代言人。在柏林,谈到伯尔尼时人们谈的是魏兰。不是您。现在别告诉我您信赖魏兰这样一个人。"

"他效忠德国和我们的元首。"

"您住嘴吧。效忠元首?我才不信。请您在明天到来之前给我写下您知道的有关资金转移的所有情况。银行,中介人,地址,金额,路线。一切。请您考虑考虑。请您想想自己的未来在哪里。您与您妻子谈谈吧。"弗里茨停顿了一下。您与您妻子谈谈?这是经常听到的一句话,太常听到了,以至他想都没想就说了出来,却没有认清它的空洞无物或纯粹错误。

"最好别和您妻子谈。"

"我什么都与我妻子商量的。"

"可她不是什么都与您商量。"

"什么……"

"现在这是一码事。这是您的事。与我无关。不管您与谁谈,请您千万别提我的名字。您明白我的意思了吗?"

"做人怎能这样呢?"

“我的天，冯·吕佐夫，战争快结束了。将诞生某种新的东西。我们可以共同将它变得更好。真正的好。从现在起。”

弗里茨站起来，低头看着冯·吕佐夫，后者胳膊趴在办公桌上。

“您好好想想。您理智点吧。”

当弗里茨来到门口时，冯·吕佐夫在他身后喊叫。

“德国，不仅仅是希特勒。它曾经是希特勒，一个阶段而已。可是背叛？您在想什么？您要背叛一个制度？您这是在出卖人。”

弗里茨看到狩猎旅行期间瓦尔特坐在营火旁，他看到凯特被洞穿的头颅和码头上卡特琳瘦小的背。

“我们明天见，冯·吕佐夫先生。”他说，“然后我动身回柏林，回部里。那里都快没人了。您一起去吧。您自己去看看柏林成什么样了，外交部和其他所有地方的忠诚仆人都成什么了。您跟我一起去吧。”

“我的岗位在这里。”

“请您设法别让太多文件被销毁掉。人们正在准备对纳粹领导人提起诉讼。”

冯·吕佐夫又俯在桶上，干呕起来。

“我的天，伙计，您会没事的。请您控制好您的部门。在这儿您是上司！现在请您振作起精神来。资金转移。文件。您会处理好的。”朝向花园的窗台上有瓶白兰地和气球状大腹杯。弗里茨倒了半杯，放到冯·吕佐夫面前的桌子上。白兰地的影子在写字垫上晃动。

弗里茨向北走，一过桥就离开大街，直接走向阿勒河岸。他吸了支烟，寻思这条河里是否也有鳟鱼。他在想霍斯特·布劳恩魏因。他和这个金发少年在南非钓过鱼，他觉得那像是几十年前的事了。开普敦，卡特琳，和平——那一切都是很久前的事了。那曾经是另一种生活。

他爬坡回到大街上，跺掉鞋上沾的泥巴。几个行人望着他。必须时不时地离开道路，他说，这对人有好处。

姆索克斯基坐在他的酒店房间里。弗里茨一眼就认出了他。那个人肤色白皙。一件厚厚的黑大衣像被子似的裹在他身上。

“没去西伯利亚？”

“苏联愿意为有关盖伦将军的情报付给您很多钱。很多很多的钱。如果您想在莫斯科过一种平静生活的话。那是座拥有伟大历史的漂亮城市。”

“一仆不侍二主，姆索克斯基先生。”

“您听我说，科尔贝先生，这对我们很重要。阶级敌人……”

“对我们重要？”弗里茨打断道，“还是对您？”

“另外，传说德国和瑞士银行之间在发生较大宗的金融交易。您就不理解这里在发生什么事吗？资本家们相互合作，总是如此。即便是在这场战争中。美国和德国。您不是那种会参与进去的人，科尔贝先生。”

“也许我会回非洲去。”

“那黑色人种受西方帝国主义剥削的地方？您斗争是为了什么？”

“您要知道，姆索克斯基，所有这些言论、所有这些夸夸其谈的思想和这讨厌的一切，我都厌烦透了。我肯定苏联的情报部门与美国或英国干着同样的事情。但我不参与。我从不为任何人做事。我是在反对某个人。我只是‘为’了我个人的事。”

“我会动用暴力。”

弗里茨笑了。他靠到墙上，他真的觉得很有趣。弗里茨下意识地抽出了左轮手枪，自然而然，这是今天第二次掏枪。他低头盯着自己的手，它很平静。他愣了一下，随即就让步于一个清晰的念头：你已经走到这一步了。他叹了口气。

“您以为我走到这一步就是为了让您和您的狗屁思想阻止我吗？”姆索克斯基显得不为所动，嘴唇抽搐几下，好像嘴里含着颗苦药片。他真的会对姆索克斯基开枪吗？将一颗子弹射进这个人的身体里？

“您是如何将文件弄到这儿来的？也是随信使邮件，对吗？

您看,将一个信封寄到我们的一个掩护地址,这事十分安全。一份文件,一只信封。有关盖伦和他的牟取暴利者。请您收起手枪。是把美国枪,美国枪好。可您不会使用。”

“你们去抓盖伦吧。他一直在东线的某个地方。”

“他早就离开了。如果您不将他交给我们,如果您不将材料给我们,让我们手里也有点东西,那您的美国朋友战后不久就会与同一位盖伦将军合作。这我向您保证。”

“胡扯。”

“您别天真,科尔贝。有关盖伦在东线行动的一些材料——在我们那儿,在我家乡——精彩的十页,就足够了。”

“是谁让您跟踪我的,姆索克斯基?谁?您怎么盯上我的?”

姆索克斯基搓着额头。此人承受着压力,弗里茨清楚地看出来了。也许他认为弗里茨真是他最后的机会,在伯尔尼行动失败、弗里茨被战略情报局解救之后。

“来杯威士忌?”弗里茨问道。姆索克斯基望向窗外,点点头。弗里茨倒了两杯,留着他的那杯,空出右手握枪,将另一杯递过去。姆索克斯基贪婪地喝了,同时拿眼角瞟着武器。

“您的手在抖。”他说。

“胡说。”

“不管怎样。他们将与纳粹合作,科尔贝先生。这一点您得明白。”

“我不再来伯尔尼了，姆索克斯基先生。这是我最后一次来这里。我明天返回柏林。这儿很快就是你们的了。”

“如果我设法把您所做的事告诉柏林的人呢？”

弗里茨坐下去，眼睛盯着姆索克斯基不放。一阵疲惫感突然袭来，掠过他的身体。

“如果您威胁我，要将什么有关我的消息传到柏林去——那我现在就不得不开枪打死您，姆索克斯基。我房间里的一名入室行窃者。杜勒斯会处理此事的。”

“艾伦·杜勒斯一心只想组建世界上最大的情报机构。您无足轻重。”

“美国总统阅读我的报告。这我要感谢杜勒斯。我在那里是重要的。好吧，是谁让您注意到我的？”

“一只小鸟……”

“……在伦敦。好吧，您个混蛋。您再喝杯美国的资本主义威士忌，然后滚蛋吧。”弗里茨扔出瓶子。姆索克斯基成功地双手接住了空中飞来的玻璃弹。他打开瓶盖，直接拿着瓶子喝起来。现在弗里茨肯定，此人被下了最后通牒。他的威胁一定是虚张声势，因为一旦弗里茨死了，就再也不会有关于盖伦的情报来源了。

“您不知道，您参与的都是什么事，科尔贝。在这一行没受过培训，就会被欺压。”姆索克斯基双手交叉，相互搓着，像是想挤压出什么来似的。

“您躲进山里去吧，姆索克斯基。您躲起来吧。西伯利亚冰天雪地。”

“您知道德国突击部队和党卫军在俄国如何肆虐吗？您清楚这些人在那里干了什么吗？还有国防军？”

“您一清二楚，我交给杜勒斯的一些情报，直接转去了莫斯科。您想要我做什么？”

姆索克斯基举拳捶打沙发椅扶手。“盖伦。盖伦，该死的！您在给他准备一张漂亮的温床，科尔贝。”

“胡说。”

“此人掌握我们作战方式的详情。有关我们的军备，我们的计划。他将引诱美国人。他会向他们提要求。您还不理解吗？”

“他会坐牢的。”

姆索克斯基双手捂住脸。“他不会。”他嚷道，“科尔贝，总有一天这一切会让您感到无比遗憾的。一个像您这样的人——您会悔不当初。总有一天您会恍然大悟的。科尔贝，我是在伸手帮助您。您就抓住吧。让我们来照顾我们的朋友。如果您想生活在西方，请便，没问题。”

“那瓶酒您可以带走。”

“科尔贝！”

“所有这些……这些……您也只是其中之一。”

“那艾伦·杜勒斯呢？科尔贝，我和他的区别在哪里？”

“您把酒带上吧。”

他这么做了。弗里茨望着门，姆索克斯基穿过门消失了。消失的最好是他而不是我。

他下楼去酒店的小餐厅，叫了份鳟鱼配咸土豆。

他回想姆索克斯基的话，回想杜勒斯有关纳粹国家全面监视的问题和普里斯特的暗示，战后，一场新战争将会开始，就像姆索克斯基刚刚讲的那样。他不再幻想美国人会拒绝与下层纳粹的任何合作，但像盖伦这样的人，他们会将他投进监狱的。与这种人合作？不，他们不能这么做，这不可能。否则美国人在世界政治舞台上将如何立足？一个新的德国，它会接纳一个盖伦吗？纯属胡扯。

他切着鳟鱼酥脆的皮，将里脊从鱼骨上剔开。要是玛琳坐在他对面，他现在还可以直视她的眼睛。已婚的玛琳·维泽。厨房桌上一丝不挂的玛琳，背下或乳房下的卐字，随她的喜欢而定。累坏了的玛琳。大胆的玛琳。玛琳在他家里，玛琳在夏里特医院，玛琳在街上。玛—琳。她的娘家姓是马滕斯，玛琳·伊丽莎白·马滕斯。然后，卡特琳将从这家漂亮酒店里她的房间走出来，将手搁在他背上一会儿，坐到他们身边来，翻看菜单，说都有哪些是她不喜欢的，弗里茨会笑。

他在总台让人接通柏林的夏里特医院。他不得不与七个忙碌的人通话，才等到她来接电话。

“我爱你。”他说道。他听到一声异常的叫喊，什么东西“吧嗒”一下，然后是金属的“叮当”声。

“我也爱你。”她说道，“不，不，带他从后面进来。是的。我马上来。弗里茨？弗里茨？”

“嗯。”

“盖世太保来找过我。”

弗里茨一拍桌子，总台的人看看他。弗里茨拿一只手捂住眼睛。

“我的天哪，玛琳，他们伤害你了吗？”

“他们真卑鄙，弗里茨。真恶心。您等着，您现在进不来。在那后面，对。是的，我知道，您对此怎么说，我都无所谓。您快办吧。喂，弗里茨？”

“什么事？玛琳？你受伤没有？”

“没有，没有，我没有受伤。他们知道我俩的事。他们知道。他们问施陶芬贝格行刺时你在哪里。”

“我在巴黎，纯粹是公事。”

听筒里在抽泣。弗里茨紧张得眼前发黑。他们不可能知道什么。

“我接你离开那儿，玛琳。坚持住。我很快就回去了。”

“我的天，弗里茨，我好怕。”

“我要杀掉他们，玛琳，我要将他们全干掉。”

“好，杀吧。我现在必须继续干活。你保重，弗里茨，千万要照顾好自己。”

“玛琳，我……”他语无伦次，他看到玛琳的脸就贴在他面前，他想伸手去摸她俏丽的鼻子，但有谁将这女人从他身边拽走了，他在她身后呼叫她。

“弗里茨，不要回来。留在那里。”电话里“咔嚓”一声。弗里茨想砸碎服务台硬木板上的电话。他匆匆赶回房间，声嘶力竭地冲床上方的风景画咆哮，却没有发出一点声响。他抡起椅子砸地毯，那么用力，砸得木屑飞溅，击中了他的眉毛。

玛琳。我的天哪。他赶去火车站，从冰冷的架子上挑了份有希特勒肖像的德语报纸，又跑回酒店。他冲总台的人嚷，要对方立即给他一把叉子。回到房间里，他对着希特勒的脸狠刺，那么久那么猛，直到叉子断了，蹦到他的脸上，割伤了皮肤。

晚上，他向杜勒斯和普里斯特讲了他对冯·吕佐夫发起的进攻。他也汇报了姆索克斯基的事，问战略情报局有没有发现那个俄国人去过酒店。普里斯特说他们发现了。他问俄国人有没有殴打弗里茨，因为那个——他点点弗里茨的脸。

“这是别的事情。如果他开枪打死了我怎么办？”

“他绝对没有这打算，弗里茨。”普里斯特说道。

杜勒斯在他们之间望来望去，但一声不吭。弗里茨一支接一支地吸烟。玛琳在柏林喊叫。生活,弗里茨,生活!

"见鬼。"弗里茨说道。

"没事吧?"普里斯特问。

"嗯。威尔,对于纳粹德国终结后战争继续进行的方式,"弗里茨说,"他与您看法相同。另外,他认为美国人也会与高层纳粹分子合作。"

杜勒斯和普里斯特对视一眼。

"伍德先生,我们必须将精力集中于当下。"杜勒斯说道,"您弄到的材料又是一流的。您动员冯·吕佐夫的最后一次机会,是在明天上午。我给您一个人的名片,他在伯尔尼这里的一家银行工作。为了您的安全起见,更详细的情况您就不必知道了。请向冯·吕佐夫保证,这个联络渠道安全可靠,他无须担心什么。冯·吕佐夫可能会交给您的材料,您留在酒店里。去火车站的途中会经过酒店的。您怎么了,伍德先生?"

"如果您认为应该干掉魏兰,就直说吧,弗里茨。"普里斯特说道。

"这怎么行呢?"

普里斯特笑了。"对这个世界来说您太善良了。我们这是在战时啊。"

"拿'战时'这个词做辩护的太多了。"

"先生们,请不要争了。"杜勒斯说道,"我们没时间进行哲学思考。一旦回到柏林，伍德先生，您又得全靠自己了。可以的话，请您不要待在城里。”

“俄国人对您不怀好意。”普里斯特说道。

“这可能是我们战时的最后一次碰头。”杜勒斯说道，“我想，来一杯不会有害。”

普里斯特倒上威士忌。

“还要持续多久?”弗里茨问。

“德国的抵抗没有意义，一部分人却很狂热。几天前在法国一座村庄附近抓到了俘虏。他们的中尉被吊死在一棵树上。他的任务是带领他的冲锋炮袭击一支美军分队。俘虏们汇报，中尉说过，如果有弹药他会立即执行任务。但他没有。没有任何手榴弹和机关枪子弹。那些党卫队员反复强调他应该进攻。中尉问：用什么进攻？这是对他的死刑宣判。他直接被吊死了。这么看来，嗯，战争会持续很久，比应持续的时间长得多。”

“但也有全连队向我们投降的。”普里斯特说道。

“先生们，”杜勒斯举杯说道，“为希特勒和日本天皇的末日干杯。”他们碰杯，威士忌像蜜汁一样在杯子里晃荡。酒精在弗里茨的胃里烧灼。

“伍德先生，我不想隐瞒，”杜勒斯说道，“您所做的事情让我的部门获益匪浅。您的参与让伯尔尼的我们在政府机构中脱颖而出。我让总统本人注意到了您，当然，这样一来，他也就注意到了我。我将得到升迁，伍德先生。在美国。为了美国。世界上最好的国家。我想让您知道，我会终生感激您，而且心甘情愿。”

“太好了。”弗里茨说道。他对杜勒斯的话无动于衷。他对信任与合作表示感谢，又说一切尚未结束，柏林仍是强盗窝。

现在时机到了。弗里茨要给杜勒斯抛点饵，诱惑他。他从怦怦跳的心脏和耳边玛琳的哭泣声讲起。

“我必须离开那儿，玛琳也是。我从没向您要求过什么。现在提要求了。盖世太保找过玛琳。我现在要您将我和那个女人弄出来。请您帮助我们。”

“行，”普里斯特说道，“我们……”

“等等。”杜勒斯打断道。他从上装口袋里掏出一只烟丝袋，装填起烟斗，棕色烟丝粘在他的大拇指上，他将其弹到地毯上。“还没有结束，伍德先生。”

“对我和玛琳来说是结束了。对卡特琳也是。我向你们提供了这么多材料。我是绝密。我是您手中最杰出的。现在结束了，杜勒斯先生。”

“伍德先生，请不要这样。我们正处于战争的决定性阶段。数十万美国青年正远离他们的故乡，在万里之外的欧洲与希特勒的军队作战。伍德先生，我需要您待在原地。我需要您留在那个正在瓦解的外交部，对您来说，在那里面，一切会更容易。”

“更容易？杜勒斯先生，我刚刚讲的您听了吗？玛琳，我的玛琳，受到了盖世太保的讯问。柏林失踪的人前所未有地多。请您将我和这女人从那里接出来！”

“请您再坚持一下，伍德先生。请您保持忠诚。您能给我们弄到的任何消息，都将降低我们前进的难度。降低太平洋战争的难度。您能拯救生命。”

“他人的生命。”

“艾伦，我们可以满足他啊。”普里斯特说道。

“您等等，威尔。等一下。”杜勒斯俯在办公桌上方，寻找弗里茨的目光。“我们从没有过潜伏得像您这么深的人，伍德先生。您不能离开那里。现在不行。我向您保证，战争结束后，我会亲自关照您。您不能离开那里。一个人不该离开自己的阵地。”

“什么见鬼的阵地啊？您听着，杜勒斯先生，请您的组织动用一切办法，将我和玛琳从那里接出来。”

“伍德先生，现在不行。还不行。请您坚持。”

“为什么您不让人轰炸狼穴？”

杜勒斯望着普里斯特，普里斯特摊开双手，像是在示意他说出来。杜勒斯皱起灰色眉毛，他的左眼在抽搐。

“还有几礼拜，再通过信使邮件来点消息。我知道，您不能用这个方式提供太多内容，但关键的信息可以。伍德先生，我向您发誓！请您坚持住。请您再待段时间。”

“您听我说，弗里茨，这是……”普里斯特走进格蕾塔·斯通曾经的办公室，数秒后又回来了，手里拿着一捆美元。

“这是两万，作为小小的补偿。我替您和玛琳保管这笔钱。请您至少让我这么做。请您收下它。”

“我全收下，威尔。”

“我现在必须走了。”杜勒斯说道，站起身，居高临下俯视着弗里茨，从髭须里呼出一口气。他没有告辞就走了。

“王八蛋。”弗里茨说道。

“弗里茨，来杯威士忌？来很多杯威士忌？”

好像是在和平年代，好像有安宁和休闲的时间似的，两个男人坐进沙发椅里，喝起威士忌，谈论起体育和文学。他们这是在忙里偷闲。不管时间是在飞逝还是静止不动，两人笑着，讲他们生活中的逸事，当谈到不在身边的亲爱的人时，他们声音变低了。后来普里斯特解释，为什么杜勒斯学会了从不拒绝任何想找他讲话的人。还是在第一次世界大战之前——或者在战争期间，他记不确切了，在伯尔尼这里，曾经有个年轻人恳求与他私谈一回，由于要与一位妩媚的年轻女士打网球，杜勒斯拒绝了。事后他得知那个人是列宁。从此，不管想见面的要求听起来多奇怪，他都会同意。

“这么说我得感谢列宁了？我相信，他并没有那么邪恶。”

“一个胆小鬼。”

“威尔，您这个不可救药的牛仔。战争结束后可以继续为您工作吗？前提是，您设法将玛琳弄出柏林。我学会了长达数年地伪装自己。我能撒谎欺骗。有时候，我都不知道自己是谁了。”

“在那之前，还会发生一些事情的。无法预见的事情。”

“卡特琳的事有进展吗？”

“还没有。但我会处理的。一言为定。好吗，弗里茨？”

弗里茨抿紧嘴唇。盖世太保的脸紧贴向玛琳，她不得不闻他们的呼吸。

次日早晨，当弗里茨来到领事馆门前时，魏兰正钻进一辆汽车。他看着弗里茨，指指他，手指在空中颤抖。

他在走廊上遇到了昨天与他谈论花卉的女人。她悄声询问他们会怎么样。弗里茨说，不会有事的。她一只手搁到他肩头，将他拉近自己。“我连续数年都往魏兰的咖啡里吐口水。”

弗里茨笑了。她真是个宝贝。他问她对冯·吕佐夫怎么个看法。这很难说，她低语道，实际上是个循规蹈矩的人。他应该去哪家储蓄所做个部门负责人的，或者德语老师。弗里茨想做什么呢？

“弗里茨·科尔贝。”他说道。

冯·吕佐夫直挺挺地坐在他的办公桌旁。他盯着弗里茨，在他身上寻找着什么，也在自己心里寻找着什么。弗里茨友好地打了个招呼。他们面对面默默坐了几分钟，锃亮的办公桌上没有任何材料，没有纸张，没有信封。他妻子的照片不见了。被人凝视这么久让弗里茨感觉不舒服。他没想到冯·吕佐夫会拥有这么做时所需要的那种强大的意志力。他有时回望一眼，然后又望向办公桌，望向绿色灯罩下的光影。

"我昨天还试过与冯·里宾特洛甫取得联系，"冯·吕佐夫说，"联系不上。然后我给柏林打了电话，想与冯·京特谈谈。找不到他，尤其是，好像没人知道他在哪里。最后我找到萨尔茨堡的一位处长。唔，他喝醉了。"

弗里茨给自己点上一支烟。冯·吕佐夫真的试过揭发他吗？他出卖了弗里茨，现在盖世太保的人已经潜行在办公室门外了吗？他不想让冯·吕佐夫觉察到什么，努力保持镇定，很高兴有香烟打掩护。

"我想问问那些先生对形势的分析。你会想，我们在这儿几乎被忘记了。除了银行业。正在发生的事确实比我知道的多。可是，您说得很准确，在这儿我是上司。"

冯·吕佐夫拉开办公桌的一只抽屉，取出一只空白的大信封。他将信封放在面前的桌上，双手压住。

"我妻子，科尔贝先生，是位坚定的纳粹分子。"

"明白。"

“在柏林，人们谈魏兰，不谈我？”

“如果您现在做出正确决定，人们就会谈您。”

“您这么认为？”

他要是能更清楚地看透人的动机就好了。如果冯·吕佐夫与他合作，其决定并不是基于一个明确的理由，而是掺杂了许多因素：妻子、孩子、魏兰、被截留的电话、为希特勒效劳、瑞士的安宁，以及弗里茨知道他不可能猜到的其他东西。谁知道人的内心会有怎样的怀疑和矛盾在汹涌？危险的是那些不给矛盾留一席之地的人。他们不是在生活，而是如钟表般机械运行。

弗里茨将杜勒斯给他的名片从桌面推过去。

“一个可靠的联系人。某个有一定权力的知情人，最主要的是有判断能力。绝对靠得住。”

冯·吕佐夫没碰那张名片。他伸进上装口袋里，掏出一把小钥匙放到信封上。

“我保险柜的钥匙。另外只剩一把了，那把我留着。”

他双手将信封从桌面推过来。钥匙在灯光下闪烁。弗里茨折起信封，塞进内袋。

“在这儿我是上司。”冯·吕佐夫说道。

“是的，您是上司。”

在门口，弗里茨再次向他转过身去。冯·吕佐夫像铅铸的一样坐在桌旁。

“我们统统做错了。”冯·吕佐夫说道。弗里茨不肯定，但他相信看到那个男人的眼里有泪花在闪。

“不是全部。”弗里茨拍拍他上装口袋里的信封。

“我希望再也不会见到您，科尔贝。”

与弗里茨的希望相反，返回柏林的旅程与去程一样，都是灾难性的。将近两天之后，火车终于驶近了首都，却被迫在离柏林的房屋很远的地方停下来。弗里茨立即感觉到了。他跳出臭烘烘的车厢，爬上铁梯，站到了沾满煤炱的车厢顶。一定有数千架轰炸机，黄色闪电下，城市在颤抖，大地在震动。火光中的黄色烟雾升上夜空，变暗，与云和爆炸的高射炮弹的浓烟混在一起。探照灯伸出烟雾腾腾的手指，疲倦地扫过混乱，触摸天空。柏林在扭曲起舞，不时响起爆炸声，光柱高高地冲进烟雾弥漫的空气里。一只燃烧的火球从空中跌落，大火熊熊燃烧，飞机一闪，消失不见了，落下一阵又一阵的爆炸波。城市的黑色剪影被震动了。玛琳就蹲在这个炼狱里的某处，双手捂耳，或拿毛巾捂着嘴巴。

弗里茨爬下去，跑向火车头。

“请您继续开！”火车驾驶员倚在窗口，看着弗里茨。

“您是疯了，还是怎么的？”

弗里茨从口袋里掏出他的外交官证件。

“我携带着对战争至关重要的资料。我必须去外交部。去那里。”他指着正在闪烁、号叫的地平线。

“请您不要强迫我。您给人的印象是运动型的。这条路您不可能走错，一直朝着火光走就行。”

“该死的，快开。”

“我们今天不开进柏林了。等那一切结束了，我们会‘突突’地慢慢驶向城郊。到了那儿，挥舞证件的先生，我就下班了。”

“那您现在就开去城郊。快，快开。”

弗里茨跃进司机的小驾驶室，拔出左轮手枪。他的手保持着镇定。这么迅速，他想，这么稳妥。火车司机低头看看武器，然后直视着弗里茨的眼睛。

“您原来是这样一个人。”

“开到城郊。快。”

“伙计，您到了那里也进不去。”

“快开。”

那个人扳动“嘎吱”响的沉重铁杆，火车头轰隆隆地缓缓行驶起来。弗里茨将武器插回口袋里。

“对不起，”他说道，“可我妻子在那里面。”

我妻子，他想，我妻子。玛琳。

我没出什么事，弗里茨说，难以置信，整个战争中我连道擦伤都没有。肉体上的。

您真的跑进去了？薇罗妮卡·许格尔问道。

我们到达时已经结束了。空气那么热，我几乎无法呼吸。我绊在尸体上。我不知道是怎么过去的。我也不知道花了多长时间。因为大火，我不得不绕很大的弯子。这场空袭对市中心的破坏特别严重。我到了我最熟悉的地方。威廉大街，外交部。我穿过一扇熔化的窗户钻进去，然后钻进我和你们讲过的那些地道之一，它们从部里通向阿德隆饭店下方的地下室。然后，我的天哪。她站在那里。玛琳。我们又在那儿见面了。我们笑啊哭啊笑啊。您知道吗？我的房子还在。邻居家的房子毁坏严重。可我的房子，我们的战时爱巢，它完好无损。凌晨四点左右我们得以返回那里。到处是死者，到处在燃烧，一幅无法描述的景象。恐怖。而我们呢？手牵着手，相爱着，无比激动，因为我们很快就会单独在一起了。

柏林在焚烧倒塌，街道上到处是冒烟的尸体，警笛长鸣，浓烟钻进眼里，令人窒息，一个烧焦的人倚着一盏黑色路灯，嘴唇没了，嘴里的残牙张开，向肮脏的天空发出最后的呐喊，玛琳和弗里茨做爱，紧搂着对方，他们的吻像咬，他们身体赤裸，在地板上翻滚，争夺艰难的爱情，他们拖扯撕拉，比从前更深更猛地交融，翻滚，合为一体，大汗淋漓，语无伦次，呢喃着爱。

接下来的几天一片混乱，弗里茨试图在部里找到冯·京特，却怎么也找不到。好像没人知道他在哪儿。尚存的办公室里工作瘫痪了，一些部门完全撤走了，联络中断了，不可能联系了。只剩两名负责接待的女士还坐在杂乱的房间里织毛衣。某个房间里有台人民牌收音机在沙哑地嘶喊——戈培尔大叫着要报复，以炸弹还炸弹，他喊道，在德意志民族的这个伟大时刻，要有狂热的顽强意志。

还有给冯·京特送来的邮件，以及电报站或无线电台某位不知所措的人交给弗里茨的邮件。弗里茨立即阅读了，按其重要程度为美国人整理归纳好。

风尘仆仆的摩托车手送来外长的通知。内部通告。弗里茨笑了，他无法相信：乘务值勤，新信头，缩短假期，因柏林缺水关闭盥洗室。他谢谢司机，签收了文件，低声暗笑。他穿过满是废墟的狭窄的大街小巷走去夏里特医院，他想至少再拥抱玛琳一回。医院与一座野战医院没啥区别。他不知道玛琳如何能够忍受的。连续不断的喊叫、呻吟和哭泣对他的刺激那么深，他感觉受伤的是他自己。他拥进怀里的玛琳穿着一件血淋淋的白大褂，一句话也不说。

“我一找出冯·京特，我们就离开这儿。”他耳语道。玛琳轻轻摇摇头。她身上散发出汗、烟和消毒液的味道。玛琳指着一名高个子医生的背，那个人从伤员中间穿过，顺着走廊前往另一个用撕碎的篷布搭建的手术室。“教授，”她呢喃道，“他要在这里待到最后。”

“我们不。”弗里茨说，双手捧住玛琳的脸。她的目光回避开去。她陷在这个伤口和喊叫的世界里，弗里茨钦佩她的工作观念和顽强意志。快了，他想，快了。他望着一位士兵的背影，那士兵肩挎卡宾枪，手握冲锋枪。那个人满身灰尘，像是血迹干掉后的水泥地面，血迹里有着鞋印。

夏里特医院前的广场上，一条条夹道从躺着伤员的担架之间穿过，血红的绷带，渗着血或干成了褐色，将色斑画进战争的灰色。弗里茨神情恍惚，穿过人群走向大街，这时他听到了什么似乎早就忘记的东西。

“弗里茨叔叔！”那声音听起来疲惫不堪。弗里茨望向绷带下或被子弹射穿的钢盔下的一张张脏脸。然后他看到一只手在挥。他踩高跷似的跨过身体，穿过淡淡的烟雾和麻木的呻吟。

“霍斯特！”

担架上的那个人用臂肘撑起身体。他脸色苍老，头发花白。弗里茨向他蹲下去，霍斯特身上散发出冷尿和泥土的味道。“真巧啊。”他说道。

“霍斯特，我的天。”弗里茨想将一只手搭到他肩上或将朋友儿子的头按在自己胸前。他放弃了。

“你还好吗？”

“大腿，两次。会好起来的。你还一直留在柏林？”

“外交部还没被全部炸掉。天啊，我们竟然在这儿相见。”

“开普敦也不坏，是不是？”

霍斯特往后靠回去，屈起的胳膊撑着头，他拍遍军装口袋。弗里茨说他还有烟，给他点了一支。

“母亲真是自杀的吗，弗里茨叔叔？”

“现在去掉叔叔两字吧。”

“她是自杀？”

弗里茨坐到担架旁边冰冷的地面上，屈起一条腿，在苦难中间找到空隙，伸开另一条腿。

“她病了，霍斯特。”

“这儿的人全都有病。”

“你必须离开柏林。”

霍斯特望着他，一双眼睛显得太过苍老了。弗里茨很高兴没听到什么决战和英雄主义的话。

“根据我掌握的一切，父亲一定是被出卖了。”霍斯特说。

有人从里面咬了弗里茨一口，让他反胃。

霍斯特挥着他的右手。

“弗里茨，你能想象这样的事吗？有人泄密，说爸爸在爱尔兰？”

“这会是谁呢？”

助理卫生员和护士抬起几只担架，拖着它们穿过破烂的双扇门，拖进了医院的咽喉。为什么弗里茨现在得在这儿遇到这少年？他不敢直视对方的眼睛。

“我父亲，是个好人。好人。”

弗里茨体内有什么在往上涌，流体，很稀。他手指抓紧屈起的膝盖。

“弗里茨，我要是逮住这个泄密者，我就杀死他。”

“霍斯特，你想办法去西方吧。”

“你知道什么吗？都柏林？”

弗里茨一只手罩住眼睛。“他一直想与你和凯特去爱尔兰生活。”

“你在哭，弗里茨？”

“瞎说。”

霍斯特漫不经心地将烟屁股弹向身上的灰色部分。他招手让弗里茨靠近。弗里茨闻到了恶浊的呼吸。

“战争掏出了我们体内最邪恶的部分。”

“我设法将你弄出这里，霍斯特。”

霍斯特抓住他的前臂，力道很小。

“算了，弗里茨，算了。我的情况没那么糟糕。我自己照顾自己。你有什么打算呢？”

“看安排给我的任务。具体的还不知道。”

“也许我们什么时候还会再见。祝你好运。”

“你也是。”

当他想站起来时，他的肌肉几乎失去了知觉。他费劲地努力站起，双膝一弯，又恢复了平衡。“战争结束后，总会查出是谁的。”霍斯特说道，“我杀死了那么多人。多一个也无所谓。”弗里茨回头环顾，蓝色、浅蓝和青绿色的海水冲刷着营地湾沙滩。这少年当时的头发是淡黄色的。

“每具该死的尸体都嫌多。”弗里茨说道。

“你这不会是当真的吧？”

“是当真的，霍斯特。我是认认真真的。”

“如果我当时在这里，会有什么改变吗？我指母亲。”

“你不要自责。”

“你还有烟吗？”

“嗯，当然。”弗里茨手指颤抖着从上装里掏出一盒烟。当他给霍斯特点烟时，他们的手碰到了一起。

“我要将一颗子弹射进那家伙脑袋里。”霍斯特说道，没从嘴里取下晃悠的烟。

弗里茨向他俯下身去，抓住他的衣领。“这里的一切全都是该死的纳粹的错。混蛋纳粹。彻头彻尾的混账家伙。如果有谁出卖了你父亲，霍斯特，那就是他们。”

“你该小心点，弗里茨·科尔贝。”

他将霍斯特推回担架上，走了。他来到扭曲变形的大门前时，听到了那声音。它盖过了地面的呻吟声。

“真的没有关系。”

弗里茨转过身，霍斯特用臂肘撑着身体，脸色苍白。

“我们没捕到鱼。这没有关系。”

弗里茨走了，那些虚弱不堪的人在城里漫无目的地游荡，他们之中有的看到了他，他们看到的是一个哭泣的男人。可那没什么特别的。

在他的办公室里，一名穿皮大衣的男子站在窗前，另一个穿斑纹西服的坐在他的办公桌旁翻阅文件。

“弗里茨・科尔贝？国家秘密警察。”

他为什么不害怕？头回在巴塞尔过境时他差点尿裤子，被俄国人绑架时，他都吓瘫了。现在他毫无感觉。也许战争和偷运文件的行为耗尽了他的恐惧，或将它掩埋得那么深，让它找不到钻出来的路。这家伙就是讯问玛琳的那个吗？他抓住过她吗？

“暗杀元首事件发生时您在哪里？”弗里茨将一份公文扔到他面前，点点冯・京特的签名，说：“巴黎。”

“您在这儿管理绝密材料。”

“这里什么都不会丢。”

“您最近去了瑞士。”

“请您让我到办公桌边去。”弗里茨说道。那个人面颊凹陷进去，皱起额头，想要摆出一副危险的样子。他十分缓慢地推回椅子，给弗里茨让座。弗里茨从抽屉里取出出差材料，放上他的外交官护照连同签证印章。

“您不是国家社会党党员。”

“如果元首现在需要什么的话，那就是维持秩序的人员，绝对的秩序。您看看这里。我在坚守岗位。”

“我们现在去您的住处。”

“我现在不能离开这里。我是冯·京特大使还能指望的最后的人员之一。”

“闭嘴，快走。”窗旁的那个人说。

“那有事您负责吗？如果大使先生……”

“快走！”

弗里茨端坐不动。他在默数：二十一，二十二，二十三。

“好。”他说，“我领你们去我的住处。”

他们从墙边推开家具，打碎餐具，从床上扯下床垫，弄坏相框。狩猎旅行的照片飘落向厨房地面。

“这里怎么堆着这么多纸？”

“我写作。”

“您什么？”

弗里茨举起一支铅笔。

“希特勒万岁。”然后他们就走了。邪恶像馊饭菜的气味一样留在房子里。

弗里茨又花了三天，才在萨尔茨堡找到冯·京特。他将从那里前往海军总指挥部，然后返回柏林。他要弗里茨尽可能维持部门的正常运转。电话信号很差，但弗里茨认为感觉到了冯·京特的紧张不安。

在家里，弗里茨转动玛琳粘好的地球仪，喝下一杯白兰地。虽然缺水，但盖世太保的人碰过之后，弗里茨还是拆洗了床上用品。还没干，玛琳和他在下面垫了条旧羊毛被。盟军部队从西方向德国的中心越移越近，艾森豪威尔，蒙哥马利，巴顿；东线俄军的冲锋也势不可挡，德国空军事实上已经不存在了，希特勒彻底变成了幽灵。战斗行动越接近尾声，威尔·普里斯特和姆索克斯基的话就越深地烙在弗里茨心里：战争还将继续下去，方式不同，但继续，尤其是对他来说。从前，他永远无法想象这样的事，但他渐渐意识到了这一说法的重要性。在这则晦涩难懂的间谍故事一开始，他怀有明确的目标，但它并不会因为希特勒死了、武器冷却了就结束。他有什么办法确保自己和玛琳的安全，为卡特琳创造一个可靠未来呢？他能做什么？杜勒斯、威尔这样的男人或格蕾塔·斯通这样的女人都学会了哪些他一点也不懂的行为方式和诡计？他将多少人变成了他的敌人？

玛琳后来夜里到他家时，他将自己的想法告诉了她。他隐瞒了遇到布劳恩魏因儿子的事。

“玛琳，他们会理解的，是吗？”

“谁来理解这里的一切？”她吻他，“你经常引用你父亲的话，他的座右铭，做正确的事情，等等。可在这儿呢？在这儿，正确的事情也很肮脏无耻。这无法避免。但是最后，弗里茨，我们将继续生活。生活，你理解吗？”

第二天，冯·京特悄悄出现在部里。他慌慌张张，宽脸泛红，打了一个多小时电话，收拾文件，搬去被炸得千疮百孔的后院，倒进一只热腾腾的油桶。回来后，他关上弗里茨办公室的门，站到他的办公桌旁，用手指敲敲桌面。“这里还没有新椅子吗？”

“没时间，大使先生。”

“给您一辆汽车，科尔贝。加满了油，后备厢里另有两箱汽油，对。配给证，通行证，所有这些东西。您开车去巴伐利亚，还有……”

弗里茨等了一会儿。“还有什么，大使先生？”

“您听说了伯尔尼发生的事吗？”

弗里茨点上一支烟，将烟盒推给冯·京特。伯尔尼会发生什么事呢？那里现在可别出岔子。可别。

“您认识冯·吕佐夫？所有这些神经脆弱的家伙。这些逃兵。坐在瑞士，不清楚我们面临的挑战。恶心。”

他讲了。他没能顶住压力，讲了。弗里茨摸摸上装口袋里的手枪。思考一下。如果冯·吕佐夫揭发了什么，冯·京特现在不会这样与他谈话。他的名字不可能已经泄漏，还没有。兴许冯·吕佐夫也没有自首，而是魏兰安排人将他逮捕了，因为他招人怀疑了。弗里茨咬紧牙关。

“这是伟大的问题。”冯·京特说道，“伟大是您要求不来的。您想想，元首专门将伟大的人聚集在身边。您理解我的意思吗？不是他的那种伟大，不，那只是少数。而是一定程度上的伟大。伟大的核心是可传递性和不可预料性。”

他都讲的什么呀？纳粹分子炮制名词。弗里茨想到了写作，他肯定动词很重要。它们带来运动和生命。这正是纳粹演讲总显得无聊的原因：那里没有什么在动，全是僵化的。

“发生什么事了，冯·京特先生？”

“他将一颗子弹射进了头颅。在家里。孩子们都在家。唉，您想想这事。这么个软骨头。”

冯·吕佐夫没能做到，弗里茨说道，又死了一个。

那转运钱的事呢？韦格纳问道。

在审阅过我弄的材料之后，美国人可以做出相当多的干预。战争结束后也是。冯·吕佐夫同我给他名片的那个人碰了头。

后来我一次次听说，冯·吕佐夫很受欢迎。在国外代表当中，他算是正派的，不狂热，平易近人，能谈得来。几乎是个悲剧性人物，陷在对祖国的忠诚和疑虑之间，左右为难。纯属程式化。

您知道魏兰怎么样了吗？韦格纳问道。

像往常一样，不清楚，弗里茨说道。

韦格纳翻着他的本子。他挠挠头，不知道是该笑还是该诅咒。

如今大概生活在奥地利，他说，他娶了冯·吕佐夫的遗孀。

天哪，弗里茨说道。原来这就是我战时最后一次伯尔尼之行的成果了：某个监视我的德国男人消失得无影无踪，提都没人再提；姆索克斯基，他的境况不会好；冯·吕佐夫在女儿们玩游戏的屋子里将一颗子弹射进了头颅；我将手枪对准一名无辜的失望的火车司机。

弗里茨抚摸桌上的纸张，将它们推来推去。

姆索克斯基说得对，他说道，这个俄国人说得对。盖伦的事。一个残暴的纳粹，彻头彻尾。那美国人呢？他们拱手奉送给他一种新生活。我又遇见过他一回。他问我想不想为他工作。他根本不在乎对我的敌意。也没人会反驳他。只要他打个响指，我就彻底得到平反昭雪了。疯了。

我的天哪，科尔贝先生，薇罗妮卡·许格尔说道，您一定，我不知道，您一定气炸了肺。您有没有再见到霍斯特·布劳恩魏因?

再也没有。我不清楚他怎么了。我不知道。

那冯·京特,韦格纳说,他给您提供一辆小轿车,有迷人的理由吗?

弗里茨笑笑,重新倒上酒。他往炉子里添了几块木柴,让炉门开着,望着桌面。他拿起那张旧柏林地图,团作一团,扔进火里。那张干燥的纸立即熊熊燃烧起来。

冯·里宾特洛甫应该在这里,薇罗妮卡·许格尔说道。弗里茨将他扔进了火里。

盖伦呢? 薇罗妮卡·许格尔问道。

盖伦没有。他还活着。

冯·京特? 外交部接待会的那些照片?

烧掉它们。弗里茨接过照片,扔进火里。

冯·京特的迷人理由普通得惊人,他说道。

当冯·京特告诉他冯·吕佐夫的死讯时,弗里茨骂了句粗话。这不是他想要的。可怜的女孩们。可怜的男人。又一人沉没在化名乔治·伍德的绝密级间谍弗里茨·科尔贝的航道里。

“知道为什么吗?”

冯·京特摇摇头。

“他不必因为这件事开枪自杀啊。”

"因为什么事,科尔贝?"

"我怎么知道?敌人临近或谁知道什么。"

"不管因为什么,"冯·京特说道,"科尔贝先生,您明白,我知道您同玛琳·维泽的关系,您明白,我知道她已婚了。您也明白,我一直信赖您,器重您的工作,我想,我有权说,您在我这个上司手下过得不是很差,嗯。在冯·里宾特洛甫面前的那场小戏,喏,别提了,好不好?"

这么说冯·京特还记得那件事。他是感到难为情吗?

"您快说啊,科尔贝,嗯。做我的私人秘书,并——没有——那么糟糕,对不对?"

"您认为不差就不差,大使先生。"

"那位女士怎么样了?"

"她在夏里特医院工作。算不上好。"

"您知道,我妻子和孩子们离开城里了。现在,有……"冯·京特抓抓他脸上的一块斑,"另外还有一个人,是的,我想将她从这儿弄走。一个……一个人,科尔贝先生。一个我真切关心的人。"

冯·京特脸红了。他将自己暴露给了弗里茨,将他生活的一部分暴露给了他的私人秘书,他的前室接待员。他自己恐怕无法一逃了之,压力太大了,监视太严了。

"这是一次出差,科尔贝,是的。我马上将材料交给您,让那位女子下车之后，您将它们送去博登湖畔的林道。部里在那儿有个小办事处。已经为您预约了。您让那位女子在尼德松特霍芬湖附近下车，我在那儿有朋友。之后您继续前行。材料里都写得清清楚楚。您将十分正式地担任我在林道的联系人。”

冯·京特一次都没有直视过弗里茨。他贪婪地吸烟，指着办公室的墙。

“见鬼，这里怎么没挂元首的肖像？我容忍过您一些事情，科尔贝。您可不要忘了。”

冯·京特走回自己的办公室，关上门。

弗里茨赶去夏里特医院。大多数房间只剩下千疮百孔的正墙，有些被火烤了一次又一次，他都不敢靠着它们。断裂的街道边缘，被烧焦和炸毁的汽车在生锈，家用器具落满灰尘，扔在瓦砾堆上。有些废墟上挂着牌子——“我们全活着，去了南方”或“地下室里继续营业”。目光混浊的逃亡者堵塞了几条街，战俘们莽撞地清理出弯弯曲曲的路，一架高射炮被安放在施普雷河上方的辅桥上，划损了的炮管朝向天空。

玛琳办公室里的全部义肢都不见了。两名士兵脏兮兮的，打着绷带，躺在地面，吸着弯曲的香烟。弗里茨向他们打听玛琳。那些人说他们没见过女人，他们已经在这儿躺了很久，没人管他们。一刻钟之后还是没找到，他向多名护士打听。没人知道她在哪儿。弗里茨抓住一名医生的胳膊。“玛琳·维泽呢？玛琳在哪儿？”

“谁？”

“教授的女助手。”

“不认识，伙计。现在请您不要打扰我。”

他胡乱地在楼梯上走上走下，经过溅满血的篷布，它们被用来应急，隔开房间。他在这臭烘烘、呻吟不断的混乱中怎么也找不到玛琳。他彻底丧失了理智，返回办公室，收拾了几样私人物品，骑车回家。在家里，他将一只箱子扔到床上，放进修补好的《安提戈涅》和《米歇尔·科尔哈斯》，还有盛着给卡特琳的泥土样本的铁皮罐。他拿报纸将地球仪包了一层又一层。

这天傍晚，玛琳早早地就回来了。弗里茨向她跑过去。他那么使劲地拥抱她，几乎让她跌倒在地上。“你去哪儿了呀？”

“手术，弗里茨。”

“一整天？”

“一整年。或者还要久。不清楚。”

她在厨房里坐下来，给自己点了支烟。

“真该死，弗里茨。真的。该死。”

“我知道。要我为你泡杯茶吗？”

“我们还有咖啡吗？”

“够冲一杯的。”

玛琳从头发里取下发夹，扔到桌子上。她垂下头。

她说她同教授谈过了，他支持她，如果她走，他不会反对。相反，他甚至建议她这么做。做出复杂决定和思考的时间已经过去了。也许玛琳只是太累太震惊了。

“我跟你走，弗里茨。我们开车去南方。乡下没有炸弹掉落。护士到处都用得着。”

“那你丈夫呢？”

“我已经几礼拜一分钟都没想过他。一次都没想过。生活中有时可能就是这样吧。昨天，弗里茨，他来了一封信。他没有受伤。他希望很快能找到机会向美国人投降。”

“有那么几秒钟，我希望过……”

“弗里茨，别说了。住嘴。该死的战争。我们还有什么吃的吗？”

“一整块面包和几片香肠。甚至还有五十克黄油。”

“他知道。”

“你说什么？”

“我丈夫。格哈特。他写信说，你来夏里特医院办公室里时，他就觉察了。他知道。他难受得要命。”玛琳双手捂嘴，抽泣起来。她语无伦次地说着她丈夫的名字。格哈特。“那么久的共同生活。那么善良的一个人。我们的孩子丧生时，他哭得那么厉害。”弗里茨和玛琳之间一米远的厨房地板越来越长。弗里茨向她伸出手去，但没有摸她。她在为另一个男人和死去的儿子哭泣。

“你知道这个男人写了什么吗？写给我们的。”

弗里茨交叉双臂，又放下了，一只手伸向玛琳泪湿的脸。

“他祝我们幸福。他说，没有这场战争，事情肯定会不一样。但是，我的天，弗里茨，他祝我们幸福。”玛琳哭得身体一抖一抖的。弗里茨从没感到她这么难接近。有一刹那他都想离开住处了。

“玛琳？”

他缓步走向她，张开双臂，站到她面前，然后用胳膊抱着她的身体，先是小心翼翼，然后越来越用力。他知道，这一刻终于要决定她是不是他的了。玛琳把双手从脸上移开，将脸颊贴在他脸上，拥抱住他。

弗里茨闻着她头发里、衣服上夏里特医院的血和绝望的味道。洗澡是想都不用想了，水是配给供应的，大多数水管都被炸毁了。但他还能烧一罐水，将一点肥皂溶化在里面，让玛琳擦擦身子。他给她准备说好的面包和咖啡。她将是他的妻子。他的玛琳。他们将去南方，通过威尔瞒着伟大的艾伦·杜勒斯安排的一位联系人，从那里逃出德国。他想着非洲上方的蔚蓝天空。兴许卡特琳此刻正望着他幻想的天空呢。

“你是我的吗，玛琳？”

她正视着他，点点头。

两天后，一辆梅赛德斯停在外交部门前。司机来到弗里茨的办公室，将钥匙扔他桌上，又走了。弗里茨开着这辆车去选帝侯大街。他骑着他的旧自行车在这条路上来去过几百回呀？现在这辆自行车成了一堆扭曲的金属，链子被扔掉了，铃铛不见了。最后一次空袭后他跑向被炸毁的地铁入口，在那儿找到了自行车的残骸，车架还被链子拴在那里。他伤心了一会儿——十分奇怪，不可理解——看样子这辆车对于他具有某种意义。多荒唐啊，他想。在炸成漏斗状的广场侧翼，尸体像沙袋一样被搬上一辆卡车，他却在因为自行车而激动。

将他的所有家当装上车之后，他开车返回部里。玛琳坐在门外的台阶上，笑吟吟地望着他。她穿一件蓝上装，头戴一顶帽子，坐在摇摇欲坠的墙壁和被扫到墙角的碎石瓦砾堆前，那模样就仿佛她是他的纯粹的生活，是他全部的幸福和想要的一切。他带她去他的办公室，将笔记塞进上装和大衣的内袋，将所有必要的证件塞进公文包，看看钟。冯·京特说那女人将于十一点到，她知道情况。大使又去了萨尔茨堡，还想与邓尼茨[1]碰下头，说是要“准备事情”。

---

1 卡尔·邓尼茨(Karl Doenitz，1891—1980)，“二战”时期德国的著名将领、海军元帅。希特勒自杀前留下的遗嘱中曾任命他为德意志帝国总统和国防军最高统帅。

迈纳夫人中等身材，衣着朴素，客客气气。她站在玛琳和弗里茨面前，犹豫不定，他们相互握手，不看对方。

“那好，”玛琳说，“我们仨就来一次远行吧。”

迈纳夫人笑笑。“我不会连累你们的。”她说，“行李也不会，唉。”她提起她的小箱子。

“它会变大的。”弗里茨说道。他再次返回办公室里看看。这么多年了。他不会回来了，不会回这间办公室，不会回这个柏林。弗里茨走去冯・京特的办公室里，打开办公桌旁的小门，掏出一瓶未开启的拿破仑牌白兰地。

“您的……冯・京特先生不会有异议的。”他说。

迈纳夫人胆怯地撇了撇嘴角。“科尔贝先生，您就称他是我朋友好了。他是我朋友。他会在那儿接应我吗？”

玛琳一只手搭到她胳膊上。

弗里茨帮夫人们将箱子拎出去，请她们上车。然后他又返回去一趟。他在打字机上按下 SS 键，使打字锤弹起。他用力掰弯它，金属弯曲的地方变白了。他取下阿尔高风景画，放到桌上，在风景里画了个男人，一个线条分明的黑色人形，胳膊伸向侧面。第二个人他想画得浑圆一些，但没有成功。这第二个小人也伸出胳膊，两个人手拉手。他来到走廊上，米勒站在那儿，手撑臀部，肩骨突出。他变得更瘦了，弱不禁风。弗里茨举举那些纸。

“出差，米勒。”

“我要核实，科尔贝先生。”

“您给冯·京特打电话吧。米勒，请您坚守岗位。”

“希特勒万岁。”

弗里茨走了，然后又向那个人转过身去。

“您在场吗，米勒？在‘路易丝安娜号’轮船上？”

“我不知道您在讲什么。”

弗里茨笑了。“到现在还不知道，米勒？”

“胜利万岁，科尔贝先生。”

“正是，米勒。胜利。”

弗里茨来到街头，吉泽拉站在汽车旁玛琳的身边，鬈发上戴着顶毛帽子。迈纳夫人待在一旁，她不想妨碍朋友间的交谈。

“我们就不能带上她吗？”玛琳问。弗里茨还没来得及回答，吉泽拉便说，她十分理解，这不行。

“没事的。我留在这儿。快结束了，会有一个新的开始。玛琳，我会渡过难关的。”

“您要保重，吉泽拉。”弗里茨说道。

“请您照顾好这个女人，她特别珍贵。”

“我知道。”

玛琳和吉泽拉相互拥抱，迈纳夫人在抽泣。她祝吉泽拉幸福。

十四　迎着太阳

然后我们离开了柏林，离开了剩下的一切。当俄国人开进，爆发毫无意义的巷战时，一定很可怕。

弗里茨戳起一块奶酪和一只小红萝卜。我们还有时间喝瓶啤酒，他说。

韦格纳点点头，他只剩几页还未翻阅，他又在画圈。

我觉得，我们像是在迎着太阳驶去。这一切，好像终于真要结束了。那样就太美好了。

他走出去。天黑了，星星在天空照耀，山群闪着熹微的白光，像是用深色颜料涂画过。山下的溪面上有个盐粒大的光点在移动。他从井里拉上来的瓶子比白天的更凉，他拎着它们走回小屋。他感觉相当好，感觉更自由了，虽然知道还存在一个大困难，但他感觉终于做好准备了。

我渐渐有点醉了，薇罗妮卡·许格尔说。

事实上我过会儿还得开车，韦格纳说。

阁楼上有两间卧室，弗里茨说，来吧，你们再陪我喝一瓶。这会让我高兴的。

玛琳离开很久了，薇罗妮卡·许格尔说。

她喜欢待在城里，弗里茨说道。

他开始整理纸张，将它们折起，按内容归类叠放在一起。

迈纳夫人，他说道。我觉得这很有意思。人们头脑里的想象。某种程度上，如果你听说谁有桃色事件，你很快就会想到一个国色天香的女人，非常迷人，或者要比男人年轻许多，或是想到这么一个盛装打扮的妖冶女子。可迈纳夫人是冯·京特那个年龄的人，真的一点不起眼，是一个很舒服的人。我曾经设法套问她是如何，又是在哪里结识冯·京特的，可我也不想冒失。我们很顺利地渡过了难关。我们曾被盖世太保拦住过一回。我的证件对这些人不起多少作用。争吵了起来。后来我成功地让他们中的一位打电话到海军总司令部。他果然找到了冯·京特来接电话。然后我们得以继续前行。我们在尼德松特霍芬湖畔让迈纳夫人下了车。她祝福我们。她说我们是天生的一对。

现在依然艰难，弗里茨想，擦擦眼睛。迈纳夫人的话，他听着仿佛是在昨天。他看到她在车后向他们挥手，虽然有几个人从房子里走出来，向她打招呼，但她显得孤单落寞。

我和玛琳继续前行，我还记得，某个时候我们停在阿尔高的草地中央。我们转头四顾。我们几乎无法相信。没有一个弹坑，没有高射炮，哪里都不见长长的队伍。玛琳笑了。她觉得幸福。她下车，在草地上蹦跳，向一头母牛招手。我那么开心，想，母牛随时会招手回应。夜里我们在一座农庄找到了住处。可爱的人儿。他们给我们端上新鲜牛奶、煎蛋、贮藏的苹果。这些东西我们都快不认识了。太美了。生活，玛琳说道。我们得到一个自己的房间，一个小房间，有粪堆和山区空气的味道。我们整夜都没有松开彼此。

他喝口啤酒。

我们为什么忽视幸福的短暂瞬间呢？他问。如果我们在这场战争中丧生了，我们就不会想到幸福。玛琳某种程度上总是在想着幸福，那是她的生活背景。我很喜欢她这样。

为什么很少听到男人这样讲女人？薇罗妮卡·许格尔问道。

您某个时候允许他吻您的那个男人，他会这么谈论您，弗里茨说道。

我也这么想，韦格纳说道，盯着他的啤酒瓶。薇罗妮卡·许格尔从侧面看着他。

谢谢您，她说。

次日，我们抵达林道。我直接去了办事处。真是个笑话。那儿有两个人在一间办公室里工作。在阿道夫·希特勒的严厉目光下。一个十分腼腆,另一个扮作纳粹。一个真正的自吹自擂的家伙,荣誉党卫队员,就像冯·里宾特洛甫喜欢的那样。我没在那儿耽搁。玛琳在港口等我,她坐在石狮下,越过博登湖远眺。我没有告诉她威尔的计划。晚上我们离开林道。湖面有一艘船巡逻,船上装有探照灯,岸边有士兵放哨。我的证件管用,我们只被拦住过一回。

他察觉自己讲得越来越快,他想尽快结束,一个不算结束的结束。但在战争再次袭来之前,他们还有时间。

在约定的地点,水里停着一只划子。我一开始没看到那个人,但我听到了他的声音。我对它太熟悉了,它与我在纳粹帝国所过的生活关系那么密切。嗨弗里茨,他说道。

“嗨弗里茨。”他无法想象这个声音对他会有怎样的影响。那是他向往已久的、自由的摘去面具的声音。他牵着玛琳的手在黑暗中摸索,将树枝压向一旁,它们像弓弦一样绷着。

“威尔? 威尔,是您吗?”

“是我。您终于到了。”

弗里茨现在能认出普里斯特的轮廓和斜着驶上沙滩的船,小船湿淋淋的外侧一闪一闪的。“幸好今夜多云,”普里斯特说道,“对我们有利。”他爬下划子,一阵凉风拂过岸边。普里斯特向玛琳伸出手来。

“很高兴认识您，维泽夫人。这个男人谈来谈去都是您。”

“这样好。”玛琳说道，“您是我认识的第一个真实的美国人。”

弗里茨笑了。他感觉到普里斯特见到他真的很开心。他将两只箱子递给普里斯特，普里斯特将它们装上船。然后他协助玛琳上船，弗里茨跟在她身后，船在他的脚下摇晃起来。普里斯特推船离岸，船外水声哗哗，他双腿滴着水，跃上船舷。他坐到中间，抓住脚前的一只箱子。黑暗中，弗里茨看到两支冲锋枪在闪光，普里斯特递给他一支，金属冷冷的。“狩猎旅行。”他说道。普里斯特无法解释的粗俗具有感染性。解救就在船里，还有欢乐。他们依然面临的危险几乎感觉不到了。“威尔，您喝了艾伦·杜勒斯秘密存放的威士忌吗？玛琳，他并不总是这样的。”玛琳低声笑了，低语道：“很可爱啊。”

“您听到了吗，弗里茨？”

“威尔，快给我闭上您的嘴吧。”

缓缓地，轻轻地，普里斯特开始划起来，他小心谨慎，让桨片无声地沉进水里，水越是不停地哗哗淌过船边，弗里茨就变得越亢奋。他看着玛琳坐在船头，认出了她脸的轮廓，真想去她身边吻她。他吸进凉爽的新鲜空气，望向对岸的灯光。巡逻船在远方打着探照灯。现在一切都会顺顺利利。只剩下湖面的这段距离，只需要威尔划桨，然后就能躲进瑞士的一个安全藏身地。他坐在船尾，普里斯特平静均匀地划桨，玛琳坐在船头，指尖插在水里。

他将一切又过了一遍。他在营地湾海滩上追逐卡特琳，他感觉到“路易丝安娜号”轮船甲板上他肩头那些男人的手，他头一回在部里见到冯·京特和他自己扭曲的脸，瓦尔特和凯特冲他笑着，然后凯特越来越小，一片死灰，任何的生命迹象都从她眼里被夺走了，他看到有卐字和帝国鹰的文件，听到玛琳在汉森夫人的小办公室里笑，威廉·普里斯特在门厅里向他招手，他遇到艾伦·杜勒斯和格蕾塔·斯通，他观察魏兰和冯·吕佐夫的妻子之间的目光，他听到男孩在柏林喊“爸爸，爸爸”，看到玛琳一丝不挂，他感到脚下伯尔尼巷子里的石头，冯·里宾特洛甫盯着他，希特勒穿行于狼穴旁的树荫，然后是玛琳身穿蓝大衣坐在外交部门外等他，就一位德国女士来说，这么做一点都不像德国人，而她无所谓，白宫的走廊里在谈论乔治·伍德，玛琳直挺、细长的鼻子，他平生见过的最漂亮的鼻子。

必须写下来。写时不必提到他的名字，但反抗暴政的故事必须有人听到，还有不得不为此付出代价的人们的故事。

当船在对岸滑上沙滩，普里斯特收起桨时，弗里茨闭上眼睛。他听到玛琳的声音在问：“这真的是瑞士吗？”

“欢迎您，夫人。”普里斯特说道。他从她身旁爬下船，将手递给她。弗里茨继续坐了一会儿，扭头张望。林道的灯光在黑暗中羞赧地忽闪。它们让他觉得像是来自另一个星球。他踏上陆地时，感觉自己是个踏上一座陌生岛屿的探险旅行者。

普里斯特收起冲锋枪，将它挎到肩上。玛琳站在一辆汽车旁，在和一位灰发男子交谈，那个人吸着烟斗。

“伍德先生。”

“杜勒斯先生。”

“我压根儿不知道，你从没对我说过你的真名。”玛琳说。

“乔治·伍德。”他说，吻她的手。

“她会安全吧，杜勒斯先生？”

“她会的。您这回是不是也给我们带了什么？”

哪怕是现在，弗里茨想。他从口袋和袜子里掏出薄薄的纸，交给杜勒斯。

“就这些。”他说道。

“别性急。”杜勒斯含糊地说道，“我不同意这里的一切。我认为普里斯特先生有点太自信了。”

“是我告诉了他林道任务。”弗里茨说道，“他只是伸出了援手。我们反正会逃走的。至少会试一试。在没有您帮助的情况下，杜勒斯先生。”

他们行驶在黑暗中，玛琳和弗里茨坐在车后，手握着手。普里斯特在开车，杜勒斯不时地向他们转过身来，给玛琳讲华盛顿和纽约的事，讲美国有个杰出的、绝对高级别的、很小的圈子知道乔治·伍德。

“我亲自对总统讲过，伍德是整个这场战争中最重要的间谍。”

“总统？”玛琳望着弗里茨。被作为英雄来介绍，他感觉不舒服，他从来没想做英雄。尽管如此，他胸中还是有点痒痒的，他挺直肩。玛琳用力握紧他的手，望向窗外呼啸掠过的灰色森林。

“总……统？”她重复道，“美国的。弗里茨！我这是在哪里啊？”

“在我身边。”弗里茨说道，“你们将我们安置到哪儿？”

“绝对没人能想到您会去的地方。”普里斯特说道。

“在伯尔尼市中心，伍德先生。”杜勒斯说，“一套小房子，不是很特别，但够了。您将不能离开住房，但我们会安排好，让您什么也不缺。只剩几个礼拜了。”

“谢谢，威尔。多谢您了。”

“我们成功了，弗里茨，”玛琳说道，“我们成功了。我的天，我们将开始生活了。”

住房在长墙路一幢中世纪建筑里，距离阿勒河的流水声不远，向右可以看到粮仓桥。住房共有两个房间，另有壁炉和小厨房，在这里时间是不存在的，虽然他们偶尔需要独处，但门总是敞开着，没有一刻的厌烦或无聊。他们交谈，阅读，或互相朗读，他们做菜，在床上一躺躺很久。弗里茨摆好了他的地球仪。“现在这个可爱的世界又可以更好地旋转了。”他说。他为玛琳的幸福高兴。离开夏里特医院一事似乎伤害过她的感情，现在翻篇儿了，良心不再折磨她了，她一开始怯怯地，后来越来越坚定地谈论他们共同的未来。威廉·普里斯特每礼拜过来两次，送来给养和国际报刊。

普里斯特几乎不谈战略情报局的间谍活动。有一回他提到格蕾塔·斯通，她让他代问好。“善良的格蕾塔正在返回欧洲的途中。直接去西线见艾森豪威尔，最高保密等级。”

“格蕾塔怎么样？”

“哎，怎么说呢？她在顶前沿。”

“顶前沿，长期下去可不行。”

“在美国可以的。”

“威尔，请不要这么说。”

“事实怎样就是怎样。”

“您知道魏兰怎么样了吗？”

“被召回了国内。但逃走了。一条小鱼。”

“那盖伦呢？”

普里斯特给自己点了支烟。现在，在战争行将结束时，他吸起烟来了。疯了。他很快又会戒掉的。

“威尔，盖伦将军呢？”

“保密，弗里茨。明白吗？接下来的几天您一直开着收音机吧。现在不会持续很久了。”

他们周围的床上堆着打开的图书。香肠、奶酪和小红萝卜翘起在一只盘子里，盘子搁在床单上。弗里茨亲着玛琳的乳房外侧，她在舔她手指上剩余的芥末。

“幸福的五月这就开始了。”弗里茨说道。

“幸福真好。”玛琳说。弗里茨开始亲她的乳头。可数秒钟后玛琳就将他推开了。她还从没有这么做过。没在这么一个瞬间做过。现在怎么回事？她呼吸粗重地将他顶离自己，不知所措地盯着他。“你听。听听收音机里在说什么。”

“元首阿道夫·希特勒今天下午在总理府他的指挥台上为德国阵亡了，他与布尔什维主义一直斗争到生命的最后一息。”

他好一阵子才能理解，他们好一阵子才能理解。有段时间他们十分安静，然后他们摸索到对方的手，紧握了很久。

他死了。

“结束了，弗里茨。”

弗里茨慢慢下床。一个复活者。此时此刻他就是这么想的。在他的脑海里这些单词很大，他无所谓。他肌肉绷紧到颤抖的地步。

他对着屋里长长地喊了一声“好——”。

“玛琳，她在朝我转身。她在朝我转身。她在招手。”

“谁呀，弗里茨？”

“卡特琳。我女儿。”

“我的天，而我们活着。”

她下床，一丝不挂，他们拥抱在一起，弗里茨闭上眼睛，抱紧这个女人。

一礼拜后签署了无条件投降的文件。欧洲的战争结束了。

弗里茨和玛琳推开朝街的门。他们在阳光下欢笑拥抱，他们无法理解它已经结束，后来他们理解了。他们离开避难所，在伯尔尼城里散步，就像弗里茨一直想做的那样。春日只为他们照耀，弗里茨说道，指着赫伦巷的那座房子，战略情报局的秘密办公室就设在那里。他带她从威尔拉丁路德国领事馆旁走过。门都敞开着，门前花园里堆着箱子，花香弥漫，有人摘掉了所有窗帘。他考虑带玛琳去看看魏兰和冯·吕佐夫的办公室，但他放弃了，而是指给玛琳看了布本贝格广场旁的酒店。

“你就一直住在那儿吗？”她问道。

他指着他房间的窗户。“就在那儿。”他说，感觉那是几十年前的事似的。

“那是好时光。”他说。

玛琳拉住他，让他面朝她：“你不是当真的，对不对？”

“废话，当然不是。”对吗？他清醒地意识到，他收获了战争的结束、希特勒的死，他现在又拥有了自由，但还有点什么。一种直觉，一丝感觉，它与那个窗户背后的房间联系在一起。乔治·伍德。绝密。它还存在吗？抑或他的一部分与阿道夫·希特勒一块儿死掉了？

他给欧根·扎赫尔打电话，他们在赫伦巷一家饭店里碰头用晚餐。弗里茨和他拥抱，许多桌的客人都望向他们，但他们无所谓。

“饭店真漂亮。”扎赫尔说，一只手搭在弗里茨的小臂上，“弗里茨·科尔贝，伙计，我害怕过。”他讲，作为在中欧活动的商人，他现在忙得很。

“那里正在开始疯狂的活动。你们无法想象，现在有多少货物在运来运去。”

“和前纳粹吗？”弗里茨问道。

“哎呀，老朋友。”

“我们曾经有生命危险，欧根。瓦尔特和凯特死了，还有数百万其他人。”

“这我知道。可生活还在继续。总是这样。这样很好啊。”

“当一章结束了，故事就会继续下去。”玛琳来抓他的手。他坚信玛琳同意他的看法，但她现在不想争吵，他理解。也许现在回避是不对的，但他们对战争很厌倦，弗里茨不想妨碍玛琳的安宁和对饭菜的享受。他亲她的脸，招手示意服务员拿更多白葡萄酒来就鱼。扎赫尔似乎觉察到了弗里茨和玛琳之间的默契，只是说，他当然不会跟前纳粹做生意。

“先要认出他们。”弗里茨说道。

“那我的朋友就得多操操心了。”

“拜托，你们这些男人，拜托。”玛琳说道，“到此为止。”

第二天，威廉·普里斯特打来电话，让弗里茨去赫伦巷的战略情报局总部。弗里茨问他是否可以带玛琳一起去。“弗里茨，请您别讲蠢话，伙计。当然不行。”普里斯特说完就挂断了。

弗里茨熟悉的这些房间曾是安静的，只有格蕾塔·斯通、普里斯特和杜勒斯。现在，约有一打另外安装的电话在响，电缆上无一例外铺着地毯。二十名男子——其中有许多穿着制服——你一言我一语，将听筒递来递去，在翻看材料。

杜勒斯说，他很期待在柏林，之后在美国设立一个始终关闭的新办公室。他坐在他的办公桌旁，不以为然地望着那些人，吸着他已经熄灭的烟斗。

“透露一下，伍德先生……”

“科尔贝。”

“嗯？”

“科尔贝，弗里茨·科尔贝。”

“好了，透露一下，这个，”杜勒斯用烟斗作指示棒，“这事我一点也不喜欢。集中要求少数人告诉多数人他们该做什么。”

普里斯特将弗里茨拉到一旁。

“我们还有几桩任务交给您。您将被正式任用。酬劳是美元。具体情况您接下来的几天会了解的。可您听着，弗里茨：不要抛头露面。军情六处的伍尔德里奇又来过我们这儿一回，您知道的，那个英国人。他一直痴迷于那个想法，认为伦敦有个大漏洞。英国人早就认识到，无论过去还是现在，您都是一个超级情报源，可他们也坚信，新的敌人现在会更凶猛地将手伸向您。这是一场极度的混乱。柏林，伯尔尼。伦敦，华盛顿，莫斯科。维也纳，新近才出现在市场上的。眼下没人看得透。”

“但我现在终于可以联系卡特琳了吗？”

普里斯特摇摇头。“您再等等。将您女儿阻挡在这一切之外，您这样做很聪明。您再等等。太混乱了。等第一批组织成立了，等我们确定和占据了我们的位置，那时候，弗里茨，那时候再联系。您已经坚持这么久了。请您暂且不要给卡特琳添麻烦。”

“您给她传递过信息吗？”

“当然。”普里斯特将一只手放到他肩上，“您给自己树立了大量敌人。这些敌人，无论如何，他们中有几位现在完全改头换面了。他们反应不同，他们思维不同。我知道，这一切听起来相当紊乱，但眼下就是这样的。好了，弗里茨，先委屈一下吧。”

“威尔，我受够了。”

“没关系。”

“那玛琳呢？”

“您身边有个女人让别人多了一种向您施压的手段。”

弗里茨骂了一声。

“在伯尔尼这儿，应该都没问题。只是您不要过分抛头露面。”

普里斯特用力握住弗里茨的手。“顺便说一下，”他说道，“她是个很棒的女人。”

“还有那鼻子，威尔。我的天。可说真的，没有玛琳我会坚持不下去的。”

弗里茨从那些男人中间挤过去，走进格蕾塔·斯通曾经的办公室。一位年轻中尉低声与他讲话。

“请您原谅，先生，您是乔治·伍德吗？”弗里茨环顾一圈，另一个人正望着他，威廉·普里斯特站在门口。威尔似乎看出了他的犹豫，向他走来，嘴唇几乎碰到弗里茨的耳朵。“别讲话。”

那位中尉近乎腼腆地笑笑。他身上有什么让弗里茨想起了霍斯特·布劳恩魏因。

“幸会。”弗里茨说道。普里斯特长叹一声。

“我才荣幸，伍德先生。”中尉和他握手，“了不起。真正了不起。”

当弗里茨想离开房间，离开急促的铃声和那些声音时，他听到另一个人在嘀咕。

“叛徒。”

弗里茨转身走向那个人，痛打起来。

不再是太极拳，不是想象中的纳粹爪牙。一个清秀年轻、身穿制服的美国人，嘴唇上突然挨了一拳。

弗里茨在那个词、那些呆若木鸡的男人和嘴唇破裂流血呻吟的男子面前关上门，走下楼梯，没走通向赫伦巷的大门，而是穿过走廊走向花园小门。他头回来伯尔尼时，威廉·普里斯特就是在这里接他的，站在黑暗中，招手将他领进了另一个世界。

离开那里后我直接去了一家报纸编辑部，找到了主编。我告诉他我有个一流的间谍故事。只是不可以提及我的名字。

这不是很聪明，薇罗妮卡·许格尔说道。

弗里茨从夜晚的窗户望出去，窗户反射着灯光和瓷砖壁炉栏杆后面摇曳的橘黄色火光。

我知道，他说。

我与那位记者谈过，韦格纳说，他战时在一个志愿兵旅服役，与纳粹斗争过，失去了左臂。那个人是个爱发火的怪胎。您向他说了，科尔贝先生？

当我离开美国人的办公室，听到那里有人称我叛徒时……我告诉过您，我早就产生过那念头，我的故事必须被写下来。不管怎样，这位记者同意推迟发表，并对我的名字保密。当我终于讲出来后，我感觉舒服了。不是全部，永远不会是全部。没讲个人的事，没讲布劳恩魏因夫妇或冯·吕佐夫的事，没讲玛琳。但讲了我的间谍活动的大体脉络。见鬼，不得不讲出来。

我能理解您，科尔贝先生，薇罗妮卡·许格尔说道。

玛琳现在在哪里？韦格纳问道。弗里茨看着他，灯光照得年轻人的脸发黄，他的眼睛是深色的弹子。

扎赫尔给您讲过，不是吗？他告诉过您发生了什么事。他担心我，对吗？

薇罗妮卡·许格尔和韦格纳同时各自点燃一支烟，躲进烟雾里。弗里茨将那些文件分门别类，想将它们整理好，放回橱里。他停下了，重新合上橱门，打开了炉子炽热的大嘴。

你们需要的你们全有了吗？他问。

您需要的您全有了吗，科尔贝先生？薇罗妮卡·许格尔问道。

弗里茨不理解这两个年轻人为何如此喜欢他。但他们就是这样，各以各的方式，他们喜欢他，他们关心他，不管是为什么。

我会尽力的，弗里茨说。

她为什么离开了您呢？薇罗妮卡·许格尔问道。

弗里茨坐下来，大腿上放着文件，体内装着回忆。沉默。

盖伦将军，他说，在德国南部向美国人自首。他要求与一位高级军官谈谈。杜勒斯听到此事后，立即动身离开了伯尔尼。盖伦被带去了美国，同另外几人一起。他说他将装着有关俄国人秘密材料的数百只箱子藏在阿尔卑斯山里。杜勒斯后来告诉我的。他说，这人真的不错，他也不是纳粹，而是惊人地不关心政治，他只视共产主义为敌。其他的一切他都无所谓，盖伦是位仆人，是个伟大的情报人员，非常专业，很聪明，实在放弃不得。与姆索克斯基预言的一模一样。我告诉杜勒斯，盖伦是一位坚定的纳粹。不，杜勒斯说，他只坚信他的工作。美国人会规定方向。

我后来为柏林的战略情报局工作了一段时间，搜集针对纳粹的材料，甚至主持过一个小部门的工作，但在相当短的时间后又被撤出来了。普里斯特认为，对我来说，柏林太危险，因为俄国人。我与玛琳一道乘船去了美国，去做杜勒斯的客人。可他几乎没空见我。由于无所事事，也因为玛琳，她不知道我们在美国该做什么，我带着她自行返回了德国。这期间那个独臂人的文章发表了。您可以想到，一些人不难查出，外交部这个可疑的文件走私者是谁。弗里茨·科尔贝这个名字被公开了。普里斯特当时正在柏林。他只说了句：该死，弗里茨，您在做什么呀？您疯了吗？

玛琳呢？薇罗妮卡·许格尔问道，玛琳对此怎么说的呢？

她将报纸扔到桌上。报纸撞上一小盒拆开的美国香烟，一根根白色的烟滚过桌面。透过粘贴起来的窗户，太阳照射在搬到一起的家具、硬纸一样薄的地毯和幸存下来的几本书上。玛琳双手撑在臀部。她结结巴巴，语无伦次，不知道从何讲起是好，重又拿起报纸，扔进弗里茨怀里。

“第三页。”她说。

弗里茨浏览过那篇文章，还有两部分待续。“出卖希特勒的间谍。”在一张黑白图片上，一个长着鹰钩鼻的秃顶男人俯身在一张灯光暗淡的办公桌上，桌旁坐着个穿西服的中年人，另有一人站在后面的黑暗角落里。秃顶男人手指压在一张边缘卷起的地图上。图片下面写道：“请您轰炸。”

“我不是秃顶。”弗里茨说。玛琳跺着脚，冲他叫嚷。弗里茨之前从没有这样的经历，他瘫在他的旧沙发椅里，捕捉着玛琳的目光。

“我以为你不想做英雄呢！”她抓起报纸，“这是什么，弗里茨？什么？”

玛琳从钩子上扯过她的护士大褂。“我又有一份工作了，几个月了。”

“他们没有谁给我工作。德国人无论如何也不给。”

她点起一支烟，夹烟的手指指着他的脸。“我们在这儿找到了这个住处。在柏林,破败的夏洛滕堡。因为我是护士。两个房间,尽管隔墙只是一道布帘。如果我们想,我们可以在同样破败的宫殿花园里散步。终于有了一点安宁,一点点未来的希望。可你呢?”她骂了一句,在身后摔上了门。弗里茨盯着那张图。哪怕牺牲世上的一切他也不想让玛琳不开心。“我要公正。”他说,好像她还站在他面前似的。他给纪念教堂附近战略情报局办事处的威廉·普里斯特打电话。一听到他的名字,普里斯特的声音就没好气儿了。“格蕾塔在这儿,”他说道,“您知道她说什么了吗?”

“您肯定会告诉我的。”

“愚蠢的弗里茨·科尔贝。”

“我想,弗里茨·科尔贝已经死了。”

“现在他又活了。”

“你们谁都可以怪我。”弗里茨说道,将听筒拍在叉簧上。

我为纽伦堡审判做口供。普里斯特在我身边时,总是一次次咬紧嘴唇,他说有点不大对头。我主动要求在新成立的行政部门和新外交部的前身工作。然后一切都回来了。冯·吕佐夫被塑造成一名反纳粹英雄,伯尔尼的奇怪事件让他选择了自杀。外交部曾经的官员们,他们的拘留期被算作总刑期,现在又就职了,纷纷反对我。魏兰和冯·吕佐夫的妻子不知怎么的也插手其中,虽然魏兰没回德国,这是您向我证实的,韦格纳先生。没过多久我就成了叛国者和杀人凶手。以俄国人为一方，以西方盟国为另一方，双方之间的敌意越来越明显，柏林越来越疯狂。

您知道冯·京特说什么了吗，科尔贝先生？请您扶稳了，韦格纳说。冯·京特是少数几个承认有一定同谋罪的人之一，得到了很轻的判决，因为不能证明他参与过犯罪。后来有段时间，当弗里茨·科尔贝的话题被炒起来后，他称您为英雄。他说，他不会有胆量像您那样行动的。可是，您等等，我记在这里的什么地方，是的，这儿，我引用一下：

> 我很早就知道科尔贝先生在做什么。他一定很清楚，他一定清楚，他不能直接在我的眼皮底下从部里拿走绝密文件，交给美国人。我绝对不想说，我的行为与科尔贝先生的行为可以相比，我没有这个男人的力量来反抗希特勒。但是，请允许我提一下，是我为科尔贝先生解除了后顾之忧。他不知道这一点，我也从没告诉过他，为了让他能够行动，我都做了什么事情。因此，如果您允许，请不要误解，如果您允许，那么，可以说，我曾经是弗里茨·科尔贝直接的——无形的助手。当然，此人的悲剧在于，置身他在部里的岗位，他无法掌握我这样一个人看到的全貌。后来在伯尔尼发生的事情，科尔贝先生对冯·吕佐夫领事施压，是基于弗里茨·科尔贝方面可怕的错误分析。一个伟人，他在错误的游戏里得

出了错误的结论。说到科尔贝先生想在新德国的管理部门重新立足的努力……这是在下不想判断的棘手话题。我为我的行为忏悔过。我向您保证,我们外交部的这些人恰恰一直是反对国家社会主义弊端的一个小小堡垒。问题在于——很可悲——弗里茨·科尔贝在这个系统内是否寻找过真正的朋友。

弗里茨盯着韦格纳。他的心在胸腔里怦怦跳。他从椅子上跳起,他想砸东西。

这是他说的?

韦格纳将印有供词的纸递给他。

弗里茨从他手里夺过来,撕碎。他踢开炉门,将纸片扔进了炉火。

这个该死的胆小的猪!他喊道。

他现在是曼海姆的律师。仍与他的妻子和孩子们生活在一起。

弗里茨双手捂脸。他又听到从过去传来的喊叫声:科尔贝?科尔贝!

这么说是他为我解除了后顾之忧,弗里茨结结巴巴地说道,他为我?这个该死的混账。

他重新坐下,摇摇头。

真的没有查出后来是谁进行的这场暗杀吗？薇罗妮卡·许格尔问。

威廉·普里斯特什么办法都试过了，弗里茨垂着头说，他坚信有德国人插手其中，但他从未找到证据。美国人扶植盖伦上台时，他也参与过的。盖伦组织从1946年开始就得到美国人资助，丰厚的资助。盖伦的人，俄国人，旧结组，他们害怕我知道的情况？普里斯特说，我应该带着玛琳离开柏林几礼拜，因为有些事让他深感不安。我们刚刚将我们的住处布置漂亮了，在柏林的废墟里，也许是这世界上有过的最大、最荒谬的建筑工地。我们开始了没有炸弹落下、街头没有尸体的生活。当生活重新返回这座遭到彻底摧毁的城市时，有一种奇特的氛围：人们坐在一家咖啡馆外面，周围只有瓦砾堆、轨道上的货车等。我们无法真正相信。可我们活着。希特勒死了，我们没有做过纳粹——而我们活着。我们第一回在和平中做爱。结束战争的希望成了现实。玛琳，她太开心了。我们生活简朴，现在这真的一点关系也没有。我还知道，在我们客厅小桌子的中央立着我的地球仪，玛琳粘起来的那只。立在这小屋里的那只。好吧，普里斯特，善良的威尔，他催我离开柏林一段时间，带着玛琳。她不想。她因为这篇文章很生我的气。我的天，她是对的。可我说服了她。如果我没有这么做，她就会留在柏林，那么事情就会完全两样了。

他走进厨房，往壶里灌水，将水壶放到煤气火焰上。他准备茶壶，身体撑在桌上。事情发生后，他疏远一切。韦格纳刚刚向他引述的，他不知道。冯·京特为他解除了后顾之忧。他拉开抽屉，里面的餐具叮当响，他望着那把左轮手枪。全都不对。他花了很长时间才理解，谎言和伪装让自己成了另一个“我”，就像他当年在那篇有关西格蒙德·弗洛伊德的报道里所读到的那样。整个间谍活动扎根在他体内了，比他想承认的更深，比他意识到的更深。当他告诉薇罗妮卡·许格尔和韦格纳，说玛琳去了伯尔尼购物时，他相信过自己，他信赖过自己。这句话是如此明确无误，好像他说的是天空蔚蓝或小溪潺潺。不容推翻。一切都交融在一起，冯·京特的供词，德国南部发生的事情，他对夏里特医院玛琳房间里义肢的回忆。

水蒸气冲出水壶，弗里茨泡了茶，从橱里取来杯子和一只古董瓷糖碗。老天，是的，扎赫尔想送他去见精神科医生。哎呀。他双手端着一只托盘走回小房间，火让房间里暖洋洋的，纸质材料在火里焚烧着他的回忆。

普里斯特布置给我任务，让我暂时在肯普滕加入一支队伍，甄别纳粹分子，并审阅盖伦将军不太重要的材料，整理后交给柏林的杜勒斯。威尔认为，两三个礼拜就够了，到时风波就平息了。

现在他的回忆更清晰了，他心里的墙像柏林的房屋那样被炸掉了，石头从记忆的天空纷纷落下，碎块哗啦啦掉在地上，陷进去，重新安静下来。

我们被逼离了路面，他说，被另一辆小轿车。顺着一个坡滚下去，一切翻滚起来，打着旋。我听到玛琳在喊叫。越来越远，我周围的一切都在扭曲，先是光亮然后是黑暗，天空先是在上面，然后又在下面。玻璃下着雨，看上去像钻石。车子"砰"地撞在一块岩石上，晃了晃，然后躺着不动了，有什么在"咝咝"响，像是有人在极其缓慢地呼气。我被卡住了，我不能转向玛琳。您理解吗？我听到她的声音，玛琳，您理解吗？我感觉到她的痛苦、她的疼痛，她低语着我的名字，但我不能转身。我听到枪声。紧接着我非常熟悉的一个声音向我钻过来。是威尔。我冲他嚷，他应该先救出玛琳，先救玛琳。

弗里茨喊：玛琳！玛琳！

他跳起身，椅子倒了。全在那里，全部在，他说。

时间停止又交叠，弗里茨体内既混乱又安静。他盯着小屋墙上的画和文字，他的生活，他双重或更多重的生活。

请你们原谅，我一直在讲我从来不想成为的那个人，他说道。

绝大部分时候不想，薇罗妮卡·许格尔说道。

是的，也许是绝大部分时候，但够糟糕了。我想，我在做某种难忘的事。但是现在，唯一没有忘记的人，是我。

不。科尔贝先生，您不是唯一的一个，薇罗妮卡·许格尔说道。韦格纳举起笔，说，什么都不会被忘记。

我不知道后来发生了什么，弗里茨讲道，当威尔将我拖出轿车时，我失去了知觉。我在一家医院里才重新苏醒过来。

他头上系着块头巾似的绷带，左腿打着夹板，双手包扎得厚厚的。很难用这双手端住一只杯子。可弗里茨每天早晨都从医院走廊走去另一个病房，给玛琳端去咖啡。他望向窗外阿尔高起伏的草地。蓝天下的绿色波浪。他的心像在伯尔尼或柏林最危险的时候一样狂跳。玛琳的床被放置在看得见窗外的角度。他一走进她的房间，她就将头扭向窗户，他看到晨曦照在她脸上。他给她放下咖啡，试图与她讲话。玛琳一声不吭。她几分钟后向他转过头来时，眼里含着泪水。她的状况弗里茨几天前就知道了，但他还浑然不知所措。

“我十分抱歉，玛琳。”他说道。她又将头转向窗户，望向窗外，她颧骨上的皮肤紧绷着。弗里茨看出了她对和平的渴望。

“和我讲讲话吧，最亲爱的。拜托。说说话。随便什么。冲我吼吧。骂我吧。只求你说说话吧。”她穿着医院里的灰睡衣，纽扣一直扣到上面。被子是白色的。玛琳左腿应该在的位置，被子平平的。

“玛琳，那是……那就像一种条件反射。当那个美国军官称我叛徒时，这时……”他打着绷带的双手在颤抖。

“这不是我想要的，玛琳。我爱你啊。”

她擦擦眼睛。

“我爱你。”他说道，“我爱你。”

“我知道，弗里茨。”

“那是唯一的一个瞬间。”他哭道，“我只有一回，只有唯一的一回想到了我自己。”

他设法用包扎起来的双手去擦眼睛。

“卡特琳会爱你的，玛琳。”

她望着他，笑笑。他在她的床前跪下，她轻抚他稀疏的头发。

“我也爱你，弗里茨。”

“真的？”

“是的。我爱你。”

她把手从他的头上移开，指着他。

“我想生活，弗里茨。生活。”

她抓住他的脖子，将他拉近，亲他。

“你出卖了我们。”

第二天她就走了。一位护士交给弗里茨一封信，信是一位很有趣的女子留给他的。

亲爱的弗里茨：

谈论过错，这不是我喜欢做的事。我不是很相信这个，至少对您、玛琳或我这样的人不行——对吉米也不行，那个美国兵，我与他一起在这个滑稽的柏林一次次搬家。他是个很迷人的家伙。可是，现在又发生了这么多事情，我唯一想说的是：我在照料您的玛琳，如果您告诉我，我如何、在哪里能够联系到您，我会经常写信告诉您她的情况。当然，一旦我认为是时候让您试着联系她了，我会写信告诉您。她真的爱您。我相信。这一切太过分了。谁会不理解这事呢？哎呀，弗里茨，您和玛琳——你们曾经多么信赖彼此啊！

亲爱的弗里茨，请您别想太多。

致以衷心的问候。

吉泽拉

只要待在我身边，就会发生这种事。

科尔贝先生，不是那样的，薇罗妮卡·许格尔说道。

韦格纳全部记下了，他看着弗里茨，呷着茶。他想说什么，但没能说出口。弗里茨喝着茶。实际上比啤酒好，他说道，普里斯特尾随了我们几天。柏林的一位情报人员偷偷告诉他，有几个人因为弗里茨·科尔贝惴惴不安。依然没有什么具体的消息。他没能认出汽车里坐着谁。他开枪了。那辆车一天后被发现了，已经彻底烧毁了，毫无线索。好长时间威尔都在想办法找出是谁指使了这次暗杀。盖伦组织认为那可能是一场交通事故，一次肇事逃逸。无论如何，盖伦组织没有进行调查，只说幸好没人死亡。我的天，你们想想这事：我至今不知道，是谁曾经试图谋害我和玛琳。我不知道。某个地方坐着那些知情的人，某个地方坐着那些作案的人。暗杀发生后不久，德国对我施加的压力再次变大了。我在我的故乡再也没机会了。后来欧根·扎赫尔来了，他……

收留了您？薇罗妮卡·许格尔问道。

对于一个男人而言，这很难启齿，弗里茨说。

错，科尔贝先生。您可以这么说。您就这么说。

一阵强烈的倦意袭来，弗里茨感到胳膊和胸膛绵软无力，视线模糊。

你们留下吧，他说道，我现在得上床睡觉了。你们就睡上面两个小房间吧。

他的卧室那么小，小得床周围只剩下一条狭窄小径。弗里茨盯着黑暗，有时听到窗外树木的晃动和风声，他呼吸着新鲜空气，想着他对装有银色义肢的玛琳·维泽的爱，想着卡特琳，她某个时候收到了一封奇怪的匿名信，要她别相信可能会听到的有关她父亲的一切——随信附有一个包裹，全是铁皮罐，里面盛着泥土样本，柏林，巴黎，伯尔尼。狼穴。

他起床比年轻人早很多，准备好早餐，在小屋前喝杯咖啡。

阳光普照,山谷绿茵茵的,沿着山坡向上延伸。

当韦格纳和薇罗妮卡·许格尔在他身旁坐下时,弗里茨忍住了没笑出声来。他很肯定他夜里听到了两人的声响,不是完全肯定,但相当肯定。

阳光普照,他说。

我可以拍张照片吗?在小屋前给您拍一张?

当然可以。

薇罗妮卡·许格尔取来相机后,韦格纳站到她身旁,他们的肩相互触碰,两个年轻人看着弗里茨,薇罗妮卡·许格尔透过相机看着他。他们彼此耳语,笑着。弗里茨背部感觉到小屋的木梁,阳光照在脸上暖融融的,他闻到咖啡和土地的气味。他听到相机"咔嚓"。韦格纳坐到他身边,薇罗妮卡·许格尔望着风景。

我会多花点时间的,科尔贝先生。我要写一篇一流的报道,您放心好了。在发表之前,我先将它寄给您,同意吗?这篇报道我有许多打算,但我先要征得您的许可。

行,韦格纳先生。我不知道我会在哪里,但欧根·扎赫尔随时可以联系到。

半小时后,欧根·扎赫尔的小轿车在破败的大门外停下。扎赫尔钻出车来,摘下帽子,哈哈大笑。弗里茨和他互相凝视。欧根·扎赫尔张开双臂站在那里,那模样既是在请求原谅,也是在询问情况。

都结束了？他问。

都结束了，弗里茨说。他迎着太阳冲扎赫尔眨眨眼睛。

欧根，他俩知道的多过他们应该知道的，他说。扎赫尔抬起双手。

弗里茨，我只给过暗示。现在呢？

我现在去爬那座山，弗里茨说道，你留在这儿，煮点像样的东西，要够劲，要丰盛。我今晚回来时肯定饿了，欧根。真正的饥肠辘辘。明天你带我去伯尔尼。然后我坐火车去柏林。我要去接玛琳。我爱这个女人，爱得那么深，这爱足够两个人分享了。我要把玛琳接出德国。她必须来我身边。

德国需要时间恢复，薇罗妮卡·许格尔说。

是的，弗里茨说，在这一切之后。

他拍拍大腿，轮流望着这三人。

我终于要给非洲的卡特琳打电话了。她会跟玛琳友好相处的。就像我说的那样……

玛琳总是怎么说的？生活。

后　记

弗里茨·科尔贝于1971年在伯尔尼去世。有三名美国人出席了他的葬礼,敬献了花圈。飘带上没有写明是美国中央情报局献的花圈。

弗里茨·科尔贝与他战时在夏里特医院认识的一个女人结婚了。她可能叫玛琳。

战争结束后,他再也没能在德国立足。德国的任何一份抵抗战士名单上都没有他。

20世纪60年代中期,弗里茨——也是在艾伦·杜勒斯的斡旋下——被免除了"叛国"的指控。不过,当时的联邦总统海因里希·吕布克[1]没有将这个消息告诉弗里茨·科尔贝,而是告诉了

1　卡尔·海因里希·吕布克(Karl Heinrich Lübke,1894—1972),德国政治家,1959—1969年期间两度担任德意志联邦共和国总统。

科尔贝的一位瑞士朋友，也许就是小说里那个叫欧根·扎赫尔的人。

2005年，在法国记者卢卡斯·德拉特的科尔贝传记面世之后，时任外长的约施卡·费舍尔发表了一席有关科尔贝的演讲，以他的名字命名了部里的一个厅。

艾伦·杜勒斯说，没有弗里茨·科尔贝，他永远不会成为中央情报局的头目，另外，弗里茨·科尔贝的故事应该被写成一部伟大的间谍小说。我不知道我是否做到了。但《诚实的间谍》恐怕不是艾伦·杜勒斯想要的长篇小说。伯尔尼的英国军情六处老板以为盯住了的那个双面间谍不是别人，而可能是史上最著名的双面间谍。他是金·菲尔比[1]，他在战时就知道了弗里茨·科尔贝的活动。

盖伦将军成了德国联邦情报局无可争议的头目，这是盖伦组织的继任组织。他一直领导德国联邦情报局至1968年，帮助许多有着可疑纳粹过去的人在西德情报机构里得到升迁。

如果没有上述卢卡斯·德拉特的科尔贝传记《弗里茨·科尔贝——"二战"中最重要的间谍》，这部小说就不会诞生。

如果没有下列朋友、熟人、同事和陌生人的帮助和支持，这部小说同样不可能诞生：丽丽，本，海地，马蒂亚斯·费贝尔，赖纳

---

1 哈罗德·金·菲尔比(Harold Kim Philby，1912—1988)，英国人，史上最成功的双面间谍，同时为英国和苏联情报机构服务。

尔・克里斯蒂安森，亚历山大・豪瑟尔，安格丽卡・沃勒曼，蒂蒙・施利欣迈尔，尤丽娅・考夫霍尔德，柏林外交部政治档案馆工作人员，我的代理人拉尔斯・舒尔泽-科萨克，他的助手丽斯贝特・科贝林，以及潘德拉贡(Pendragon)出版社的团队。

译后记

“你们知道弗里茨·科尔贝吗?”“你们听说过弗里茨·科尔贝吗?”“听到弗里茨·科尔贝这个名字,你们会想到什么?”——自从答应了责编顾小姐写篇译后记,我就试图借工作之便,向我所接触到的德国客人做过小小的调查。我分别向不同年龄的德国人提出类似的问题。

令我失望的是,被问者都是一脸茫然。

“弗里茨·科尔贝?”“他是谁?”“没有听说过。”

于是我简略地给他们介绍弗里茨·科尔贝的故事,介绍《诚实的间谍》这本小说。

“听起来很有意思,”他们饶有兴趣地说,“回去一定看看。”

但我总觉得这里面有什么不对头,我感觉其中存在一丝悲哀、滑稽和荒诞。

毕竟，手持德国护照的是他们，而弗里茨·科尔贝是德国人，是他们的同胞。由数千公里之外的我来向他们介绍他们同胞的故事，这是不是有点颠倒了？

事实上，正如是美籍华人张纯如而不是我们自己的历史学家或档案学家发现了《拉贝日记》，使这部具有高度史料价值的作品重见天日，将科尔贝的故事公布于世的也不是他自己的同胞，而是《世界报》记者、法国人卢卡斯·德拉特。2003 年，通过对不久前解禁的美军情报资料、德国外交部档案和在澳大利亚其子之处找到的科尔贝遗物进行遴选、分析，德拉特推出了一本科尔贝传记（由王立群、马中原等译成中文，中译本书名是《世界头号间谍：第三帝国心脏里的弗里茨·科尔贝》，于 2006 年初由中国人民解放军出版社出版）。该书次年被译成德文出版。至此，科尔贝的故事方在德国公开。同年，德国 WDR 电视台制作了纪录片《冷战新兵，华盛顿和克格勃》，德国 RBB 电视台也播出了由莱因哈德·约克希撰稿并导演、片长五十分钟的纪录片《不被喜欢的爱国者——弗里茨·科尔贝：反对希特勒的间谍》。这年 9 月，在“二战”结束近六十年之后，时任联邦德国外长的约施卡·费舍尔将德国外交部的一个厅命名为弗里茨·科尔贝厅，这算是德国官方对弗里茨·科尔贝的首次认可吧。自此，弗里茨·科尔贝才被德国外交部追认为抵抗战士，德国抵抗运动纪念馆里也终于有了对他的介绍。

那么,这位弗里茨·科尔贝到底是何许人呢?

弗里茨·科尔贝于1900年9月5日出生在柏林,最初在铁路部门工作,后通过夜校学习,于1925年进入德国外交部,曾先后在德国驻马德里、开普敦等地的领事馆工作。第二次世界大战爆发之后,他不得不离开南非,返回德国首都柏林,在负责外交部与国防军最高统帅部间联络的特任大使卡尔·里特尔身边工作,从而有机会接触到纳粹德国重要的政治和军事文件。

弗里茨·科尔贝反对纳粹,尤其是反对希特勒,他终生拒绝加入纳粹党,认为希特勒背叛了德国。与大多数德国抵抗运动的知识分子和军官不同,科尔贝相信德国仅靠自身力量摆脱不了纳粹暴政。于是他利用出差机会,在瑞士伯尔尼联络上了美国战略情报局负责人杜勒斯。杜勒斯后来青云直上,成为美国中央情报局局长,弗里茨·科尔贝功不可没。从1943年8月19日至1945年,弗里茨·科尔贝化名乔治·伍德,先后将一千六百份机密情报交给了美方。许多人从事间谍活动,要么为财,要么是受勒索不得已而为之。弗里茨·科尔贝两者都不是。第一,他是主动提供情报的;第二,他拒绝收取任何费用。他这么做的动机只有一个:对希特勒和纳粹的仇恨。当然,科尔贝也担心,"如果他继续至今的推翻希特勒的工作,战后会被德国的新领导层视作'间谍'"。为此,他曾想组建一支三十至一百人的"民兵"队伍,协助美国伞兵发动突袭,占领帝国首都。但杜勒斯成功地说服他改变了主意。

据本书作者安德烈亚斯·柯伦德在中文版序言中介绍，他也是极其偶然地接触到弗里茨·科尔贝的故事的，它点燃了他的创作激情，《诚实的间谍》一书就此诞生，并于2015年由潘德拉贡出版社推出。该小说取材于弗里茨·科尔贝的真实故事，又不完全拘泥于史实。比如现实生活中科尔贝生有一子，在小说里则被改成了女儿。小说通过两名记者对隐居瑞士山区的主人公的采访，循序渐进、有条不紊地刻画了一个有血有肉、栩栩如生的人物。如果不是处于战争年代，弗里茨·科尔贝本会是一个恪尽职守、勤勤勉勉的外交官员。纳粹的暴行和惨绝人寰的计划唤醒了他作为普通公民的道德和良知，点燃了他心中的正义之火。为了能够早日结束战争，他利用工作之便，抄录纳粹政府的重要文件，送交美国情报机构。书中美、英、俄数国间谍纷纷登场，围绕弗里茨·科尔贝和他的情报，或跟踪，或绑架，或利诱，上演了一场场精彩紧张的谍战剧。全书以爱贯穿始终，对女儿的爱、对女友的爱、对友人的爱、对同胞的爱、对正义和公正的爱，衬托并凸显出主人公对纳粹和希特勒的痛恨。面对危险、屈辱和扭曲，弗里茨·科尔贝有过犹豫，有过彷徨，怀疑过自己的行为。最终是伟大的爱和父亲留给他的箴言给予了他精神的支撑："做正确的事情，别害怕。"

译完此书，在崇敬弗里茨·科尔贝之时，我心头却也有种壅塞的感觉,愤懑之情挥之不去。我很想像书中的科尔贝一样,大声嘶喊:为什么?为什么?这是科尔贝的疑问,也是我的疑问。科尔贝冒着生命危险交给美方的情报并没有起到应有的效果。原因是对方觉得这些情报太好太真了,担心科尔贝是个双面间谍。我问自己,如果科尔贝的正直和诚实从一开始就获得信任,“二战”会不会是另一种走向?丧生在纳粹集中营的犹太人会不会锐减?战争会不会更快更早地结束?可惜历史不能用“如果”这个橡皮擦来修改。那些所谓大人物的怀疑和决策性错误却要由小人物来买单。

更让我愤懑的是,无论在小说还是现实中,弗里茨・科尔贝都没能享受到他曾经为之奋斗的公正。他的担心不幸成真了:战后他想返回新成立的德国外交部重操旧业,却遭到原纳粹分子的种种阻挠。1951 年初,苏黎世的《世界周报》转译了一家美国杂志里有关“乔治・伍德”的文章,更使他的处境雪上加霜。外交部人事处负责人明确指示,“任何情况下都不得录用”科尔贝,科尔贝被当作叛国者,也得不到作为曾经的官员理应享有的过渡时期的补助。最终,科尔贝不得不背井离乡,在瑞士靠做电锯代理人维持生计。眼见前纳粹分子在联邦德国的新政府里如鱼得水,步步高升,曾担任纳粹政府东线外军处负责人的盖伦不仅主持成立了德国联邦情报局,还于 1968 年获得了德意志联邦十字勋章,科尔贝却只收获了羞辱和排斥,怎能不让人感觉郁闷和失望?1971 年

2 月，科尔贝在伯尔尼病逝，出席葬礼的仅有十多人，包括美国中央情报局派来的三名代表。

另外，从南非乘船返回德国的途中，纳粹分子彼得森曾经询问弗里茨·科尔贝的姓名和住址。当时科尔贝自称住在“开姆尼茨，弗里茨街 33 号”。鉴于 2018 年 8 月底发生在开姆尼茨的德国极右暴力事件，我曾在邮件中就此地址询问作者。作者回答说，科尔贝当时想到这个地址纯属偶然。真的纯粹是偶然吗？我心中有个声音在问：偶然之中是否也存在一定的必然呢？主人公弗里茨·科尔贝战后的际遇是不是答案的一个棱面？

感谢本书作者以小说形式为这位本不该被遗忘的无名英雄竖起了一座纪念碑。时隔七十多年，杀戮还在发生，炮声还在轰响。译者唯愿更多德国人和其他国家的人了解弗里茨·科尔贝的故事，并从中有所学，有所思，有所悟。